恐怖游戏

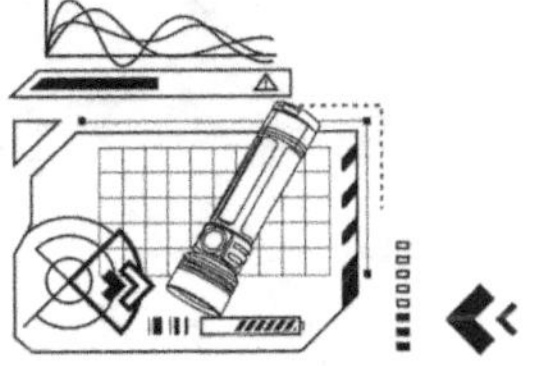

第一卷①·塞壬小镇

壶鱼辣椒 著

Embrace You till the End of the Game

An imprint of Via Lactea Ltd.

Author: Hu Yu La Jiao
Editor: Michelle; Ora
Layout Designer: Elizabeth Z

CONTACT:
Customer Support: info@vialactea.ca
Wholesale & Distribution: market@vialactea.ca
Other Cooperation: https://vialactea.ca/pages/cooperation
Discord: https://discord.gg/vialactea

Follow us on Twitter/Instagram/Facebook: @ViaLactea_Ltd
Official Website: www.vialactea.ca

ISBN 978-1-77408-321-5 (pbk)
Printed in Canada

LOCATION:
Shops At Waterloo Town Square
75 King Street South, Waterloo, ON
Canada
N2J 1P2

Siren town is the only seaside town in history where the remains of sea demons have been found. Many people in history have seen figures looking like sea demons here, have heard the beautiful songs of sea mermaids in the waves, and have seen these strange mermaids chewing on human corpses on the black reefs.

CONTENT

Volume 1
Siren Town

CHAPTER 01

  白柳醒来，他发现自己坐在一辆车的后座上，车内部狭隘窄小，破旧的椅背上泛着逼真的烟味，车窗上滑落不成股的水流，能从玻璃上模糊地看到窗外细雨淅淅沥沥，天色昏沉，分不清是黄昏还是夜晚，他的鼻腔里还萦绕着一丝淡淡的、让他不适的咸鱼腥味。

  他的面前有一个悬浮的面板，上面写着——

游戏须知

白柳皱起眉来。

这是哪里？他为什么在这里？这个面板又是什么东西？

这个面板好像能感知他心中的疑惑，依次在上面显现出了答案。

你在一场致命的游戏中，而你之所以在这里是因为我们检测到你在失业之后爆发出了强烈的对金钱的欲望，从而触发了游戏的开启。

随着面板上的字一个一个显现，白柳终于回想起了一些事情。

是的，没错，他失业了。

而他是一个对金钱有着强烈渴望的人，他从小到大都爱钱到不正常的地步，甚至被心理医生诊断为"金钱囤积症"的患者，医生告诫他，如果再不控制自己对金钱的欲望，他迟早会做出为了钱不要命的事情来。

有工作的时候，白柳每个月还有一定的固定收入可以勉强克制自己对金钱的渴望，但当他失去这份工作的时候，白柳陷入了一种无法自控的，甚至想要不顾一切地去囤积金钱的热切中。他的心理医生说，这是下岗社畜的正常心理状态，让他自己调节平缓一下，出去看看世界放松一下。

白柳听了只想冷笑，没有钱，出去只能看地狱不能看世界好吗？

白柳讽刺心理医生："我出去看了世界之后，我就能变得有钱吗？"

心理医生惊叹："当然不会啊，你会变得更穷。"

白柳："……"你他妈这不是挺知道会发生什么吗？

"但是你变得更穷之后，你就会发现……"心理医生安慰白柳，"穷也不过如此，钱都是身外之物，何必把自己折腾得如此痛苦呢？"

白柳面无表情地质问心理医生："遇到我这种病人痛苦吗？"

心理医生："……"痛苦。

白柳呵呵一笑："你是为了什么把自己折腾得这么痛苦呢？你为什么不辞职出去走走呢？"

心理医生："……"为了钱，没钱不敢出去走。

汪的一声哭出来。

在把自己不知道第多少个心理医生说哭之后，白柳拍拍手感叹，穷真是攻击人类的最好武器。

就是伤敌八百，自损一千。

幸好这心理医生是社区免费的，不然白柳就更穷了。

白柳失业之后，陷入一种极端的焦虑当中，根本就调节不过来，做梦都能梦到自己一夜暴富，坐在钱堆里欢乐大笑。醒来之后，梦境和现实的巨大落差又常常让他感觉更加怅然，因为他的存款只有五位数。

在这种无法平息的下岗焦躁和自我冲突里，白柳有事没事就托腮做梦——如果这个世界上存在一种可以高风险挣钱的方式就好了，他可以不要命，但是他要钱！

他把自己的想法告诉了朋友，朋友宽慰他，看到你墙上书架上那本《刑法》了吗？

白柳说看到了。

朋友说，你随便翻开一页找一条，上面就是高风险的赚钱工作，你努努力，还能争取上本月的加急名单。

白柳："……"

白柳不想犯法，这世界上就不存在不犯法的来钱快的途径吗？朋友说，你做梦来得比较快。

就算是玩命，他也要钱——白柳躺在床上做梦，失去意识被卷入这个游戏前的最后一刻，是如此想着的。

回忆结束，白柳看着他面前悬浮的游戏面板。

面板上又浮现一行字：

是的，正是你的强烈欲望开启了游戏，而只要你成功地通关游戏，你就能获得你想要的一切。

白柳毫不犹豫："我想要钱。"

管他什么游戏，他只想搞钱。

隔了一会儿，白柳又问道："你们这个游戏，是合法的吧？"

面板：……合法的

面板：通关游戏你将获得积分，而积分可以兑换包括金钱在内你想要的一切事物。

白柳："这是什么游戏？我要怎么做才能通关获得你说的积分？"

面板：这是一场恐怖逃生游戏，里面充斥着鬼怪、杀人狂魔、不可思议之物，而你要做的就是找出他们的弱点，通关整个游戏副本的剧情，并从他们手中顺利存活下来。

游戏副本载入中……载入完毕。

游戏副本名称：塞壬小镇

难度等级：一级（玩家死亡率小于百分之五十的游戏为一级游戏）

模式：单人模式

综合说明：这是一款刺激的动作向和解密向相结合的游戏，在玩家中大受欢迎，但似乎对新人不是很友好，新人死亡率非常高。

玩家信息载入中……载入完毕——

玩家名称：白柳

生命值：100（生命值低于60后，玩家攻击力下降，归零之后玩家死亡）

体力值：80（体力充沛）

敏捷：25（你常年坐办公桌，全身僵化，不太敏捷）

攻击：30（只有相当于女子高中生拿书包砸人的攻击能力）

智力：89（你出乎意料地聪明）

幸运：0（你一生都出奇地不幸，如果你们公司要裁员一个人，那个人必定是你）

技能：无（你还没有任何技能）

身份：无（你还没有任何身份）

精神值：100（你是本年度第一个登录游戏后精神值还保持满格的玩家）

精神值下面有一段红色的小字注解。

注：请玩家保证精神值高于 60。精神值低于 60，玩家会精神错乱，人物面板各属性减半；精神值低于 40，玩家会看到不属于游戏的幻觉，导致游戏通关难度加剧；精神值低于 20，玩家会进入狂暴状态，攻击力面板属性随机飙升，击杀各类生物；精神值为 0 时，玩家会彻底被副本同化，变成怪物中的一员。

玩家面板属性综合评价——F 级玩家，最低等的玩家，但因精神值和智力值测定结果特殊，该评级存疑，玩家等级最终记录为——F（？）

白柳扫完整个人物面板之后，看着那个 F 后面的问号，觉得自己像是受到了不明显的嘲讽。他滑掉人物面板，屏幕上又跳出来一个新面板。

你已登录新人区的小电视屏幕（1/100），目前无人为你驻足，玩家白柳人气值为 0，充电率为 0%。

白柳皱眉："这是什么？"

面板：你的游戏过程会出现在玩家大厅新人区的小屏幕上，供其他玩家观看，但目前并没有人观看你的游戏过程，也没有人

给你的游戏过程充电，你目前籍籍无名。

白柳有点懂了，就是游戏主播那种形式，但这些都无所谓，他的关注点在那个充电率上面："有人为我充电，我就可以拿到积分是吗？"

面板：是。
接下来游戏开始，祝你好运，新人玩家。

面板就像是被关掉的电视屏幕，在白柳的眼前闪成一道白光后消失了。

而在某个游戏大厅中，有一个小屏幕突然亮起，上面显现出白柳清俊白皙的脸。这个小屏幕周围还有很多类似的屏幕，上面显示着各种各样的新人玩家惊恐崩溃的脸，有人像刺猬一样缩成一团抱着头，拒绝接受现实，还有人在号哭着不停地击打屏幕，想要从里面出来。

而只有白柳毫无被惊吓的神情，在一片惊慌失措的新人玩家里完全就是个异类。

所有人都仰头看着这个突然亮起的屏幕，饶有兴味地讨论着。

"又有新人进来了，不知道能撑几天。"

"看背景，是《塞壬小镇》这个游戏副本？"

"这批新人运气可真差，《塞壬小镇》里新人玩家死亡率很高的，上次不是登录了一百个，最后就剩下一个吗？"

"最近随机给新人的游戏副本也太难了吧，不过看这些新人吓得屁滚尿流的，还是蛮搞笑的！"

"等等！"突然，一个路过的玩家像是发现了什么不得了的事情一样，靠近了白柳所在的屏幕，他看着白柳的人物面板属性，不可思议地开口，"这里有个精神值 100 登录的新玩家！"

"什么？！"

"让开我也要看！"

"靠！现在新人都这么变态了吗？！精神值 100？！"

"上一个精神值 100 登录的，现在都在游戏总积分榜前十了吧？"

"潜力种子啊！让我也康康！"

白柳的小屏幕闪烁了一下，一个机械音平铺直叙地报道：

有 50 人簇拥围观玩家白柳的电视屏幕，玩家白柳达成"初出茅庐"成就，解锁"一键三连"系统。

新增 28 人赞了玩家白柳的视频，新增 56 人收藏玩家白柳的小电视，新增 0 人给玩家白柳充电，请玩家白柳再接再厉。

……………

白柳侧睡在一辆面包车的最后一排，车后座很挤很狭窄，连翻个身都很艰难。他一动，就看到有条项链从自己的衬衫里掉落了出来。

他现在身上的衣服和进入游戏之前没有什么区别，白衬衫黑裤子，典型的上班族社畜的日常穿搭，只有这根项链是多出来的东西。

项链的挂坠是一个被打了孔的一块钱硬币，白柳把手放上去之后就看到游戏面板弹了出来，面板和之前白柳看过的一样，没有什么多出来的信息。

这应该是游戏管理器一样的东西。

白柳把项链放进衣服里收好，他不太喜欢看到这种被破坏了的钱币。

白柳从车后座探头出来。这是一辆七人座的面包车，除了白柳躺在后排之外，前面还有四个人，他一探头出来就有人很惊喜地看向他："白柳，嘿，我的小甜心，你终于醒了！"

除了白柳，这四个人很明显都是一副外国人的长相，喊白柳小甜心的是个棕色大波浪卷发的妹子，红唇、棕色眸子，穿着热裤和吊带。白柳在看到这个人的一瞬间，心口上的硬币就弹出了面板，上面写着人物信息：

NPC 名称：露西

人物简介：你的同班同学，很喜欢你这类型的男生，昨晚你们有过性尝试，但你面对比你高十公分还热情大胆的露西太羞涩了，没有成功（笑）。

白柳的视线在"没有成功"和那个"笑"上微妙地停顿了两秒，很快收回视线陷入了思考。

这个游戏要触发 NPC 面板信息似乎是需要玩家自己"看"到的，就和玩网游需要把鼠标放上去才会弹出信息是一样的，玩家的眼睛现在就相当于玩家的鼠标和游戏手柄。

他若有所思，看来在这个游戏中至少不能失去视力。

露西对着白柳挤眉弄眼："嘿，宝贝，是我把你累着了吗？你可是从上车开始睡了一路。"

白柳一看到露西，脑子里就会弹出那个"没有成功"的提示，一直母胎单身的白柳心情略微有点复杂："……"

无痛结束了单身生活。

他及时地岔开话题，白柳看了看窗外越来越偏僻萧瑟的景色，开口问道："我们这是要去什么地方？怎么看着这么偏僻？"

"看来有胆小鬼又想临阵脱逃了。"一道浑厚又略带讽刺的男声从前面传过来，一个穿着紧身牛仔裤和运动 T 的高大男人抱胸鄙夷地看着白柳。这人的身材过于壮硕，上衣被撑得快要爆了，看着像一个橄榄球运动员。

他居高临下地抱胸打量白柳，嗤道："晚了，白柳，就算你是个懦夫想要临阵脱逃也晚了，我们已经在去塞壬镇的路上了。"

面板弹出：

NPC 名称：安德烈

人物简介：你的情敌，喜欢露西但被露西拒绝了，对你很有敌意。之前，你和他打赌要在世界上最危险的地方守护露西，来证明你对她的爱，于是，你们一行人驱车前往塞壬镇。你在上车之前后悔了，还大哭了一场，是被安德烈强硬拉上车的。

白柳已经连续看到"塞壬镇"这个地名两次了，他忽略掉安德烈对他的嘲讽，询问道："塞壬镇，是个什么地方？"

安德烈又是冷哼一声，刚想开口继续嘲讽，一道絮絮叨叨的小声念叨声打断了他。

"塞壬镇，历史上唯一一个发现过海妖残骸的海滨小镇。历史上，有不少人称他们曾在这里见过海妖塞壬的身影，或者在海浪中听闻过人鱼海妖美妙的歌声，也见过这些相貌妖异的人鱼海妖在漆黑的礁石上对着人类的尸体大快朵颐——"

"杰尔夫！那些只是塞壬镇为了骗游客去观光编造出来的故事罢了！"安德烈不耐烦地打断了对方的话，尽管如此他的脸上还是快速闪过一丝不易察觉的畏惧。

一个戴着厚厚啤酒瓶酒盖眼镜的小个子男生抱着自己胸前的书瑟缩了一下，似乎有些怕安德烈，但还是鼓起勇气低声反驳道："那你怎么解释那些来塞壬镇的游客神秘失踪的事情？上个月有十二名游客在塞壬镇彻底消失不见了！警方到处搜寻都没结果，也没有人见过他们离开塞壬镇……"

白柳看向面板。

NPC 名称：杰尔夫

人物简介：人鱼海怪等非自然生物的强烈爱好者，在得知露西一行人要去塞壬镇之后，主动要求一起前往，对塞壬镇的传说故事十分了解。

安德烈怼道："这些人多半就是自己落水淹死了，在海边淹死人多正常啊。"

杰尔夫却很不服："警察已经组织打捞一个月了，没有打捞到任何一具尸骸，就算他们真的落入海中，这也不正常……"说着说着，他的语气低沉幽暗下来，还夹带着一丝兴奋，"除非是他们的尸体被塞壬吃了，这样警察打捞不到也是——"

安德烈终于火了，他狠狠打了一下杰尔夫的头："住嘴！你这个该死的四眼仔！整天人鱼人鱼的！我看你长得像条人鱼！"

安德烈下手很重，白柳能清晰地看到杰尔夫的头在座椅边磕了一下，又晕头晕脑地撞到了安德烈身上。这下彻底激怒了安德烈，他甩手给了杰尔夫几巴掌，打得杰尔夫一颗牙齿都飞了出来。

杰尔夫沉默着低头捡起自己的牙齿，然后用一种很隐晦的仇恨的目光看着安德烈，嘴里很轻地说了一句话。

其他人都没有听到，但白柳听力一向不错，他听到杰尔夫说："人鱼一定会把你撕碎吞咽下去的，安德烈。"

白柳微挑了一下眉，但是什么都没说。这 NPC 的人物关系真是有点复杂。

看来安德烈对杰尔夫随意打骂不是一两天的事情了，并且这个杰尔夫似乎已经用"人鱼"谋划了一个复仇计划。

开车的司机是白柳花钱请的塞壬小镇的当地人。从露西言谈中，白柳发现自己还是个富二代，一行人的食宿都是他包了的，司机也是他花大价钱请的，还拜托了司机帮忙找当地的旅馆。

车一直开到了深夜才到达那个神秘的塞壬小镇。在司机的描述中，塞壬小镇是一个镇民们靠着捕鱼和帮忙打捞沉船度日的小镇，一直都比较偏僻和破败，直到新镇长另辟蹊径用人鱼的传闻来吸引游客，塞壬小镇才靠着旅游业发展起来。

但上个月开始不断有游客出事，这些游客并不像安德烈所说是落水了，有些甚至还没来得及去海边，就神不知鬼不觉地消失在了塞壬小镇的不同角落。比如有一个游客当晚住进酒店，第二

天一早人就不见了，房门紧闭，也没有人看见他出去，屋内的床都还留有余温，但是人就是不见了。

于是，因为游客失踪事件，处于旅游旺季的塞壬镇却荒凉得不可思议，不少旅馆酒店都因为生意惨淡而关了门。

塞壬镇的确很破败，到处都是飞卷的围栏和渔网，地面上都是晒干的贝壳和海藻，还有泥沙，只有一些酒店旅馆的装潢还不错。白柳他们到的时候已经是深夜，但路上还是有很多行人。

这些镇民原本步伐一致地往海边走去，但白柳他们开着车一进来，镇民们就不约而同地停下，头一偏，目光直勾勾地看向白柳他们的车。

被这么多人大半夜一起看着，露西有些不寒而栗，她轻声尖叫了一下，缩进了白柳的怀里。

但是她比白柳高太多了，还从白柳的肩膀上露出一个头来，看起来倒像是白柳缩进了她怀里。

白柳："……"

白柳转头问司机："已经半夜了，这些人去海边干什么？"

司机摇摇头："最近没什么人来旅游，经济不景气，他们就只能重新靠捕鱼为生。你没捕过鱼不知道，很多值钱的鱼都畏强光，只有夜里才会出来活动，所以他们才在夜间下海。"

镇民们用很诡异的目光看着白柳，眼睛在夜里泛着猫眼一样的绿光，脸上带着一种奇异的表情，好像是在笑，但他们的嘴角没有上扬，反倒是僵直一般在抽搐着。

他们手中还拿着渔网和鱼钩，有些人手上提着灯光柔和的油灯，他们目不转睛地盯着白柳那辆车，视线随着车移动，好似随时都会冲上来用手中的渔具来袭击这辆车一般。

"你们要小心一点这些家伙。"司机提醒，"他们最近很缺钱，而你们很有钱。"

由于白柳这个富二代出手阔绰，司机将他们一行人安排到了当地最好的酒店。

这家酒店是一家非常现代化的豪华五星级酒店，豪华得和整个小镇的画风有些格格不入，门口居然还有喷泉池子。

喷泉池子里有一尊人鱼的石雕，雕刻得栩栩如生，莹润的大理石皮肤在暗淡的月光下闪着近乎于人类皮肤的光泽，长发垂落下来遮住她丰满的乳房，鱼尾立在水池中。她垂着眼眸，表情悲天悯人，手上托举着一个水壶，水壶里散落着一些假的云母珍珠，喷泉就从水壶里倾倒下来，落在水池中，发出好似海浪一般的声响。

司机绕过酒店门口的喷泉池子，一路把车开到了酒店的正门口。

杰尔夫忽然惊叫了一声，他指着酒店门口那尊人鱼雕像喊道："她刚刚在看我！她动了一下！"

白柳顺着杰尔夫的视线看过去，那尊人鱼雕像依旧垂眉敛目，看着水里一动不动。

安德烈被杰尔夫的喊叫吓了一跳，他恶狠狠地揍了杰尔夫一拳："操！哪里动了！根本就没动！你要是再这样一惊一乍，我就把你声带给你扯出来，这样我看你还叫不叫！"

杰尔夫捂着自己挨了一拳的头，有些害怕地看了安德烈一眼，把自己蜷缩成一团，低声自言自语道："她动了，她真的动了……"

露西也被杰尔夫弄得有些发毛，她勉强笑了一下："杰尔夫，你怎么那么肯定不是你眼花，而是这个人鱼雕像动了一下？这个人鱼雕像并没有眼珠，你怎么知道她在看你？"

那是一尊乳白色的大理石人鱼雕像，虽然雕刻了眼睛，但是并没有黑色的眼珠，她整个眼睛都是纯白的，就好像什么有眼无珠的死寂生灵一般矗立在酒店门口。

"你们没发现吗？"杰尔夫声音越来越低，还有些颤，"我们的车无论开到什么地方，都是被这个雕像直视着的，她的眼睛肯定在动……"

"这个啊……我还以为什么呢……"露西明显松了一口气，终于舒心地笑出来，"就和那个《蒙娜丽莎的微笑》的画像是一

样的吧？无论从什么角度，看的人都以为画像上的人在看自己。"

"不是，这种无论什么角度画像上的人都在看自己的情况只能在二维平面产生，三维是无法产生的，也就是说雕像是不可能出现这种情况的。"白柳很冷静地反驳了露西，"杰尔夫说的是对的，这个雕像的眼睛的确一直在盯着我们动。"

和那些镇民是一样的，一进来就开始盯着他们，就好像是在看进入他们狩猎区的猎物一样。

这东西应该是个什么怪物吧。

他的这个想法刚刚产生，胸前的硬币突兀地振动了一下，弹出一个全新的面板，游戏面板变成了一本厚重古旧的中世纪书籍的模样，在白柳面前缓缓翻开。

恭喜玩家发现第一个游戏怪物，解锁怪物书——

《塞壬小镇》特辑（1/4）

书页上出现了一张照片，人鱼雕像苍白的脸浸泡在幽深的海水中，她只露出半张脸，没有雕刻眼珠的眼睛无声地注视着白柳，似乎要从照片中爬出来。

怪物名称：人鱼雕像（蛹状态）

攻击值：？？？（未知未解锁，战斗后解锁）

攻击方式：？？？（未探索）

弱点：？？？（未探索）

那些打问号的地方都像是被濡湿了的墨迹和污渍，看不清具体字迹，后面飘浮着荧光字体的解释。

弱点下面有一段说明文字。

注：探索补全该怪物书页信息可以获得相应的积分奖励和特殊奖励，集齐一个游戏副本的所有怪物书页，可以带走该游戏副本中某种怪物最珍贵的东西。

《塞壬小镇》的怪物书有四页，后面的书页白柳就翻不动了，显示未解锁，应该是游戏副本里的其他怪物。

这有点像是打怪然后获得奖励，怪物的危险等级越高，最终可以得到的"奖励"也就越好。

但是看这个探索条件，甚至还有战斗，这完全就是鼓励玩家去作死挑衅怪物啊……

战斗力只有女高中生砸书包那么多的渣渣白柳深沉地摸了摸下巴。

露西有些慌张地抱住白柳的手："……她真的在动吗？！"

"怎么可能？！"安德烈似乎也被白柳振振有词的说辞感染了，他的脸上出现了一瞬恐惧的神情，但很快被压了下去，他对着白柳嘲讽道，"白柳，你个胆小鬼！要是贪生怕死，编造这些理由想要逃跑，你就跑吧！回去之后你就自动放弃露西，然后跪下舔我皮鞋上的尿！"

这应该是白柳和这个安德烈的赌约内容。

司机神色奇怪地动了一下，但最后状若平常地调笑道："天色太晚了，你们看错了吧？哪有什么会动的雕像啊？要真有，我们镇子早就被保护起来用来做观光景点了！那可是可以挣一大笔钱呢！人鱼雕像只是我们城镇的特色而已，到处都有，没什么特别的。"

"到了！你们下车吧！今晚好好休息一晚，明早起来好好游玩吧！"司机打开车门，送他们下车。

白柳回头看了一眼那个喷泉中的人鱼雕像，远远望去，那尊雕像依旧是正面对着他们的，头温顺地低着，注视着水面，似乎并没有注视他们。

但白柳清晰地记得，他们的车刚刚开进来的时候，这尊人鱼雕像的正面不是朝向酒店门口，而是朝向入口的。

酒店门口也一左一右摆放了两尊人鱼雕像，手上拿着权杖，嘴角带着奇异扭曲的微笑，似乎是在扮作侍者欢迎他们的样子，但那神情却仿佛是被迫立在这里的。

等他们走进酒店之后，发现里面到处都摆着大大小小的人鱼雕像，就连收银台背后都有一尊等身的人鱼雕像，手里还拿着钱，似乎是在收银。

就像是司机说的那样，人鱼雕像似乎是塞壬镇的特色，随处可见，但这也太多了点，从落地灯的人鱼雕像装饰到前台手边的人鱼雕刻笔筒，这已经不仅仅是随处可见，而是密密麻麻了。

这些人鱼雕像有一个共同的特点——白柳发现自己无论走到屋内的哪个角落，这些摆放在不同位置的人鱼雕像都会给他自己被直视的感觉。而且这些人鱼雕像都没有眼珠子，按理来说，没有瞳仁的雕像很难给人它在凝视你的感觉，但白柳就是有这种感觉。

如此数量繁多、摆放密集的人鱼大理石雕像盯着你，实在是让人感到不适，就算是一直吼着讥讽白柳是胆小鬼的安德烈进来之后都起了一身鸡皮疙瘩，不由得搓了搓胳膊，杰尔夫更是瑟瑟发抖地躲在安德烈的后面，似乎都不怕安德烈打他了。

露西小鸟依……大鸟依人地挽着白柳的胳膊，一张娇艳如玫瑰的脸庞泛着惨白的颜色，似乎也被这诡异的酒店装潢吓到了。

而白柳神色自若地和前台沟通："你好，我姓白，我之前有预订过房间的。"

前台是个肤色惨白得像大理石一样的年轻人，下身穿着及地的苏格兰长裙，走起来一顿一顿的，似乎有些行动不便。这个年轻人静立不动的时候，甚至让人分不清他是雕像还是真人。

白柳一行人靠过去，这人忽然动了起来的时候，甚至把露西吓了一跳，她以为是雕像动起来了，捂脸惊叫道："哦，我的上帝！你白得就像是一尊雕像！"

"抱歉。"前台看着他们充满歉意地说道，"我有白化病，吓到你们了，不好意思！白先生是吗？您一周前预订了四个房间，预订了一周的时间，费用已经付了，房卡在这里，祝您旅行愉快。"

白柳接过房卡，他听到预订的是四个房间的时候，其实是松了一口气的。

他不太想和让自己"没有成功"的露西女士睡一间房。

露西似乎也明白了这一点，这位刚刚还受到惊吓的女人很快就恢复了，她用一种"哦！宝贝！你可真是太害羞了！"的眼神调侃地看着白柳，但被白柳面色不改地无视了。

"我想问一下，你们这个酒店里，怎么这么多人鱼雕像？"

前台语调平缓地回答道："先生，人鱼给了我们一切，塞壬小镇本来一无所有，自从打捞上来人鱼的尸骸，来这里旅游的人越来越多，我们获得了金钱，拥有了一切，所以我们很感激人鱼。在这里，家家户户都有很多人鱼雕像，这对于我们来说就像是护身符一样的存在。"

白柳指了指前台身后的人鱼雕像："你们人鱼雕像的类型，也很丰富，各种各样的都有，你背后那个，就和你长得一模一样，它的材质似乎和其他雕像也不太一样。"

其实不怪露西分不清这人和雕像，实在是这个前台背后那个人鱼雕像和前台的面貌如出一辙，甚至表情比真人更生动，称得上有些狰狞了。

这个人鱼雕像的眼睛直直地瞪视着站在它前面的前台，无论前台去什么地方都不移开视线，好似要从雕像里张牙舞爪地跑出来把这个长得和自己一模一样的前台撕碎吃掉一般，看得人不寒而栗。这个人鱼雕像看着有些破旧了，它的材质更脆薄些，不像其他人鱼雕像那么厚重。

"是的，先生。"前台抬起眼眸直视白柳，"背后这个人鱼雕像是我的护身符，我们会把人鱼雕刻成自己的样子，当灾难来临的时候，这些人鱼雕像护身符就会被魔鬼错当成我们，代替我

们承受灾难。"

白柳觉得有点意思，这个"护身符雕像"明显和其他人鱼雕像不同。

玩家获得新认知——《塞壬小镇怪物书》人鱼雕像面板刷新。怪物名称：人鱼雕像（蛹状态），护身符雕像（茧状态）。

蛹和茧？这个名为"人鱼雕像"的怪物还有两种不同的状态？

白柳缓慢地思量着，蛹是成虫还没破壳的状态，破茧成蝶，茧是成虫成功孵化之后的状态，也可以说是留下的壳子，保护自己的外壳，和这个前台所说的抵御攻击的外壳的说法是一致的……

估计这个人鱼雕像还有"虫"和"蝶"两种状态，白柳直觉这两种状态的攻击性应该比"蛹"和"茧"更强。目前看来，"蛹"和"茧"状态的人鱼雕像没有主动攻击人的意向，不过也有可能"攻击"的方式是白柳意识不到的那种，比如精神污染之类的。

他觉得满大厅的人鱼雕像一直盯着玩家，就挺精神污染的。

白柳分发了房卡。露西缠缠绵绵地想要和他睡一间屋子，被白柳以"我还没有为了你证明自己的勇敢，不配真的拥有你！"的理由打发了。露西感动不已地回去了，走之前还很火辣地准备和白柳吻别，被愤怒的安德烈阻止了。

感谢安德烈！希望安德烈今晚不要出事！

白柳发自内心地希望安德烈能多活一会儿，不然他还真招架不住露西。

这妹子热情大方又很喜欢搞黄色，属于要是对方长了个几把白柳今天绝对逃不掉的类型。白柳感觉露西真的很想吃掉他，一路上已经被她占了不少便宜了，一会儿摸小手，一会儿摸大腿，搞得白柳这个守财奴很想和露西说，身体也是他的私有资产，摸一下五块钱。

白柳用房卡刷开了自己的房间，他一打开之后就顿住了进去的脚步。

白柳扮演的这个 NPC 有钱，订的是比较好的房间，房间内的摆件精美细致，但屋内从台灯造型到床头柜上的雕像，居然也全是人鱼，白柳刷开门一进去，这些白森森的人鱼雕像的眼珠子好似微不可察地移动了一下，齐齐看向了白柳。

面板跳出——

激活主线任务：玩家白柳在屋内安全度过今晚，存活到明天，并且不被孵化——任务完成奖励：20 积分。

系统给白柳发了第一个任务，但白柳的关注点反而不在任务上，他看着"不被孵化"几个字陷入了沉思。

……**孵化？**

啧，那群雕像可以孵化他们吗？

白柳默默记下，一转身他就看到床的对面立着一个等人高的人鱼雕像。

这是白柳看到的，屋内最大的人鱼雕像了。

这人鱼雕像精美绝伦，神情哀切，手上捧着一面一人高的光洁镜子，而人鱼雕像优美的双手就是支撑这面穿衣镜子的支架。

这也是全房间唯一一个没有看向白柳的人鱼雕像。它悲伤地看着镜子，白柳映在镜中，它双手环抱着镜面，就像是环抱这镜子里的白柳一般，这让白柳稍微有点不舒服。

人鱼雕像的目光落在镜面上，眉心内收，眼角低垂，鱼尾无力地摊平在地面上，就好像在为镜中的人哭泣一般，表情逼真又哀悯。白柳看着镜子，里面的"自己"对着镜子外的白柳，露出了一个雕像般阴森森的微笑。

白柳不为所动地用白布盖上了镜子。

这种程度的恐怖画面对白柳是无效的，他在现实世界中就是做恐怖游戏的，常常一个人熬夜到两三点构思各种恐怖画面，这

种镜子中的人对着你阴笑的常规恐怖场景白柳已经做到快麻木了，不会有任何感觉。

看来之前杰尔夫说的那些直接在酒店里悄无声息失踪，一直都没有找到尸骸的游客，估计就是被这些人鱼雕像给"孵化"了。

虽然白柳还不懂"孵化"具体是怎么一回事，但总之不会是什么好事。

保守谨慎起见，白柳把所有的人鱼雕像都用酒店房间内的床单白布蒙住了，包括那面巨大的镜子，用来遮挡那诡异又无处不在的视线。虽然不一定有用，但聊胜于无。

最重要的是，这么多人鱼雕像看着白柳，白柳也睡不着。

他在遮挡镜子的时候，触摸到了人鱼雕像的鱼尾，鱼尾的触感并不是光洁柔滑的大理石触感，而是如海鱼般的黏腻湿滑，白柳甚至感觉他手下的雕像鱼尾上的鳞片轻轻张合了一下。

白柳顿了顿，他触摸了雕像之后闻了闻自己的手指，竟然闻到一股浓重的鱼腥味，但白柳凑近人鱼雕像身上嗅闻的时候，却并没有闻到任何腥气，只闻到酒店内房间的熏香。

可能是车上带下来的味道。

……更有可能是白柳自己散发出了那种鱼腥味，联想到那个人鱼雕像可以"孵化"游客，白柳皱了皱眉，感觉有些不太好。

人鱼雕像能孵化出什么东西呢？多半就是一些长相很恶心的鱼之类的吧。"孵化"这个词让白柳忍不住想起一部叫作《下水道的美人鱼》的电影，他曾经为了取材看了两三遍，从此以后对人鱼这种生物再也没有了任何旖旎幻想。

连着赶了小半夜的车，白柳早就疲乏了，他简单地清洗了一下自己，就躺在床上沉沉地睡着了。他的体力值已经清零，亟须在相对安全的时候睡觉补充体力值。

半夜的时候，白柳被一种很沉闷奇异的拖拽声响唤醒了。

他一睁眼，就看到之前盖住那些人鱼雕像的白布不知道什么时候滑落了一些，只剩一部分将将挂在这些雕像身上。这些雕像有些被白布遮挡得只露出一只眼睛，表情似乎也有细微的改变，从带着神性的悲悯变得不甘和怨毒，它们一动不动地看着白柳，似乎在责怪白柳用白布遮挡了它们。

白柳发现这些雕像似乎离得比他睡觉之前更近了，像一群要聚在餐桌旁用餐的人举着手缓慢聚拢在他的床边。

尤其是那个捧着巨大镜子的穿衣镜人鱼雕像，白柳迷迷糊糊醒来时，就看到自己的脚已经快贴到镜子——这面正对着床的巨大镜子已经移动到贴着床了。

白柳缩脚一坐起，就看到映在镜子中的自己。

镜子里的"白柳"皮肤苍白如岩石，眼睛里没有黑色的眼珠，眼睛周围是大理石的蜘蛛网状的花斑纹路，"他"对着镜子外的白柳露出一个嘴角僵直的笑，但一晃眼，又变成了正常的镜像，好像刚刚只是白柳的错觉。

白柳静了静，从床上站起，面不改色心不跳地用白布强硬地把这些人鱼雕像捆了起来。

为了防止这些人鱼雕像挣脱，白柳还用麻绳死死地扎了两圈，然后把较小的人鱼雕像用白布一裹，扔进了衣柜里上好锁，大的雕像则推进了洗手间里，反锁上，动作干脆麻利得宛如一个熟练的绑架犯。

这些东西似乎受到一定的行动限制，在白柳睡着之前，这些东西并不能移动，而且看起来即使在白柳睡着后，也需要挣脱白布看到白柳才能朝着他移动。有些盖着的白布没有被弄下来的小人鱼雕像就在白布里到处乱窜，并没有朝着床边聚拢，而是四散逃开。

弄清楚这个规则后，白柳当机立断地将这个限制增加到最大。

正当他做完这些，拍拍手准备睡觉时，白柳听到了他隔壁传来了一声门的开合声，和一阵蹑手蹑脚的脚步声。

白柳刚躺上床的动作不由一顿。他预订的四个房间都是相邻的，左右两边相邻房间住的是安德烈和杰尔夫。为了保护(？)自己，白柳特意把露西安排到了离他最远的一个房间。

门的开合声是从左边传来，是杰尔夫的房间。

白柳从床上爬起来，贴在门上从猫眼看向走廊。只见杰尔夫正站在走廊里，他左右看了看，确认走廊上没有人之后，鬼鬼祟祟地从酒店的楼梯上走了下去。

白柳皱起了眉头，杰尔夫大半夜的不睡觉，去干什么？

他刚准备开门跟着去看看，就看到了杰尔夫原本关上的房间门把手又开始缓慢转动，似乎还有什么人要跟着杰尔夫从他房间中出来。

酒店房间是一人一个的。

杰尔夫的房间里只有他一个人，露西不可能大半夜的去杰尔夫房间，安德烈更是和杰尔夫关系恶劣，不可能半夜去找杰尔夫，白柳在自己房间里。

那这个要从杰尔夫房间里出来的人是谁？

白柳心口一跳，他猛地意识到了什么，微微移开了一点和猫眼贴着的脸。

从杰尔夫房间里出来的不是人！

杰尔夫的门把手转动到咔啦一声，终于缓缓地从里打开，白柳又听到了那种他在半梦半醒之间听到的沉闷的拖拽声音，就好像是有什么东西用膝盖跪在地上被人拖曳着走路一般。

但白柳这次知道这声音是怎么发出的了。

一个等人高的人鱼雕像从杰尔夫的房间里出来了，它面目凝滞不动，脸上没有丝毫表情，因为没有眼珠、眼睛全白而显得死气沉沉，鱼尾却在地面上，一蹭一蹭地在深夜空无一人的走廊上拖行。

它雪白厚重的鱼尾在酒店结实老旧的红色地毯上拖曳着，上身保持着丝毫不动地向着楼梯前行，让白柳想起了僵尸那种只能靠着蹦跳前行的僵直鬼怪。

……这东西居然能自己跑出房间，还能开门……

这个从杰尔夫房间内拖曳着"走"出来的人鱼雕像走到楼梯

口的时候，似乎是察觉到了什么，它肩膀上的头突然僵硬地扭转了一百八十度，直接转到了后面，随后，它转变了前行的方向，面无表情地朝着白柳房间的方向走来。

白柳确定门反锁好之后，往侧面移动两步转过身来，背部贴在门上屏住呼吸，他想知道这东西到底想干什么。白柳很快用眼角余光看到门上的猫眼变白了，还在不停转动。

这东西在凑上来用眼睛看门里的人，那个不停转动的东西是雕像的白色眼珠。这东西正在透过猫眼搜寻查找房间内的人。

白柳皱眉，这猫眼……似乎不是他通常见到的那种单向透视的猫眼——而只是一块玻璃，内外的人都可以透过这个玻璃看到另一边的景象。

猫眼上的白色眼珠子还在不停地转动，白柳屏息缓慢往一旁移动，伸出脚去勾地上的白布，准备用白布来掩盖自己。

这惊悚的画面投射到了大屏幕上，等在白柳小电视前的人都屏息凝视，紧张得都快咬手了。

"操操操，好恐怖，我要是在游戏内精神值肯定掉了……"

"稳住啊！稳住！这个地方新人死亡率超高的！"

"塞壬小镇的怪真的很恶心，新人刚刚进来很难保持冷静找出这东西的弱点……"

白柳周围屏幕的新人玩家也差不多玩到了人鱼雕像堵门这个地方，有些玩家玩得快一些，门外的人鱼雕像正在哐哐撞门。

其中一个玩家正一边呜呜呜地哭一边抱着耳朵蜷缩在震动的门边，手里颤抖地拿着一根木棍，似乎是准备用来攻击。人鱼雕像撞一下门，他就大声哭着尖叫一下，但并没有任何人来救他。这个玩家房间的门在摇晃了两下之后，停止了，外面的人鱼雕像好像是离开了。

这个哭泣的玩家擦了擦眼泪，劫后余生般松一口气，撑着门手软脚软地站起来。

但他没发现的是，门上的猫眼还是白的，一只纯白的石眼透

过猫眼静静地盯着屋内的人。

那个人鱼雕像根本没离开，它只是假装离开而已。看见玩家站起，雕像的脸上露出一个诡异又僵硬的微笑，它好像找到了自己的猎物般满足地笑着。门又被猛地撞了两下，轻而易举地被破开，还没反应过来的玩家惨叫着被压在了门下。

人鱼雕像拖着自己沉重的鱼尾进入了屋内，脸上的笑意透着奇异的纯洁和古怪的狰狞，它张开双手缓缓伸向了被压在门下的玩家。

在被人鱼雕像触碰到的一瞬间，玩家好像被什么东西吮吸大脑一般，眼球上翻，看起来像是在疯狂地抽搐翻白眼，嘴边有白沫流出，四肢在缓慢蜷缩，双腿并拢在地上抽搐摇摆，宛如一条被泼了开水之后疯狂挣扎的鱼，他的皮肤也在瞬间变得僵硬苍白。

玩家的眼睛周围出现了白柳在镜子中看到的那种灰黑色的大理石纹路，眼珠也消失不见，只剩被纹路布满的眼白，嘴角僵直地上翘着。

玩家易中精神值清零，被怪物人鱼雕像彻底异化，游戏通关失败。

玩家刘小红精神值清零，被怪物人鱼雕像……游戏通关失败。

玩家邹明日……游戏通关失败。

通关失败的玩家的小电视"刺啦"一声熄灭了，围在这些小电视旁边的人叹息一声。

"欸，我就知道，这次估计还是很难有通关的，太难了……"

才第一晚，怪物才一个照面，整面"新人区"的电视墙就有差不多五分之一的小电视暗了，白柳上下左右的电视屏幕都熄灭了，就剩他一个人在一片黑色屏幕的围绕中，脸色镇定无比地看着门外。

CHAPTER 02

　　白柳背贴着门静静站着，并用白布盖住了自己。

　　白柳能听到大理石在门上碰撞发出的沉闷响声，而门把手这个时候也动了两下。门已经被反锁了，门把手在门外的人鱼雕像的大力拧动下，发出咔啦咔啦的清脆的金属断裂声，听起来似乎很快就要报废了，到了最后就连门也开始摇晃了。

　　那个东西似乎非常想进来，那双死白的眼睛在白柳的房间内搜寻了一圈，似乎并没有发现房间里有任何人，然后，房间内外变得一片安静。

　　门把手好久没动了，对方好似离开了一般。

　　但白柳依旧屏着呼吸，他记得这玩意儿移动的时候会发出那种很沉闷的响声，没有这声音就不对，这人鱼雕像根本没走，多半还静静地守在他的门前。

　　这东西是在诈他，诱导他出来，白柳想道。他斜眼一看，发现本来恢复成地毯颜色的猫眼突然又变成了眼球凸出的白色。

那个东西果然还在！

这东西等了一会儿似乎并不死心，还是想进来，门把手猛地被扭曲成了一个凸出的形状，摇摇欲坠地要从门上滑落下来。

门外的人鱼雕像要进来了！

白柳电视屏幕前的观众有些已经不忍心地闭上了双眼。

"难得看到一个种子选手……唉，可惜了。"

"主要是塞壬小镇这个副本太恶心了，这根本不是新手副本的难度，给新手完全就是在杀人。"

"……怎么这样？我还很看好他来着，精神值 100 的人才！"

"100 又怎么样？他其他属性很一般，塞壬小镇这种副本，啥也不知道的第一次进去，不要说新人了，不知道人鱼雕像的具体弱点，这个地方老手也准死啊，新人得有多逆天才能通关……"

白柳的大脑飞速地转动着，连呼吸都变缓了。

游戏很明确地告诉了他，这些怪物是有弱点的，玩家可以利用弱点从这些怪物的手中逃脱，所以目前破局的方法就是找到限制这玩意儿移动的弱点。

白柳闭上了眼睛回想今晚入住的整个过程。

只要是游戏，那必然是有解的，无解的游戏是最垃圾的，白柳做了那么多年恐怖游戏，他无比确认一定有什么地方提示了他人鱼雕像的弱点。

到底是什么呢……

白柳冷静无比地开始梳理他遇到人鱼雕像的所有场景。

第一次是在酒店外面的喷泉，杰尔夫惊呼说看到人鱼雕像动了，那种移动是无声无息的，跟在汽车后面在转动而已，那个人鱼雕像没有直视他们，在看水里。

第二次是在酒店大厅，数量繁多的各种人鱼雕像，直视他们，没有移动。

第三次是在酒店房间内，除了那个巨大的人鱼雕像在看镜子里，其余人鱼雕像都直视了白柳。在白柳睡着之后，这些人鱼雕像就开始移动，镜子人鱼是移动最快的，但白柳醒来之后这些雕像就不动了。

但显然白柳保持清醒并不是什么限制人鱼雕像移动的条件，因为门外的人鱼雕像已经准备破门而入了。

游戏不会有不能破的局面，他身上一定有什么，可以限制人鱼雕像移动的东西。

不是房间内的东西，不是酒店内的东西，一定是自己带来的东西，因为酒店和房间的东西并不能限制人鱼雕像的移动，之前这雕像可以自由地从杰尔夫的房间出入就可以证明这一点。

到底是什么呢？

镜子……水……睡觉……直视！

白柳知道是什么了！

白柳猛地站了起来，他拉开门，双目直视人鱼雕像。

门外的雕像已经近到几乎跟他面对面了。从白柳的视角看过去，这个毫无生气的人鱼雕像的面目好似贴在他的鼻尖一般，它的手掌还放在白柳的房间门把手上，纯白无珠的眼睛在透过猫眼往右下角看着——那是白柳躲藏的位置。

难怪这东西一定要进来，它应该是已经看到了藏在门背后右下角的白柳了。

它的所有动作都停滞了，鱼尾已经碰到了白柳的脚尖，在踏入房间的最后一刻，在门前静止不动了。

白柳松了一口气，果然没错，让这玩意儿保持不动的秘密武器就是人眼直视。

白柳小电视前面的一众群众都惊呆了。

"我操我操我操！！他怎么想到的？！刚刚拉开门的时候毫不犹豫！"

"一般新人玩家根本想不到，就算是想到了也不敢拉开门，只敢隔着猫眼直视，那还是必死无疑的，因为那么近的距离隔着

猫眼这种镜像看，人鱼雕像的移动只会受到部分限制，足够它破门而入了。”

“沃日，他刚刚和人鱼雕像对视的时候，我起鸡皮疙瘩了！”

“他叫什么名字，好牛逼啊这新人……”

人群渐渐聚拢在白柳的小电视周围。

168 人围观玩家白柳的小电视，玩家白柳达成"新手百人斩"成就。

新增 102 人赞了白柳的小电视，新增 143 人收藏了白柳的小电视，新增 3 人为白柳的小电视充电，玩家白柳获得 3 积分。

小电视里白柳的表情依旧淡然镇定，似乎不觉得自己做了什么了不得的事情。

推断出"人眼"会限制人鱼雕像移动其实是相当简单的。

因为白柳睡觉之后，这些雕像才开始移动，而醒来之后，这些雕像瞬间就停下了，他睡觉前后唯一有区别的，就是睁开了自己的双眼，那说明"人的视线"是可以限制人鱼雕像的移动。

但这里有一个陷阱——那就是隔着镜像类物品看着这种东西，只会减慢人鱼雕像的部分移动速度，必须要无障碍地直视才能彻底制止它们的移动。

因为在人眼直视下，还可以移动的雕像还有两种——酒店门口的喷泉雕像和房间内的镜子人鱼雕像。

酒店门外喷泉池的人鱼雕像看着水里，那么人就在隔着水"直视"人鱼雕像，人鱼雕像虽然被限制了，不能飞快地移动，还是可以缓慢移动甚至转动。而房间里的人鱼雕像中，镜子人鱼之所以是移动得最快的，也是因为它是看着镜子的，人隔着镜子"直视"雕像，给出的限制力是有限的，所以镜子人鱼才跑得最快。

而刚才的人鱼是隔着猫眼看白柳的，白柳如果只是单单隔着猫眼直视人鱼雕像，虽然会有一定限制，但人鱼雕像应该还是可以移动。

这么近的距离，隔着猫眼绝对是不足以限制人鱼破门而入。如果让它进来了，玩家被压在门下，就会失去"人眼直视"这个条件，玩家很快就会凉。

但不得不说，在这种情况下，能有拉开门正视人鱼雕像的勇气的新人玩家的确是极少数，大部分都慌了，就算推断出"人眼直视"这个条件，也没有勇气去验证，只有白柳这个要钱不要命的，才有这种"就算不能百分之百肯定自己的推论是对的，但依旧理不直气也壮"的冷静。

《塞壬小镇怪物书》刷新——人鱼雕像（1/4）
怪物名称：人鱼雕像（蛹状态），护身符雕像（茧状态）
弱点：人眼直视（1/3）
攻击方式：孵化

人鱼雕像眼眸下垂，头稍稍往右下歪了一点，嘴角微微上扬带着一丝笑意，鱼尾优美，身躯洁白无瑕，姿态透着一种说不出的隐秘的美感和神性。一旦定格不动，人鱼身上那种让人脊背发凉的侵占欲就消失不见了，变成了一尊极具美学价值的雕像，在海滨的午夜里，静默地矗立在异乡人的房门前。

玩家白柳获得观看玩家充电 3 积分，解锁游戏商品铺子。
积分过低，无法购买任何物品，请玩家再接再厉！

那个"玩家充电 3 积分"，白柳有点懂了，应该是有看的人给他打赏了。而这个解锁的商品铺子里，所有的商品都是灰色的，显示状态为"无法购买"。他简单扫了几眼，发现这个商品铺子从日用品到武器一应俱全，还有很多乱七八糟的东西，什么"完好无损的心脏""一见钟情的魔药"等听起来很匪夷所思的商品

也有售卖，但相应地，这种商品的价格也非常高昂。

白柳终于明白进入游戏时听到的那句话了——"积分可以兑换包括金钱在内你想要的一切事物"。

白柳关上商品店铺，和面前保持不动的人鱼雕像面面相觑。

现在这东西的确不动了，但白柳不可能整夜不睡和这东西对视啊，而且经过这件事，白柳对这玩意儿的破坏力有了新的认识。

他看向那个就快要从自己门上脱落的不锈钢把手。

从之前他房间里那些雕像的表现来看，虽然这个东西有巨大的破坏力，但是似乎只能依靠眼神来定位，或者说，只对视觉上的东西敏感，一旦被白布遮盖就没办法确定白柳的位置了，就算是在同一个房间里也难以找到他。

换言之，人鱼雕像似乎没有听觉、嗅觉等感官。

不然白柳和这么多人鱼雕像同在一个房间里，就算是听白柳的呼吸声也很容易定位到他，然后把白柳的头像门把手一样拧下来，不需要费力扯开白布再来寻找他，就凭这个徒手拧断门把手的能力，也不会现在都还被关在厕所或衣柜里出不来。

……真麻烦啊，数量还这么多，留着真是个麻烦。

他微微眯了眯眼睛，心里动了点恶念——现在他面前有一个一动不动任由他鱼肉的雕像，他能不能对它做点试验，试验一下它的弱点到底是什么呢？比如用火烤用棒子敲把它弄死弄碎之类的……

提示：玩家如果直接攻击该怪物，会导致怪物的仇恨值长期在玩家身上，怪物只要不死，就会一直攻击玩家，降低玩家生存率。

白柳若有所思地摸了摸下巴，他微笑起来，右边脸上露出一个人畜无害的小梨窝。

"直接攻击它，会导致它记恨我，报复我是吧……"白柳自言自语，"那如果是它自己出事，就怪不了我了。"

白柳故技重施，用床单包裹住人鱼雕像，用绳子扎好下面的敞口，然后他不怀好意地把这尊人鱼雕像放到了酒店楼梯口，自己则退回了房间。

人鱼雕像在看不见的情况下，就会如无头苍蝇般到处走，白柳把人鱼雕像放在这个地方，就是为了让它自己掉下楼梯。

在有可能招惹不死不休的仇恨值的前提下，白柳不会冒险主动敲碎这些雕像，如果能直接敲碎还好，但如果敲碎不了，这很明显会给自己带来麻烦。

但数量如此繁多的人鱼雕像实在是个不小的隐患。白柳只有一双眼睛，如果是木头人那种模式，且他 360 度无死角地被雕像包围，而人的双眼水平视角最多只有 188 度，白柳没办法后脑勺长眼睛直视所有人鱼雕像，那他就必死无疑了。

白柳喜欢做性价比更高的事情，虽然游戏说利用弱点从怪物手中逃生就行了，但他想要知道能不能直接通过某种方式毁掉这些雕像，或者说，这些雕像是否存在其他致命弱点。

他不做主动敲碎或者击打人鱼雕像的人，风险太大，他冒不起。

但人鱼雕像如果是因为自己视力不佳从楼梯上踩空掉下去，就和他无关了。

白柳只是想做个小小的试验，验证这东西能否被砸碎。

不久之后，那个人鱼雕像果然就动了起来。白柳若有所思，其实他现在依旧是看着这个雕像的，但它被白布蒙住了头，不知道白柳正看着自己。

这就证明，"人眼直视"只是一个客观条件，要人鱼雕像主观觉得自己被直视了，才能停止移动。

白柳房间里那么多雕像，他没有办法一一直视，之前白柳一醒来还没来得及到处看，它们就主动停止了移动。

所以，只有人鱼雕像"觉得"自己被直视，才会停止移动。

自我意识高到这个层面，这些东西果然都是活物，还是拥有一定智力的活物，虽然看起来智力程度并不高。

楼梯口的人鱼雕像挣扎了几下，从楼梯阶梯边一滑动，就蒙

着白布噼里啪啦地摔了下去，扑出了一声伴随着灰尘满天的巨大响动。白柳站在楼梯上居高临下地看过去，拍拍手上的灰，有些遗憾地啧了一声。从楼梯上摔下去后，人鱼雕像毫发无损，只是略微蜷缩了身体，大理石上连个裂纹都没有。

……果然摔不坏啊……物理攻击无效啊……

白柳不知道自己这副宛如反派的样子在小电视屏幕上引得一众玩家目瞪口呆。

"我靠！这人真的是新人吗？！蒙头套床单让人鱼雕像摔下楼梯……这是什么反派行为……这新人进来之前是绑匪吗？！还是恐怖分子？"

"我刚刚还在为他紧张害怕，现在我开始同情敲门的人鱼雕像了，都摔得翘尾巴了，好惨……"

"我也……他这样站在楼梯上往下看的样子好像反派，感觉比雕像还可怕……"

"反转了……刚刚是人鱼雕像要杀他，现在是他杀人鱼雕像，这货真的有把自己当玩家吗？！"

"其他玩家都是想从怪物手里活下来，他倒好，他直接就不想让怪物活了……"

"这就是大佬的世界吗？"

白柳对这些讨论一无所知，他的注意力很快就被别的东西吸引了，他看到了杰尔夫。

杰尔夫鬼鬼祟祟地躲在楼梯下，和什么人在交谈，交谈完了之后就往回走。

杰尔夫之前偷偷摸摸大半夜出去了，现在居然又回来了。白柳刚刚在楼梯上视角不错，他看到杰尔夫身后还跟着一个人，这人的身高衣着打扮都和今天搭载他们来的司机是一样的。

这两人似乎在小声商讨着什么，杰尔夫还递给了司机一堆花花绿绿的东西，又叮嘱了司机几句。

白柳没看错的话，杰尔夫给司机的应该是这个世界的钱币。

你已激发剧情人物隐藏支线剧情——杰尔夫的血腥密谋。

探索完整个支线剧情，积分奖励 50，目前支线完成度 15%。

白柳微微眯起了眼睛，他的手伸入衣领口，拿出那枚被打了孔洞的一块钱硬币对准那个司机，面板上弹出人物信息。

NPC：司机

人物简介：载你们一行人来到塞壬镇的你的司机，该司机是据称对塞壬镇十分了解的杰尔夫帮你雇佣的，有过纵火、抢劫等犯罪历史。

果然，这也是个有身份的人物 NPC。

之前白柳和司机一直没有正面接触过，开车的时候这个司机坐在前座，白柳坐在最后一排，无法看到这个司机的样子。

而下车的时候司机又没有下车，白柳一直没有正面看到他，所以也没有识别出司机的人物信息。

他之前还没觉得有什么，但现在白柳回过神来才发现，似乎杰尔夫一直在有意无意地阻隔白柳和司机的接触，无论是选择坐在白柳和司机的中间，还是要下车的时候发出的惊叫……

这两人有什么需要瞒着自己的密谋？

关于这密谋，根据目前已知的信息，白柳猜测，杰尔夫拿钱给这个有过一定犯罪史的司机，可能是让他帮自己做什么事情。这个事情目前未知，白柳觉得很可能是报复安德烈。

在进入镇子的时候司机就已经说过这个镇子很多人已经很久没有经济来源了，让他们小心一点。之前白柳还以为这个是一种提醒，但现在看来更是这个司机一种得意又嚣张的告诫，和一种猎物的区域划分，他在向杰尔夫发出警告——离开了他的合作和保护，杰尔夫很容易被这个镇子里的其他镇民伤害。

当然，他是塞壬小镇的镇民，他也很缺钱，也有可能因为缺

钱对杰尔夫这一车人做出什么抢劫的事情来。

这个司机大概没少做拿人钱财替人消灾的事情，看起来就不是个善茬，而且明显想钱想疯了，进塞壬镇的时候就在含沙射影地威胁他们了，也难怪杰尔夫大半夜不睡觉都要下来拿钱给这个司机了。

如果不及时拿钱，还不知道这司机会做出什么事情。

白柳在杰尔夫看到他之前回到了自己的房间，并帮杰尔夫关好了被打开的房间门。杰尔夫在经过安德烈房间的时候蹒跚了一会儿，低下身子放下了一块黑乎乎的东西，白柳从猫眼里看着杰尔夫放的那东西有点像是——一大块鱼肉。

很快白柳就看到安德烈的房门前聚集了一堆的白森森阴沉沉的人鱼雕像。

一连串沉闷咯吱的雕像移动声又在走廊响起。

安全起见，白柳用白布蒙上了自己房间的猫眼，避免人鱼窥探，又用一个柜子抵住了门，希望要是有人鱼破门而入的时候能制造点声音把他弄醒。

他的体力值已经清空了。做完这一切之后，白柳就躺在床上，合上了双眸。

一夜无梦。

第二天，白柳醒来发现衣柜的门和房间的大门都是闭合的，但是卫生间的门已经快要开了。

白柳打开卫生间一看，发现里面那些被他蒙住绑好的人鱼雕像都已经挣脱了白布，正以各种扭曲怪异的姿势交叠在一起，往卫生间的门移动。有些人鱼雕像的手已经够到卫生间的门把手，离转开出来只有一步之遥。

这些人鱼雕像的姿势让白柳想起他当初玩 123 木头人，突然转身，看到他后面的人控制不住表情和姿态的样子。他那个时候还觉得有点滑稽和好笑，但现在看到这些阴森冷白的雕像为了出来在门后追赶涌动的样子，白柳却怎么也笑不出来。

这些似人的大理石雕像这样堆叠着，给人的压迫感更强，因为它们的眼睛在一个狭小的空间内高密度地凝视着白柳，这让白柳觉得很不舒服，或者说正常人在被这么多双死物的眼睛看着的时候都会觉得不舒服。

白柳合上了卫生间的门，他不再管这些雕像，也没有捆绑它们了。

因为没有意义了。

这些东西挣脱得越来越快，如果找不到更多的弱点来控制这玩意儿，不断地蒙布捆绑就是一种性价比很低的做法，说不定还会锻炼出这些雕像快速挣脱的能力。

在白柳打开房门的一瞬，面板跳出了一则新的提示。

玩家白柳完成主线任务——在屋内不被异化过夜，奖励积分20 点。

目前余额：23 点，可以购买道具，玩家是否购买？

白柳打开了商店铺子，他现在穷得可怜，能购买的东西一只手都能数得过来，白柳买了一个 15 积分的强光探照手电筒，还剩8 积分——他微微思索了一下。

……不知道有没有那种 3D 全息投影的仪器？

有，6 积分一个，正在举行促销打折活动，8 积分三个，请问玩家是否购买三个？

白柳不假思索地点头：要！

作为一个缺钱的社畜，他这辈子最听不得的单词里面绝对有"打折"和"促销"这两个。

他买了之后倒是美滋滋地拿着自己刚到手的 3D 投影机开玩了。这种促销打折来的投影器质量还不赖，白柳录入自己的人像，

投影出来的效果令人惊叹，一点劣质感都没有，色泽逼真，人物鲜活，在光影暗处一打眼，几乎就和真人差不多了。

白柳倒是很满意自己购买的商品。

但是他的观众们却很不满意，一群人围在小电视面前指手画脚，叹息连连。

"这新人该不是想用投影仪当作人眼祸祸人鱼雕像吧？怪物书的弱点上都写了要人眼直视啊，这投影仪只能糊弄人鱼雕像一会儿，撑不久的。"

"居然买了打折的投影仪，这东西看起来高级，但毫无卵用啊！不然也不会是一积分一个都不会有人买的滞销货！这新人在想什么！"

"……是的，我进来的时候这个投影仪就在打折，现在这么多年过去了，还在打折……"

"操！23 点的积分，明明是新手区目前最高的积分，就全部给浪费了，一个有用的东西都没买！脑子进水了吗？！"

忽然，一个玩家在一个小屏幕面前惊喜大叫道："快过来！这边有个新手买了烈焰火把！这个东西克人鱼，他稳了！"

人群一下子哗啦啦地离开了白柳的小电视屏幕，围到那个据说买对了道具的新手面前，不少人赞同地颔首。

"对，这才是常规的破关道具，这个新手思路不错。"

"烈焰火把可以用三次，把握得好，他应该是这批新人里唯一一个通关的。"

…………

白柳的小电视面前又只剩下寥寥几个人。

34 人正在观看白柳的小电视，有 167 人离开。

50 人取消了白柳小电视的点赞，44 人取消了白柳小电视的收藏，有 17 人踩了白柳的小电视，0 人给白柳的小电视充电。

…………

　　试验了一番自己的道具之后，白柳就出了房门，先去了杰尔夫的房间内把他喊起来。

　　杰尔夫明显昨晚睡得很不好，脸色有些苍白，圆框眼镜下挂着两个大大的黑眼圈。

　　而他房间内的人鱼雕像数量——白柳目测了一下，和自己房间内是差不多的。但和白柳那边被他弄得关起来的雕像不同，这些雕像都安静地摆放在原地，也不知道是不是白柳的错觉，他觉得杰尔夫房间里的雕像看起来明显比他的房间里那些要逼真一点，而且面目也变得和杰尔夫有点微妙的相似……

　　人鱼雕像白皙的大理石表壳下泛着一层不透光的红润，眼珠子好像随时都能在眼眶里动起来一般，神情也是惬意又自然，好似吸足了水分的鱼，鱼尾上的鳞片都舒展开了，而房间里也开始隐隐有了一种鱼腥气。

　　白柳又去了露西和安德烈房间观察，他仔细地做了对比，发现这些房间的人鱼雕像，的确要比自己房间内的更接近人的肤色了，无论是触感还是色泽，并且五官都开始和住在房间里的人变得相似。

　　露西坐在饭桌上，一副也没睡好的样子，恹恹地打着哈欠往白柳身上靠。杰尔夫更是一早上都在打瞌睡，眼下也挂了黑眼圈，皮肤泛着青灰色，眼眶凹陷。而且不知道是不是白柳的错觉，他感觉安德烈的瞳孔比昨日缩小了一些，整个人有种让人很不舒服的神经质的焦躁气息，身上还散发着一股似有若无的鱼腥味。

　　白柳拿出硬币对着安德烈扫了一下。

NPC 名称：安德烈（精神值下降，异化中）

　　安德烈此时似乎胃口大开，对着酒店的自助早餐大盘大盘地吃，好像是直接往嗓子眼里倾倒一般。

　　这家酒店因为靠海，早餐大部分都是煎煮烹炸的各种鱼类，

鱼汤泛着油光，鱼排炸得金黄酥脆，看上去让人胃口大开。但白柳却闻到一股像是腐烂鱼尾的刺鼻鱼腥味，就像是他在菜市场那些鱼贩子丢鱼的垃圾场闻到的苍蝇环绕的死鱼味道，他一靠近这些看起来光鲜亮丽的鱼看就开始作呕，更不要说下咽了。

但无论是杰尔夫还是露西都露出了这些东西很香的表情。

白柳拿出硬币一扫，果不其然，这两人也显示"异化中"，应该是和房间里的人鱼雕像有关系。

安德烈更不用说了，他吃的样子都让白柳有些不适了。安德烈大口大口地咀嚼着，湿滑黝黑的鱼尾在他嘴边随着咀嚼拍打着他的嘴唇，常常是嘴里的还没吃完，就用叉子叉住下一条往嘴里送。

露西用刀叉切着鱼排，略有些惊讶地看着白柳："你不吃吗，宝贝？这里的鱼排真的非常美味，我就算要节食都控制不住吃了两条呢！"

"你真的找了一家相当不错的海滨酒店！"说着，露西就要凑过来吻他。但白柳被露西嘴里浓烈的鱼腥味呛了一下，下意识推开了对方，想想还是拉开了露西面前的盘子，假装正经说道："宝贝，你现在身材刚好，我可不允许你为了一条鱼而失去你的美丽，我们吃点素菜吧，这里的鱼排也就那样。"

露西被哄得心花怒放，她虽然还是对鱼排恋恋不舍，但也顺从地吃了不少素菜沙拉。白柳又假装顺便地给杰尔夫和安德烈装了不少沙拉，让他们吃。

白柳给的杰尔夫都吃了，只是有点魂不守舍的。

倒是安德烈看白柳鼻子不是鼻子眼睛不是眼睛的，嘲弄道："不会是我们的富豪缺钱了吧？来之前说大话我们来这里吃住全包，现在连一块鱼排都舍不得让我们吃。露西，瞧瞧，这就是你吝啬的男友！"

露西立马生气地咒骂："安德烈！如果不是白柳，你以为你能来这种酒店吃这种高档鱼排吗？你连住都住不进来！你看看你自己吃了多少，如果白柳不给你买单，你根本走不出这个酒店！"

"露西！"安德烈咆哮起来，但露西仰着头寸步不让地瞪着安德烈。安德烈拿自己喜欢的女人没办法，转头就准备把怒气全撒在白柳的头上。

在露西的尖叫声中，眼看着安德烈宽大的手掌一张开就要把白柳的后领子提起来，白柳仍然不紧不慢地擦了一下嘴巴，看向安德烈，微笑道："如果你还想让我给你买单的话，就最好别碰我。"

安德烈的手蓦然停在了半空中，他的鼻孔像牛一样扩大收缩，喷出急促暴怒的气息，他双目赤红地看着白柳，凶神恶煞地威胁道："等到了晚上我们打赌的内容你做不到的话，我一定要你这个短几把的连女人都上不了的废物好看！"

他双目里全是血丝，似乎已经被直冲脑门的怒气涨晕了头脑，但又不能拿白柳怎么样，毕竟他还指望白柳给他买单。正巧这个时候一朵西蓝花从正在低头进食的杰尔夫盘子里不小心滚了出来，滚到了安德烈的鞋上。

安德烈好像一个被吹胀到极限然后被这朵西蓝花扎破的气球，怒气无法控制地外泄了出来，他在杰尔夫嘴里的抱歉还没说出来的时候，反手就是一掌扇在杰尔夫的后脑勺上，直接把杰尔夫打得头磕在了盘子上，把早上吃掉的东西都吐了出来。

"你弄脏了我的鞋子！你这个恶心的家伙！"安德烈看见杰尔夫呕吐的样子，似乎觉得好笑，找到了某种心理平衡般从鼻腔里哼出一声笑来，又给了杰尔夫一脚。在杰尔夫裤子上把自己鞋子上那点可以忽略不计的油渍擦干净之后，安德烈又说了一句："我不和毫无还手之力的废物计较，擦干净了，给我滚吧。"

露西把头晕眼花的杰尔夫扶起来，她对着安德烈歇斯里地大声吼叫起来："你适可而止，安德烈！你对杰尔夫太过分了！"

白柳没有管争吵的两人，他的目光凝聚在杰尔夫的呕吐物上，外壳金黄的鱼排，被杰尔夫咀嚼吐出来之后，断面竟然是宛如死鱼般的青黑色，上面还沾着像是蠕动的食腐虫类一般的东西。

这种腐烂的死鱼，人根本不能吃，菜市场的鱼贩子会用这种

死鱼来喂大型鱼类。白柳还记得有鱼贩子和他说过，越大型的食腐鱼类，就越喜欢吃死鱼。

司机在早餐过后就来接白柳他们了。

主线任务：游览塞壬博物馆，奖励积分 50。
主线任务：参加人鱼捕捞大会，奖励积分 50。

塞壬博物馆和人鱼捕捞大会，这听起来像是两个景点。

白柳沉思了一会儿，刚想开口问一下司机这两个景点到底是什么，杰尔夫突然蹿上来挡在了白柳和司机之间，低着头不说话，苍白瘦削的脸颊凹陷，嘴边还有被安德烈击打出的血渍，牙关紧咬，微微颤抖。

白柳挑眉，杰尔夫从昨天到现在，似乎一直在竭力避免他和司机接触。

这不太正常。

白柳的手指无意识地转动他心口那块硬币。硬币在他的指背上来回地翻转，这是白柳思考事情的一个常用姿势，金钱在他手中被掌控的感觉，哪怕是一块钱也会使他感到冷静和愉悦。

在没有其他信息的前提下，白柳揣测杰尔夫的目标应该是安德烈，安德烈可以和司机接触很正常，毕竟司机要找下手的机会，而露西是个很好糊弄的角色，没必要那么刻意地去隔绝。

杰尔夫隔绝自己和司机一定有原因，而这个原因白柳思考了一下，应该是钱。杰尔夫看穿着打扮和被安德烈校园暴力的日常，明显不像是一个有钱的角色。安德烈也很欺软怕硬，对有钱的白柳虽然嘴上不饶人，但并没有什么实际行动，而对杰尔夫则是动辄打骂，从这点上来看，杰尔夫的家庭情况应该比不上自己，甚至比不上安德烈。

而昨晚杰尔夫给了司机一笔看起来数目不菲的钱，白柳有理由怀疑，杰尔夫是拿了自己让他雇司机和向导的钱，来雇佣司机报复安德烈，所以才一直很心虚地不让司机和自己接触。

但昨晚杰尔夫已经付给了这个司机一笔钱，按理来说这笔交易已经完成得差不多了，而且明面上司机和向导的工作也执行得很好，他并没有表示出任何的怀疑，通常来讲，杰尔夫应该松一口气，而没必要那么处心积虑地隔绝他和这个司机，这反而会引起自己的怀疑。

这种心虚谨慎的表现可不太像事情已经落实的样子。

但也有可能只是杰尔夫谨慎胆小，做事不成功不放松警惕，毕竟杰尔夫的支线剧情叫"血腥密谋"，这种一听就要杀人的密谋，小心一点白柳也完全可以理解。

就是不知道杰尔夫要选在什么时候对安德烈下手了，不过目前白柳还是想把主要精力放在主线任务上。

白柳和司机搭话："司机，塞壬镇有什么景点吗？"

"景点吗？"司机想了想，说道，"来我们这里的游客，必看的是夜间捕鱼和博物馆。"

听了这回答，白柳心道一声果然，他眉梢一扬："捕鱼和博物馆有什么特色吗？"

"当然有啊，我们可是塞壬镇。"司机转头过来。白柳第一次在车上正面近距离看到这个司机的模样，就算对恐怖画面的抵抗能力高如白柳，也不由得呼吸一滞。

倒不是因为恐惧，而是因为惊异。

这司机的长相太奇怪了。

这人眼白的部分非常多，多到眼珠子只有一只苍蝇般大小。随着说话，眼珠在他眼白当中到处不安地晃动，好像是他无法掌控这快要逃脱出他眼眶的眼珠一样。这司机皮肤也是苍白到不正常的地步。

他一边说一边开车，还在咬手上的鱼排三明治。鱼排被咬开的横截面是那种腐质的绿黑色，就好像是发霉的鱼做的一样，但司机却吃得津津有味，他的牙齿都沾染上了绿黑的颜色，对着白

柳露出一个弧度大到有些不正常的笑来。

白柳上车就一直闻到从前排传来的浓厚的鱼腥味，他一直以为是安德烈身上的，因为这人早上吃了非常多腐烂的鱼排，但没想到味道居然是司机身上的。

那他昨天在车上闻到的鱼腥味估计也是他身上的，但和今天比起来，完全就不是一个浓度范畴的，今天这个司机身上的腥臭味要浓厚得多。

白柳捂了捂鼻子，左右打量了一下司机，这司机……感觉上应该也是一个怪物吧？

警告！玩家识别错误！该 NPC 非怪物！不能录入怪物书！只是处于异化状态中！

玩家识别错误，该 NPC 对玩家信任度急剧下降，可能对玩家做出攻击性行为。

司机缓慢地撕咬了一口手上的三明治，他晃动的眼珠子看了一会儿白柳，忽然口气恶劣地道："……你是觉得我身上的味道很恶心吗？"

白柳心说是的，但表面上急忙矢口否认："没有。"

"你看我的眼神就像是看一个怪物，呵，该死的傲慢的有钱人。"司机阴沉地说道。说完就转过头去吃东西，不再搭理白柳的问话了。

啧，有点棘手啊，这样白柳获取信息的难度一下子就提高了很多，而且他也不可能硬去逼问这个司机，面板已经提示这个司机会对自己有攻击性行为。

白柳转了转眼睛，哄着露西去问司机。司机哼了一声，但还是回答了露西的问题。

"塞壬镇的景点当然和人鱼有关。"司机笑得有些让人起鸡皮疙瘩，他的眼珠子在眼眶里乱晃，你都不知道他是在看着谁对谁说话，"我们的捕鱼可不是捕普通的鱼，是有特别的捕捞人鱼活动，都只在晚上举行。而我们的博物馆也不是普通的博物馆，我们会把捕捞上来的人鱼做成蜡像雕塑，放在博物馆里陈列。我们当初捕捞到的第一具人鱼骸骨就放在博物馆里。"

"捕捞人鱼活动？"白柳问道，"你们真的捕捞到了人鱼？"

司机没搭理白柳。露西又问了一遍之后，司机才回答。

司机露出一个意味深长的笑："是的，虽然除了第一具是非常美丽的人鱼之外，后来捕捞上来的都是一些劣质低等、形态不完整的人鱼，但的确是人鱼。"

安德烈忽然鄙夷地哼了一声："噱头罢了，你们不会真的有人信吧？"

杰尔夫张了张嘴想要说什么，但又把嘴闭上了，估计是因为今天早上刚被安德烈揍了所以不敢出声反驳。但露西就不一样了，她用一种很不满的眼神看着安德烈，大声说："我就相信！白柳你呢？"她说着还转头气冲冲地看向白柳。

"眼见为实。"白柳淡淡道，"晚上看了捕鱼活动就知道了。"

安德烈不会怼露西，但对白柳却是恨不得一个字一个字地嘲笑回去："希望有些人晚上不要借着看捕鱼活动，大哭临阵脱逃就好了。"

他说着说着，脸上露出一个恶趣味十足的邪笑，视线从白柳身上掠过，"要是你大喊大叫地从船板上掉下去，被这些渔民当成人鱼捕捞起来做成雕像，我们可是绝对不会救你的。不过，我们会来博物馆里看你做成的雕像的，哦，可怜的白柳。"

安德烈一边假惺惺地耸肩，一边不怀好意地笑着，似乎已经看到了白柳落水被做成雕像的样子。

白柳突然想起他和这个安德烈晚上还有一个尚未履行的赌约。

他是今早从露西口中套出来这个赌约的具体内容的。

安德烈和白柳要租两艘独木舟在夜晚的塞壬海面上漂流过夜，谁先受不了返航谁就是懦夫，不配拥有露西。露西本人是不

赞成这个赌约的，但奈何白柳扮演的这个角色头铁，一定要来。

在以"人鱼"为核心的恐怖游戏中，深夜的海面无疑是一个非常可怕的地方。白柳是绝不会让自己在还不清楚具体情况的时候和一个四肢发达并且明显对他不怀好意的人去这种地方。他毫不怀疑安德烈如果在海面上遇到了他会把他的船掀翻，让他葬身大海。

白柳不会水。

某种程度上，人鱼塞壬海妖什么的东西，对白柳来说远没有海水本身来得可怕。只要他落入海里，什么都不需要，深邃幽暗的海水几分钟就能扼住他的喉咙，带走他的氧气，最终把他溺死在漆黑冰冷的海水里，这种无能为力的死法让白柳很厌恶，他没有任何挣扎的权利。

非必要情况白柳是不会接近海域的。

白柳的神色出卖了他对这个所谓赌约活动的排斥，安德烈放肆地嘲弄大笑："看看，看看，这就是我们的大少爷，除了钱你还有什么比我好的？连海上都不敢去。"

白柳真情实感地愉悦点头："我除了有钱一无是处。"但是有钱就足够让他觉得满足了，就算是虚拟设定的钱币他也很快乐。

安德烈："……"

这人为什么一副受到了夸赞的表情？

安德烈啐道："那你不去是要放弃露西的意思吗？"

白柳刚想和安德烈摊牌说他不想去这个作死活动，他胸前的硬币一振动，跳出一个任务提示。

触发支线任务"真爱之船"，请玩家白柳在离开塞壬镇之前完成赌约，在赌约中赢过安德烈，积分奖励 100。

白柳："……"

积分奖励居然有 100 这么多！

对金钱的渴望瞬间战胜了对水的恐惧，白柳冷静地回答："不，我去，我还一定要赢过你。"

露西感动地抱住了白柳："哦，宝贝，你回来之后我们一定要住在一起，度过一个愉悦的夜晚。"

她的言语之中有着很露骨的暗示，手顺着白柳两腿之间的缝隙下滑再往上，还给白柳抛了一个媚眼。

白柳默默地把露西的手拿开，他突然想到了什么。

……等等，"真爱之船"不会是他以为的那个意思吧？他在海上船上浪完了之后，是不是还要回来和露西一起在床上浪啊……？

这种欧美风格的恐怖游戏的确常常会设计这种情节，就是在最终的恐怖大结局到来之前让男主吃到女主，算是卖福利的一种。但白柳作为一个游戏设计师，他从来都觉得这种福利设计毫无诱惑力，他给的最终奖励一般都是大量的钱之类的，这可能也是他做的游戏血扑的原因之一吧。

他现在只想婉拒这种福利。

……他不仅要冒着在海面上落水的危险，还要承担回来之后被露西占便宜的风险，这种双重赔本买卖让白柳有种亏本的憋闷感。但白柳也不敢直接脱离角色框架说"露西我和你分手吧，我可能一辈子对你都成功不起来"，这很有可能降低角色对他的信任度。

前车之鉴，司机对他的信任度就下降了。

很明显这些角色身上的隐藏信息非常多，如果他做出了什么崩坏角色或是错误的事情，白柳很有可能会被这些人物排斥，从而错失一些关键信息。

但难不成他真的要和露西开"真爱之船"吗？

白柳陷入了深思——算了，到时候再说吧，反正他第一次就没成功，第二次不成功也很正常，就算可以成功他也可以装不成功嘛……

白柳欣然地接受了自己阳痿的设定之后，用一种看姐妹（不是）的目光看着露西，觉得这妹子顺眼了许多。

司机转头："你们白天先去看看我们的博物馆吧，要晚上才有捕捞人鱼的活动。"

一行人都说了好，司机开着车七弯八拐地从一个海滩后面绕了过去。白柳在那个海滩上看到了很多晒干的残骸，司机说这就是捕捞人鱼的地方，那些残骸都是捕捞上来的支离破碎的人鱼残骸，有些实在是太碎了就被丢弃在沙滩上，有些没那么碎的就被浇铸成雕塑和蜡像，放进了博物馆里。

白柳的确看到了沙滩上有很多硕大的鱼尾骨头和一些白森森的头骨，这些东西凌乱地散落着，旁边还有几张正在晾晒的网。有渔民出来收拾这些骨头和网，抬头和白柳他们对视。之前夜里白柳还没注意到这些镇民的长相，现在白天看了……

这些镇民的长相非常奇异，和司机有种诡异的相似感，但比司机还要猎奇非人。

他们的眼白白到不正常的地步，瞳仁却只有黄豆那么大小的一点，在眼眶里漫无目标地乱晃着。眼间距很宽，眼睛好像是长在耳朵旁边一样位于脸的两侧，很像白柳印象中的鲶鱼。

他们眼周还有灰黑色的大理石花纹，从眼周一直蔓延到脖子上，在阳光下行走起来的动作也是迟缓无比的，脚背在沙滩上好像在发痒一样反复地摩擦。如果白柳没看错的话，他们脚背上似乎还长了一些要脱落不脱落的绿色鳞片。

他们对着路过的白柳的车露出一种宛如孩子嗅闻到食物般的，凝滞呆傻的笑。

露西也被这些渔民的长相吓到了，她小声嘟哝："他们长得好奇怪。"

这些渔民的长相可比司机奇怪多了，比起人来，这些渔民更像是……某种外形奇特的深海鱼类。

司机吞咽下最后一口散发着浓烈腥气的三明治，露出一口沾满鱼糜的黑色牙列微笑："是吗？我们这里都是这样的长相，可能是因为我们什么鱼都吃，不太健康吧。"

白柳眯了眯眼，他觉得这些个镇民也挺像怪物的，但他想到一半就打住了。

司机他就识别错误了，镇民和司机虽然明显都挺非人的，但司机不可录入"怪物书"，这些和司机相似的怪物镇民也有一定概率不符合游戏的怪物设定，如果激发了这么多镇民的仇恨值，那可不是开玩笑的。

但白柳也没有傻到真的觉得这群长相奇特的镇民就不是怪物了。

不是怪物有两种可能性：

第一种：真的不是。

第二种：没有达到怪物书的某种判定标准。

这个《塞壬小镇》有个很奇特的设定，可以"孵化"和"异化"，人鱼雕像可以孵化，而安德烈早上处于异化状态中，白柳觉得这些镇民似乎也处于某种转变状态中，所以显得如此不伦不类。

而这两种状态的结果是什么，白柳不得而知，他猜测可能就是怪物，但他需要验证一下。

白柳把目光缓缓挪到了坐在他前面的安德烈身上。

他昨晚其实不是不能救安德烈。

但对他来说，安德烈这种对他具有一定攻击性的 NPC，死亡价值比存活更大。

安德烈看着司机津津有味地吮吸着自己还残留一点鱼肉的手指，食欲无法遏制地高涨起来，他眼神发直地吞了口口水，又烦躁地挠了挠自己一直在发痒的腮帮子。随后，他用怨毒的眼神从车的后视镜里看着坐在他身后的白柳。

白柳这人这么有钱，为什么连几块鱼排都不让他吃够？他现在饿到看到司机手中的东西，都控制不住地想要抢过来吃。但司机吃得飞快，安德烈还没来得及动作，司机就已经吃完，在一副陶醉模样地摸肚子了。

看着司机一脸陶醉地舔走嘴角的鱼碎肉，安德烈再次回想起那鱼排湿润顺滑、无比诱人的口感，他口中的唾液不断分泌，喉头不由自主地滚动。他从没吃过那么好吃的鱼排呢。

不，不光是鱼排，这里的所有鱼类烹调得都有种让他吃得停不下来的鲜美味道。

司机满足地喟叹道："真好吃啊，只有塞壬镇的鱼才这么好吃。"

露西也赞美："是的，我从来没有吃过这么好吃的鱼，太新鲜了。"

"不，不是新鲜，塞壬镇的鱼可口的秘诀从来不在于新鲜，甚至这种鱼新鲜吃并不好吃，需要经过一定的腌制和特殊处理才好吃。"司机脸上的笑意变得诡异起来，"你们吃的是一种很特殊的鱼类，在其他地方没有的鱼，塞壬镇独有的鱼。"

露西好奇地问："什么鱼？"

司机："人鱼。"

车上陷入了沉默，所有人的脸色都变得奇怪。

露西尴尬地哈哈了两声，安德烈冷笑一声，这两人明显不相信司机的话。

杰尔夫还是低着头不动，只有白柳神情自若。

司机平缓稳定地把车开到了一栋建筑物面前："博物馆到了，下车吧。"等到所有人全部下车之后，司机又说："你们先参观，等到晚上叫我就行，我来接你们去看人鱼捕捞活动。"

他说完就开车走了。

CHAPTER 03

白柳下车左右看了一下周围的环境，他面前是一栋高到需要他把头仰到和地面平行才能看得见顶的建筑物，顶上有几个英文花体字母，是"塞壬博物馆"的英文名。

场景解锁——塞壬博物馆

整个博物馆是海一般的幽深色泽，几根粗大的大理石圆柱支撑顶部，白柳站在门口能看到里面有很多造型各异的人鱼雕像，影影绰绰地陈列在里面。

塞壬博物馆装修看起来很新，但外墙看着还是有些破旧了，是那种红墙砖垒叠的，上面还贴了很多载有寻人启事的旧报纸，被风一吹就糊到了白柳的脸上。

白柳从自己脸上取下旧报纸，映入眼帘的是一行黑体加粗的通告——

警方通告：塞壬镇本月失踪十二人，请各位看到下列照片上的失踪人士时及时通报警方。请各位游客在塞壬镇旅游观景时务必注意安全，不要和大型鱼类嬉戏，谨防落水。

通告下面刊登了十二张黑白照片，上面的人都带着刚刚来塞壬镇旅游的愉悦笑容，但他们的笑容透过这张泛黄的陈旧报纸落在白柳的眼里，有种说不出的怪异。

白柳仔细看完了整张报纸后，准备把它收起来放在包里。折了两下，白柳突然觉得折叠的手感不对，有点过于硬了。

作为一张报纸来说，就算是被海风吹得发干发脆了，也不该有这么硬的质感……就好像不只是一张纸一样。

白柳从报纸的横截面看过去，横截面看起来的确很厚，但却没有多张的痕迹，主要是报纸已经被吹得很凝实了，就算是有多张也不能轻易地看出来。白柳拧眉，把报纸收好在怀里，决定进去博物馆之后找点温水烫一烫，看这个报纸是不是有多层，能不能分开。

触发支线任务——在博物馆中寻找热水池，分开粘在一起的报纸，积分奖励 10。

塞壬博物馆的守馆人是个得了白内障的老大爷，他眼中是浑浊白翳的一片，但神奇的是似乎看人没有什么大问题。白柳他们一走进去，这老大爷就迅速地偏头看过来了。这位守馆人双目空茫，衰老的脸上却带着格式化一般礼貌的笑，他飞快往这边靠拢的样子让露西小声地惊呼了一声。

守馆人神情有些奇特和唏嘘："已经很久没有人来这里了……从上个月不断有人出事开始，就没有游客来塞壬博物馆了，也很久没有新的人鱼雕像进馆了。"

白柳听到这里，连忙追问道："为什么很久没有新的人鱼雕像进馆了？这和没有游客来有关系吗？"

"当然有了。"守馆人语气开始激动，他甚至挥舞了一下自己有些僵直的老胳膊老腿，"没有游客来，我们就很少做人鱼捕捞这种费时费力的大型活动；没有人鱼被捕捞起来，我们就没有办法做人鱼雕像放进馆里。"

"塞壬博物馆是一直都有人鱼雕像源源不断地进馆吗？"白柳马上就意识到了一个问题，"这个博物馆的容量是有限的吧？如果一直往里进新的雕像，也放不了多少雕像。"

"不！"守馆人嘴角噙着古怪的笑，他白浑的眼球在眼中转动了一下，对准了白柳，语调神秘，"这些人鱼雕像会离开这个博物馆。塞壬博物馆是永远填不满的，因为进来多少人鱼雕像，就会离开多少人鱼雕像。"

白柳微妙地挑了一下眉，继续问道："那这些人鱼雕像离开博物馆之后，都去哪里了呢？这些雕像会被扔回到海里吗？"

守馆人住了嘴，他似乎觉得自己说出了什么不该说的话。

白柳却敏锐地继续追问道："游客来了，然后呢？"

"什么都不会发生。"守馆人低声自语，"你们会在塞壬镇度过一个愉快的假期，然后离开这里。"

再问时，这个守馆人却无论如何都不肯再开口了。白柳在问清楚了馆内的热水在什么地方之后，就放弃了套话，他拿着票带着身后的一行人走进了塞壬博物馆。

一进去，白柳就看到门口立着一尊威风凛凛的中年男人的金漆雕像。这是一尊穿着西装戴着帽子的人形雕像，和白柳看到的那些人鱼雕像截然不同，没有鱼尾，通体金灿，脸上带着官方的笑意，正对着进来的游客们挥手致意。

博物馆内的灯光很暗，光线从顶部落下，在这尊雕像的脸上映出不明晰的阴影，让雕像脸上礼貌的笑意都变得怪异了起来。

　　黑色石台上刻了一些关于这尊雕像的简介，白柳凑过去看——这是塞壬镇的镇长雕像，是在塞壬博物馆剪彩开张的时候落成的。

　　石台上面还用一些很夸张的语句高度赞扬了这位镇长对塞壬镇做出的贡献，什么打捞上了人鱼骸骨之后大力发展旅游业，什么支持建造了非常有观赏意义的塞壬博物馆，让整个落后的海滨塞壬镇变得欣欣向荣起来。

　　石台上还雕刻着——"哈里斯镇长对塞壬镇的每个村民，都有着如对自己孩童般的无条件深爱"。

　　白柳正在认真地看着，沉默了一路的杰尔夫忽然靠近白柳小声问道："你相信有人鱼吗？你觉得这个上面说的关于塞壬镇的事情，都是真的吗？"

　　当然不会全部相信。

　　这种为了促进旅游业发展特地建造的猎奇向博物馆里面说的东西，虽然看起来很正经，但能有个三分真实就差不多了，大部分都是当地编造出来的虚假信息，用来炒作成噱头吸引游客的。

　　但这是一场恐怖游戏。

　　白柳："我觉得是真的。"

　　安德烈抱胸重重哼笑一声，似乎是在嘲弄深信不疑的杰尔夫和白柳，却并没有说什么，跟在杰尔夫后面也进了博物馆。

　　白柳和露西本来要一起的，但白柳想去找热水室分开湿掉的报纸，就让露西先一个人去逛了。

　　露西表示了遗憾之后，说自己会在展厅里等白柳，就独自去逛了。白柳则往守馆人说的热水室方向走去。

　　守馆人说白柳要去的热水室有些偏僻，灯管坏了几个，让他自己小心。他还叮嘱，那边有很多随意堆放的人鱼雕像，注意不要撞到雕像身上了。守馆人说这些话的时候脸上带着不怀好意的表情。

　　白柳穿梭在大理石圆柱之间，这些林立在博物馆内部的大理石圆柱有两到三人合抱那么粗，位于道路的中央，而道路两旁隔一段距离就摆放了一个人鱼雕像，这些雕像形态各异，鱼尾落地，脸上都没有什么表情，白柳发现这些雕像几乎都在往窗外看着。

……看起来就像是这些人鱼雕像想要从这里逃走离开一样。

而热水池在这条长廊的尽头，也不知道被谁打开了，自顾自地哗啦啦流出热水来，整个回廊都是热水氤氲出的水蒸气，白柳走在长廊里好似走在一片海面上的雾气中，周围是在水面下摇曳的人鱼。

走了没几步，白柳就发现道路两旁的人鱼雕像，从扭着头往窗外看，变得脖颈缓慢地歪曲偏转，毫无表情的脸开始朝他看了，而且两边前后的人鱼雕像，都在以一种不易让人察觉的微妙速度，向中间的白柳靠拢。

空阔深高的欧式建筑物内暗不透光，孤身前来的游客的脚不疾不徐地踩在光滑的地面上，两边雕刻精美的人鱼雕像似乎在白柳每次眨眼间，都在改变姿态和表情，并且离他越来越近。人鱼雕像们原本空茫死寂的脸上出现了微弱的笑意，鱼尾在地上拖出一道道沾满灰尘的痕迹，白雾迷离之间要夺走对方的性命。

它们是如此地苍白，是如此地无瑕，好像一群被凝固在这个地方的只能缓慢移动的幽灵。

白柳在心中默默计算着这些人鱼雕像的数量，并且时不时回头看一眼身后跟着他的这些东西，控制它们的移动速度。

但这里的雕像实在是太多了，通常他盯住后面的人鱼雕像，刚一回头的时候，白柳正面前那个带着怜悯微笑的人鱼雕像已经迫不及待地对他伸出了双手，马上就能掐住他的脖子了。

白柳计算过这些东西的移动速度，他基本都是卡着点移动和回头的，并且利用圆柱有意地把这些东西绕开，不让它们围成圈。这些东西虽然看上去威胁很大，但白柳几次打交道下来，发现这些玩意儿的移动速度和智力都不算特别高，比较麻烦的点在于无法毁坏和数量繁多，一旦形成包围战他就很难逃得掉了。

这些人鱼雕像离他越来越近，白柳发现，这些雕像已经从一种接近于死物的状态，开始渐慢地变成向活物转化。

这些人鱼雕像原本在白柳眼中都是近似的面孔，而现在，流水线生产的欧美雕像通用面孔开始出现变化，越靠近白柳，这些人鱼雕像的面部就越来越像……白柳。

是的，这些人鱼雕像的脸长得越来越像白柳，脸上开始都露出一种弧度过大的诡异微笑，它们朝着白柳张牙舞爪地移动过来。

白柳终于走到了守馆人所说的热水池，发黄老旧的盥洗池上，水龙头表面沾满了铁锈色的斑点，也不知道是血还是什么锈迹。

烧热水的长方形铁罐立在水龙头的上方，发出水烧开时翻滚沸腾的声音。在水流哗啦啦的响声中，他平静地把怀中的报纸放进水池，然后回头。

一群形态各异、面部和他八九分相似的人鱼雕像高高低低地在他身后站成好几排，密密麻麻地簇拥着他，把他离开的道路也堵得密不透风。

它们低着头，博物馆内昏暗的光在它们没有眼珠的眼睛上落下一层阴霾，它们嘴角带着怪异的、咧开到下颌角的笑。这笑明显带着恶意，但在它们大理石雕刻的纯白优美面容上，又有一种说不出的神爱世人般的慈爱感。这些人鱼雕像目光沉沉又贪婪地看着站在水池前的白柳，白柳也正直视着这些东西，有种被几十个自己包围的感觉。

这群东西，在围猎他。

白柳想到刚刚才觉得这群东西智商不高、没有围猎他的意识，没想到一会儿它们就无师自通地学会了包围他。

学习能力惊人啊。

白柳平和地直视这群东西，他身后的热水已经从盥洗池里溢了出来，但是他没回头，或者说不能回头，一回头这群东西肯定立马就冲上来了，他也不能眨眼。

他把手伸到身后关掉了水龙头。溢出在地面上的热水蒸腾出水蒸气，水滴从池子边缘落下，发出滴答滴答的声响，温热的水面上漂浮着报纸。

白柳眨了一下眼睛，人鱼雕像们又向前移动了一寸，面目越发狰狞，但白柳却像是没看见一样，反而看着它们的面孔若有所思地摸着下巴，自言自语。

"孵化，是这个意思吗？越靠近我越像我……所以最后孵化出来的东西和我大概率长得是一样的……唔，我身上的鱼腥味在这些人鱼雕像靠过来的时候重了一点，所以孵化的时候我也会受到影响，那些镇民也是在孵化中吗？"

他这里倒是不紧不慢，但是在他小电视前面围观的玩家就没有白柳这么淡定了，都在冷嘲热讽。

"这种时候了，还在分析装逼，我看他拿着一堆没用的投影仪要怎么办，是准备给人鱼放电影吗？"

"啧啧，精神值 100，我还以为多牛逼呢。"

"太菜了，我第一次玩游戏都比他好，花积分买 3D 投影器，太浪费了。"

旁边又是一阵惊呼："那个拿火把的新手玩家突围了！快过来看！"

白柳旁边隔了两格的一个小电视屏幕中，一个男性玩家举着一支熊熊燃烧的火把，咬牙切齿地对着围堵他的人鱼雕像挥舞过去，一边挥舞一边嘴里还在大声喊着："走开！不想被烧死就走开！"

人鱼雕像们渐渐退开，小电视面前爆发一阵欢呼：

"我就说这个玩家可以，选对了道具。人鱼雕像弱点之一是畏光，烈焰火把是最好的道具，可以可以，充电了！"

"点赞了，他面板武力值也很可以，后期发展得好说不定可以上新星榜。"

"唉，早知道就不给隔壁那个什么白什么充电了，浪费积分，这才是正经种子选手……"

白柳小电视的点赞已经下降到只有个位数，还有寥寥几个观

众仍守在那里，他们也不是来为白柳加油鼓励的，他们只是单纯地来围观这个新人的死亡出局的。

只见电视里的白柳不慌不忙地从兜里掏出那三个打折买下的 3D 投影仪，仅剩的几个观众也忍不住嘲笑起来。

"居然真的拿出来了，他要干什么？"

"还是隔壁的火把看着带劲，一下就全退了。"

这些人鱼雕像无声无息地聚拢到鱼尾都贴到了白柳的脚尖，它们高高仁立着，在一个阴暗的小空间内把白柳包围起来，几十双死白的大理石雕像手从四面八方伸出，试图去捕捉白柳这个猎物。

白柳不慌不忙地把 3D 投影仪扔到雕像的后方、左方和右方，一边一个，然后微笑着摁下了开关。三个投影仪中各跳出了一个活灵活现的白柳投影，和他一样在微笑着，三个投影和一个白柳守在四方，还在不断往前移动的人鱼雕像们迟疑了几秒，全都停下了。

但观众依旧是一副嘲讽的嘴脸："人鱼雕像虽然智商不高，分不清真人和投影，投影的人眼的确可以糊弄它们一会儿，但是太久了就会暴露，等着 GG 吧这傻逼。"

有个刚刚给火把玩家充了不少电积分的观众嗤笑一声："而且他买的那个强光手电筒，就那么一把，虽然可以逼退人鱼，但对人鱼雕像的威慑力和攻击力都不如火把，靠一把手电筒根本退不出这个包围圈，除非这玩家能弄四把，四个方向都有光，不然必死无疑。"

他这里话音刚落，人鱼雕像退了一点，果然就不动了，然后隔着一段距离站在灯光外阴森森地看着白柳，似乎洞察了白柳的投影是假的，正跃跃欲试地准备上前来。

这观众说："看吧，我就说会这样，虽然烈焰火把是消耗产品，只能用三次，手电筒是持久产品，看起来可以用很久，但手电筒的攻击力根本不足够，要是有多个手电筒还能逼退人鱼，但是刚进入游戏的新手玩家根本买不起多把手电筒，所以烈焰火把这种消耗性高的攻击型道具才是最优解——"

这观众话还没说完，他看着小电视屏幕，目瞪口呆地打住了自己高谈阔论的分析。

白柳那边的三个投影也像白柳一样，拿出强光手电筒对准了人鱼雕像，四个白柳掏出手电筒对准中间的人鱼雕像，好似要发射什么炮弹一样。

白柳笑："一把果然不太够，不过，四把应该够了吧。"

四道强烈的光束从四个方向猛烈地照射向人鱼雕像，一时之间白柳的小电视屏幕都比旁边的亮上了许多，屏幕变得纯白刺目，让人无法直视。

人鱼雕像在强烈的光束照射下，僵直地，一顿一顿地把自己的手举起来，准备挡住自己的眼睛，雕像的双眼甚至被手电筒的强光闪得有些空茫。它们开始后退，开始蜷缩身体，就像是被警察围堵的可怜罪犯一样，在强光的正中央缩成了一团，甚至有人鱼雕像试图把头埋进自己的胳膊里。

而白柳像个大魔王一样蹲在这群雕像面前，笑眯眯地说："哎呀哎呀，我果然没猜错，你们真的怕光啊。"

小电视面前的围观群众："……"

你是反派吗！！！

"我去！！！ Get 了 3D 投影的新用法！！"

"……我服了，这人怎么想到用 3D 投影录自己拿着强光手电筒的影像，然后再投影出来对付人鱼雕像的？"

"靠，3D 投影仪在我手里就是滞销品，在大佬手里就是复制器，武器加倍，还可以反复利用。"

"我看着看着也忍不住买了三个 3D 投影器……"

"对哦，投影器现在打折！三个才 8 积分！还不快抢！！"

旁边那个刚刚还在被人大肆赞扬选对了道具的玩家正在手忙脚乱地一边挥舞火把逼退人鱼，一边试图去看热水池里的报纸，看着慌乱无比。面目狰狞的人鱼雕像还在不断张牙舞爪地靠过去，

这玩家不断被逼退，好似下一刻就要挂掉了一样，场景惊险无比，刺激万分。

明明是可以吊起无数人心脏的场面，但是只要看一眼白柳这边，就会变得微妙地索然无味起来。

白柳这人让他的三个投影像是警察一样包围了人鱼雕像，而自己在热水池边不紧不慢地抖开报纸看了起来，悠闲得仿佛是在度假，而人鱼雕像弱小可怜又无助地缩在包围圈中间，一动不动。

这反差简直太大了！

有人心情复杂地叹息一声："从此以后，烈焰火把再也不是通关《塞壬小镇》最好用的道具了……"

新增 347 人赞了白柳的小电视，新增 355 人收藏了白柳的小电视，新增 21 人为白柳的小电视充电，玩家白柳获得 21 积分。

玩家白柳在一分钟之内获得超 300 点赞，声誉急速上涨中！

恭喜玩家白柳获得推广位，进入中央游戏大厅屏幕边缘区位置，浏览量正在急速上升中……

有人有点恍惚地看着白柳的小电视屏幕："……我去，这还是我第一次看到新人区的玩家获得推广位进入中央游戏大厅屏幕的。"

"我好像……在见证一颗大佬新星冉冉升起……"

《塞壬小镇怪物书》刷新——人鱼雕像（1/4）

怪物名称：人鱼雕像（蛹状态），护身符雕像（茧状态）

弱点：人眼直视，强光照射（2/3）

攻击方式：孵化

玩家白柳只差一个弱点，就集齐《人鱼雕像》这一页的怪物书了，集齐后游戏结束，可解锁相应奖励。

白柳早就猜到人鱼雕像的弱点之一是畏强光。

这其实蛮好猜的。

之前司机说捕捞一些大鱼要晚上才出来，就是因为避光，而人鱼捕捞活动正好是在晚上举行，可想而知人鱼这种大鱼多半也是避光生物。

但人鱼雕像和人鱼在避光这一点上是否有共性，白柳还没有轻易地下结论。

于是白柳观察了一下，他发现白天塞壬镇大街上几乎没有摆放任何人鱼雕像，而酒店和塞壬博物馆这两个地方光线都相对不充足，人鱼雕像就很多，并且他之前推断出的结论是，人鱼雕像这种生物没有听觉、嗅觉，但是视觉却格外灵敏，因此具有很强的对光的感知能力。

答案几乎就摆在眼前了，人鱼雕像这种东西畏强光。

白柳骨子里是有点赌性在的，他在推断出这一点之后，就会冷静又疯狂地去针对这个弱点追求他可以利用的性价比极致——

到底多强的光可以逼退多少人鱼雕像？强光到底对人鱼雕像有多大的影响力？可以影响它们多长时间？如果人鱼雕像形成了包围圈，强光能不能直接帮助他突围？

于是，白柳做了一个实验，他故意地把这些人鱼雕像诱导成了一个包围圈，然后试着利用强光和 3D 投影仪突围——当然也有可能失败，但白柳不喜欢畏手畏脚地做事情。在他的推断下这个行为有着 80% 以上的成功率，并且他后续很有可能要面临这种情况，那么白柳就会毫不犹豫地去赌一次。

失败了就失败了，没有风险就没有收益，这很正常，玩游戏就是一个经历风险的过程，做游戏也是。

不过他目前的注意力，还是在水池里被泡软了的报纸上。

白柳抓住报纸之后用两只手在报纸背面轻轻一撕——

分开了！

果然，这不是一张普通的报纸。

玩家白柳完成了在热水池分开报纸任务，积分奖励 10。

充电积分 21，目前积分余额 31，是否购买道具？

白柳点了否，继续低头看向报纸。

白柳摸了摸被分开的两张报纸，厚度明显不一样，有一张要薄很多，他微微皱了一下眉，夹住更厚的那一张，再一撕——又分开了。

哇哦，白柳挑眉，他差点就被任务完成的提示给迷惑了，下面居然还有粘在一起的报纸，要不是多看了两眼，他可能以为这个地方的信息已经找全了。

啧，这游戏，挺会坑人啊。

白柳撕开了七八次，他身后的盥洗池内已经浮满了浸湿的旧报纸。确定报纸之间没有任何夹层之后，白柳才赶紧瞄了一眼上面的内容。

他手上的九张旧报纸的所有头条，全是警方通报游客失踪的"寻人启事"，失踪人数加起来……啧，总之是个不小的数目了。

游客失踪最早的时间可以追溯到去年，也就是塞壬博物馆刚刚落成的那个时间点。

一开始，失踪的游客并不多，而且明显伴有财物抢劫的痕迹。热门的旅游景点每个月失踪那么一两个游客并不是什么了不起的大事，这种人流量密集的地方一向容易滋生犯罪，又在海边，无论是落水还是被绑架抢劫都是很正常的事，这些事情明显是要上报登记的。

不过从杰尔夫告诉白柳的情况来看，在上个月之前，外界都不知道这里已经失踪了这么多人，旅游业反而还在大力地发展着。直到来这里的游客和失踪的游客都渐渐多起来，并且诡异的事情频发，上个月，塞壬镇光是登记在册的失踪人数就有十二个，这才闹大报道了出来。

白柳如果没有猜错的话，之前游客失踪的事情，都是那个爱民如子的哈里斯镇长为了继续发展旅游业，动用了一些手段压下去的，后来实在是压不住了才爆出来。

从报纸上的信息来看，这里的镇民实在是很擅长犯罪。

白柳收好报纸和投影仪，拿着手电筒反向照射着那些人鱼雕像，确认人鱼雕像没有动之后，白柳才从走廊出来，往露西他们所在的塞壬博物馆中央展厅前去。

中央展厅里据说只摆放了一具人鱼骸骨，而且是放在严密锁上的防弹玻璃柜子里，就是司机所说的他们捕捞起来的那具完美无缺的人鱼骸骨，也是一切的开端。

这具骸骨就像是海赠予塞壬镇的礼物般，给塞壬镇带来了财富，但也带来了不祥，但所有人都只看到它带来的财富，却没有人意识到他们现在的不幸也是由此而来。

白柳一走进去就愣住了。

中央展厅是一个圆形的展厅，最中间竖立着一个水晶棺材般的玻璃柜，玻璃柜子里，LED 耀眼的白色灯光三百六十度无死角地照射里面的人鱼"骸骨"，白柳难得带着惊讶的目光来打量这具被称为"骸骨"的人鱼尸体。

这不能称之为骸骨，至少在白柳的标准里，不能完全称之为骸骨。

露西表情迷恋地看着这条玻璃柜中的人鱼："他可真漂亮，我从来没见过这样……完美的长相，就连电脑合成的都没有。"

杰尔夫似受到了极大的震撼，这个戴着厚厚眼镜的男生无法置信地仰头看着这条人鱼，也不知道呆立在那里多久了。

安德烈倒是一如既往地对这种生物持一种绝对否认的鄙夷态度："你们都被骗了，这不过就是找条鱼尾巴缝到人身上装在玻璃柜子里就能办到的事情，搞出来吸引人眼球的把戏而已……不过的确做得好看。"

这具人鱼尸体浸泡在玻璃容器中，他的左手到肩膀的地方是白骨，其他地方都是宛如真人般的皮肉。

筋肉线条优雅凌厉，匀称的肌肉包裹着纤薄的骨骼，幽深暗蓝的液体里，气泡缓慢上升着，在人鱼深棕色的长发中缠绕漂浮，最终宛如一粒珍珠般嵌在他纤长浅色的眼睫中。

他的眼眸闭合，面容精致细腻到不可思议，有些微卷的长发在水中漂拂过他浓艳绮丽的面容，露出一双和常人迥异的耳朵。

他的左耳是贝壳云母质地的鱼鳍，在水波中泛着斑斓的光泽，而右耳则是白骨一样的鱼鳍，从湿滑的长发中显出。

蜿蜒卷曲的鱼尾似一条在海水中被洗涤的亮银蓝色缎带，垂落在玻璃柜上，倒三角形的鳞片在灯光下闪闪发亮，右手指缝之间有半透明的肉膜，和白骨森森的左手在胸前包裹交叠。

白柳明白了为什么那个司机会用美丽和高等来形容这第一条被打捞上来的人鱼。

那些原本雕刻精细的人鱼雕像和这具人鱼骸骨比起来简直就像是粗制滥造的廉价旅游纪念品。

而白柳对看起来很贵的物品都很有好感，他上前看了看这条人鱼旁边的简介。

"塞壬，塞壬镇 XX 年 XX 月 X 日晚上，一次集体捕捞活动中捕捞上来的生物，在经过相关机构验证后，确定无人工合成因素，是纯自然条件下自然生长的珍稀生物，捕捞上来之后就已经是尸骸状态，后封存在固化液中，保留在塞壬博物馆中心展厅供游人参观。"

……这东西，应该是个很牛逼的怪物，白柳想。

在白柳低头看这条人鱼骸骨的介绍的时候，柜子里的人鱼右手的手指微不可察地弹动了一下。

白柳胸前的硬币突然发疯一样振动起来，猛地弹出了无数鲜红色的面板，一个又一个，像是系统故障一般堆叠在白柳面前。

《塞壬小镇怪物书》刷新——塞壬王（2/4）

怪物名称：塞壬王

弱点：暂无（不要求玩家探索该怪物弱点）
攻击方式：？？？（未知，待探索）

你已触发神级游走 NPC 塞壬王！！
《塞壬小镇》游戏副本生存率正在急速下降，重新计算中……
原游戏通关率为 51%，目前下降至？？％！！
警告！警告！该 NPC 极为危险，目前没有明确弱点，一旦 NPC 想要杀戮，玩家无法利用弱点逃脱，只有死路一条，请玩家加快游戏破解进度，在该 NPC 苏醒之前迅速逃离塞壬镇！
预估该 NPC 还有一天苏醒，请玩家加快探寻进度！

白柳扬了扬眉，他这是……遇到了了不得的东西了？

白柳冷静地看着面板上的红色警告文字，还在思考着对策，却不知道这个警告已经快把偶然路过中央游戏大厅大屏幕面前的一个资深云玩家吓傻了。

王舜是一个资深云玩家，已经在中央游戏大厅的大屏幕面前蹲守多年，现在他正蹲在中央屏幕前，呆滞地看着白柳的小电视。

云玩家的意思就是下场的时候少，看别人玩的时间多，看别人玩游戏可以让王舜得到很多游戏的相关信息，从而在正式游戏的时候可以发挥得更好。但他看了这么久的游戏视频，还是第一次在中央游戏屏幕上看到神级游走 NPC，这让王舜看着屏幕，反复确认了两次之后才恍恍惚惚地开口道："我没看错吧？！这个……是那个神级游走 NPC 没错吧？！谁这么倒霉进入了有神级游走 NPC 的副本啊……"

在整个系统里，有成千上万数不清的恐怖游戏，算是一个个独立的游戏副本，每个游戏当中的 NPC 和怪物都是不同且固定的，就好像是一个游戏商店上面展示的不同游戏一样，互相不干扰不影响，玩家进入每个游戏副本的游玩过程都是独立的，不会互相

串来串去和融合。

但不知道什么时候，出现了一个奇异的游走类型 NPC，这个 NPC 会随机出现在每个恐怖游戏的副本中，在游戏中蛮不讲理地穿梭，甚至会附身到里面其中一个怪物身上，把这个怪物从普通类型的怪物改造成杀伤力巨大的神级怪物，让一众玩家叫苦不迭，每次进入游戏的时候都战战兢兢，害怕触发到这个神级游走 NPC。

不过这个 NPC 的触发概率其实并不高，王舜看"小电视"多年，从来都没有见过有人触发这个神级游走 NPC。

这是因为这个神级游走 NPC 的杀伤力相当巨大，通常是一出现整个团队瞬间全灭，观众根本还来不及看到，玩家就全部死亡了。所以，关于神级游走 NPC 的传闻很多，但信息很少，一旦出现，对王舜这种云玩家来说，那就是最顶级的资讯！

要是收集齐全了资料，说不定还可以卖积分的！

王舜瞬间就聚精会神了起来，他今天就蹲在白柳这个小电视面前不走了！

但很神奇的是，这么一个出现了神级 NPC 的劲爆游戏视频，居然在中央屏幕的最边缘，如果不是王舜有扫整个屏幕的习惯，看到了这里这个小屏幕满屏幕的红色警告，说不定就看漏了。

"是系统的算法出错了吗？"王舜守在白柳的屏幕前喃喃自语，"这种视频怎么都不该在这种边缘位置啊，这玩家表现得很不错啊，怪物书第一页都要集齐了，而且看到了神级游走 NPC 都这么镇定，也没有消极游戏，这心理素质够牛掰了……"

他一边说一边点开了自己的游戏管理器，查询了白柳这个小电视背后的玩家信息，然后缓慢地睁大了眼睛："……卧了个大槽？！这居然是个第一次玩游戏的新人？！认真的吗？！"

游戏论坛——有人看到中央屏幕那个刚刚从新人区升上来的新人玩家吗？

11：第一场就升上来了，可以啊！我奶一下，今年的积分榜的年度新星是不是会有他。

21：做梦，今年积分榜新星都是神仙打架，刚刚升上中央屏幕，不要这么早开麦，会被嘲的。

31：不可能了，这人必凉，我正在看他的小电视，他运气太差了，刷出了神级游走 NPC，估计这一场就是他人生的最后一场游戏了，这倒霉孩子，为他默哀。

41：我靠不是吧？！他之前在新人区表现得很厉害的，怎么这么非啊……但是他真的很厉害，也不一定必死吧？

51：还有人不懂游走 NPC 写作 NPC 读作 bug 吗？这 NPC 没弱点的，每次只要出现，玩家方基本都是团灭，因为跑不掉，我感觉已经破坏游戏平衡了，我感觉就是系统给无法解决的 bug 起了个游走 NPC 的名字来糊弄玩家……

61：这新人太非了吧，明明看着实力还可以，但运气真的太差了，抽中了《塞壬小镇》这个新人灾难级副本不说，居然还碰到了游走 NPC……这通关概率基本是 0 了……R.I.P.

71：嘻，我之前还挺看好他的，觉得他有希望冲击《塞壬小镇》的积分最高纪录，因为他思路真的很厉害。

81：《塞壬小镇》积分最高纪录是牧神的吧？我记得不加充电是一千三百多积分，牧神现在还在积分新星榜前十，这新人这把都活不过，越级碰瓷了啊！

91：我也在这个小电视这里看这个新人，神级 NPC 就是厉害，我玩的时候中央展厅就是一具普普通通的女人鱼白骨，叫"塞壬女妖"，神级 NPC 一来，直接给整成塞壬王了。

101：这新人玩家还在想什么呢，直接自杀吧，没意义了，肯定死，还会死得很惨！

111：不知道吧，第一次玩，谁知道会遇到 N（b）P（u）C（g）啊！

121：不过作为一个 NPC，这货颜值也太高了点吧，虽然看了眼晕，只记得很好看记不清具体长啥样了。我觉得十大高颜值

玩家里我的女神欣欣都比不过这 NPC 的脸，过分了吧，系统是不是把这个 NPC 的颜值上调到满格了，这点也很 bug……

13l：可惜了，这新人颜值也可以，要是不死，长这样还有机会冲击十大高颜值玩家……

14l：屁，他这副小白脸的样子进得去个锤子，十大高颜值玩家首先是看操作好吗？他这场必凉……

…………

新增 1 人赞了白柳的小电视，新增 416 人收藏了白柳的小电视，新增 0 人为玩家白柳充电。

新增 512 人正在观看白柳的小电视，但却没有人赞，真是奇怪呢，是因为玩家表现得不好吗？看官给个赞吧！

新增赞的数量过少，玩家白柳的中央屏幕边缘区推广位即将到期。

…………

白柳对这些讨论一无所知，只是沉默地凝视这条在玻璃柜子当中的人鱼——这无疑是整个游戏中等级最高的 boss，并且游戏明确告诉了他，面对这个 boss，玩家是没有办法利用弱点进行逃脱的。

苏醒之后，必死无疑。

虽然白柳不太喜欢这种被绝对牵制的感觉，但既然游戏这么说了，他的确也拿对方没办法。

但是——白柳思考着，用手指玩弄翻转着指缝间的硬币。

苏醒之前，这条人鱼却未必不能给白柳带来一丝生机。

白柳摸着下巴，胆大包天地试图利用塞壬王给自己谋点福利，他这想法要是说出来，估计在外面围观的一群人都要对他无语，说上一句"初生牛犊不怕虎"。

但可惜他什么都不知道，白柳很平常地把塞壬王当作了一个他可以随意对付的怪物 NPC，只是高级和难搞一点。

在游戏里就不存在玩家完全没有办法的 boss，就算是面板上看起来很可怕的怪物也是一样的，只要游戏没有 bug，那就算是游戏告诉玩家这个怪物多让人没有办法，也多半是设计师弄出来吊玩家胃口故弄玄虚的手段之一。

可白柳不知道的是，他遇到的就是被称为是这个游戏的 bug 的"神级游走 NPC"。

他们在博物馆一直逗留到了晚上，司机开车来接他们的时候，守馆人用苍老衰败的声线，带着喜悦向他们告别："……好久没有这么大型的人鱼捕捞活动了，塞壬博物馆今夜之后，终于又可以迎来新的人鱼雕像了。"

他的笑有种古怪的愉悦，他转动着没有眼珠的眼睛，盯着白柳："祝你们有个愉快的夜晚。"

守馆人站在门口静静伫立着望着他们远去，身后是无数隐隐约约的雕像轮廓，慢慢在黑夜里探出大理石没有表情的脸部，好似从海里探出水面的鱼类，而守馆人静立不动没有瞳仁的样子，在夜晚里，几乎分不出他和他背后那些隐隐攒动的雕像的区别。

主线任务：探索塞壬博物馆完成——积分奖励 50。
目前积分余额 81，是否购买道具？

81 啊……白柳摸了摸下巴，询问："有没有高浓度酒精？"

开启商铺——有，一瓶 6L，9 积分。

……6L 啊，居然一瓶有这么多，也太便宜了。

一个强光手电筒都要 10 积分，而 6L 的酒精却只要 9 积分，上次那个 3D 投影仪三个也只要 8 积分，但是白柳记得他上次看

到的那个“烈焰火把”，这种消耗品一个居然要 20 积分……

他眼睛眯了眯，看向菜单栏上“烈焰火把”和“3D 投影仪”后面的字眼——

有商品的价格发生变动。
烈焰火把价格下调至 17 积分。
3D 投影仪恢复原价，6 积分一个。

这两个他之前注意过的道具都有了价格变动。

白柳若有所思，“强光手电筒”和“烈焰火把”这种一听在恐怖游戏里比较常见有效的使用道具，似乎价格就更高。

但是似乎是在他用过某些道具之后，这些道具的价格就发生了一定变化，而他是知道自己处于一个直播系统中的……白柳猜测应该是在他游戏的这段时间内，购买这些道具的玩家数量发生了变化，从而导致了道具的价格发生变化。

也就是说这些道具的积分定价应该不是和实用性直接挂钩的，而是和市场需求挂钩的，也就是贵的道具不一定更好用。

这倒是和白柳设计恐怖游戏道具的思路不一样，他都是越贵的道具越好用，没想到这个游戏里居然是根据供需市场来定价的。

白柳这下彻底放心了，没必要为了通关特地去追求高价道具了。

这可以为他省下一笔不小的积分。

白柳很是阔绰：“全要了。”

九瓶高浓度酒精装入玩家白柳的购物袋，欢迎下次惠顾。

在小电视面前的王舜看白柳这样，着急地拍了一下大腿：“哎呀！这个新人干吗呢？是准备用酒精来烧雕像吗？这些雕像虽然畏光但是不怕火啊！而且一次性把所有积分全给花了，傻不傻啊！”

旁边也有玩家窃窃私语：

“这新人怎么回事？81 积分全买了酒精，这人是个酒鬼吗？！”

“……亏我还有点期待，这新人操作太谜了，闭着眼睛靠感觉打游戏吗？”

“他买这么多酒精来干吗？怪物只怕弱点，人鱼雕像畏光但是不怕火啊，而且酒精燃烧的亮度也不足以逼退人鱼雕像，买这么多酒精毫无卵用啊……”

“想当然了吧，以为人鱼雕像怕光就怕火，之前也有新人犯了这个错误，拿火把去烧而不是去照人鱼雕像，结果火把的光一暗，就死无全尸惹。”

“散了散了，我还以为多牛逼呢，结果还是个靠运气撞上来的……”

“中央屏幕含金量越来越低了，这种新人都能上，之前牧神那一批才是真吊……”

…………

新增 0 人赞了白柳的小电视，新增 2 人收藏了白柳的小电视，新增 766 个人踩玩家白柳的小电视，新增 0 人为玩家白柳充电。

新增 1447 人正在观看白柳的小电视，其中超过一半的人踩了白柳的小电视，玩家白柳获得“名不副实”称号，玩得可真是太不好了，大家都希望你赶快死亡～

玩家白柳的中央屏幕边缘区推广位到期。

踩总数上升速度过快，玩家白柳进入“死亡喜剧”分区屏幕，用你滑稽的死亡和游戏技巧，来取悦众人吧！

王舜眼睁睁看着中央区边缘的小屏幕闪了一下，白柳的小电视就暗了下去，他背后的玩家还在嘲笑着这个从中央屏幕总区跌落到死亡喜剧分区的新人玩家，只有王舜叹了一口气。

他推了推眼镜，想到自己还没有收集完的神级游走NPC信息，犹豫了一下，还是起身去了死亡喜剧分区屏幕那边。

夜晚降临。

司机开着面包车在暗下来的街道上行驶，两边的路灯闪烁亮起，街道上拖着渔网和弯刀前行的渔民，用一种近乎呆滞的目光看着从他们身侧驶过的面包车。

这都是今晚要参加人鱼捕捞活动的渔民。

晦暗的路灯光下，这些人脸上那些大理石一般的青黑纹路密密麻麻地交错，还有一些黏液滴滴答答地从他们身上滑落，看着……就像是鱼剃掉鱼鳞之后下面一层湿滑的皮肤，比白天看着更为可怖，眼睛在黑夜里散发出幽暗的绿光。

司机再次警告："这些镇民都很危险，他们已经很久没有收入了，你们等会儿看人鱼捕捞就在指定的船上看就行了，不要去接触他们，你们一看就是外乡人，很容易被抢劫。"

司机一边说着，一边大口大口地咀嚼着手里的三明治，这人晚餐也吃三明治，鱼排的碎肉末从他嘴边掉落，白柳闻到了那种让他很想吐的腐臭鱼味，但车里除了他之外其他人似乎都没有闻到这个味道，安德烈更是看着司机的三明治晚餐一直在吞口水，焦躁地一直抠自己的耳后。

露西没忍住也说了一句："这三明治闻起来好香啊。"

安德烈暴躁无比："我们晚餐吃的都是些什么东西！饿死了！"说着还用一种很厌恨的目光看着后面的白柳。

他们一行人晚上是在博物馆吃的，白柳点了最便宜的全素宴，什么鱼类都不要，不光是安德烈发了火，就连露西都惊了一下，但白柳买单他最大，他说自己不想吃鱼，那大家就只能都陪着他。

安德烈咒骂道："花不起钱就不要出来玩成年人的游戏，滚回去吃你妈的全素奶吧！"

白柳只是微微一笑："我也是这么觉得的，安德烈想吃肉自己点吧。"

他撤下了安德烈的全素套餐，而博物馆所有的套餐都很贵，安德烈根本买不起，但白柳说不给他就不给他。

安德烈不敢找白柳的麻烦，毕竟白柳还要给他晚上的酒店结账，他可不想在这种镇子里露宿街头。但杰尔夫就无所谓了，于是杰尔夫被安德烈抢了全素套餐，还被安德烈打了几拳，一直缩在角落里捂着肚子不吱声。

现在闻着三明治的味道，杰尔夫也不断地上下滑动喉结，眼中流露出压抑的渴望，然后看着安德烈的眼神红得要快滴血了。

杰尔夫的血腥密谋——支线进度 30%。

白柳分出个眼神看了一下低着头的杰尔夫。

安德烈被饥饿和食物的香气逼得烦躁无比，他控制不住地用力抠着自己瘙痒的耳后，白柳注意到安德烈的耳后被他抠红的一块皮肤忽然张合了一下，出现了好几道弧形的褶皱，就像是鱼鳃一般呼吸张合，但也只有一瞬，很快那块皮肤又贴合了回去。

那块皮肤好似有生命一般，在小幅度地鼓动着。

……就好像在岸上的鱼闭合的腮部那样轻微地鼓动着。

白柳用硬币扫了一下安德烈。

NPC 名称：安德烈（高度异化中）

从博物馆出来安德烈异化程度就加重了……

白柳略微挑了一下眉："安德烈，你在博物馆里，是不是摸了那些人鱼雕像？"

"摸了又怎么样？"安德烈转头，恶声道，"白柳，今晚我们就看看谁才是该滚回家喝奶的那个！"

这一瞬间，安德烈愤怒地低吼着，昏暗的车厢内，两边的腮

鼓胀张开，白柳可以清晰地看到他耳后张开的鱼鳍一样的东西在剧烈抖动，安德烈的眼旁也出现了那种鱼鳞一样灰黑色的纹路，眼中的瞳孔又缩小一圈，身上散发出微妙的腥气，汗水变得像是黏液一样在他裸露的皮肤上滑动。

司机突然低斥了一声："嘿，小伙子们，不要在我的车里决斗！"

安德烈瞬间收回鱼鳃，目光却还是恶狠狠地落在白柳身上。

司机："我按照你们的要求，给你们找了一个今晚决斗，或者说打赌的地点，一片偏僻的海滩和两艘木船，自己注意安全，你们要是淹死了，我可不负责。"

隔了一会儿，司机似乎是自言自语地低笑："不过你们来了这么久了，应该也不会被淹死了……应该都会游泳了。"

白柳脸色一变，他不会游泳。

这镇子里的居民都是这种鱼一样的东西，包括才来仅仅一天的他们一行人，都在逐渐变得像是鱼一样，喜欢吃奇怪的鱼肉，身上散发着微妙的腥气……

鱼是天生就会游泳的，当然不会淹死。

除了白柳。

他和其他人不一样的地方在于，既没有吃那些诡异的鱼肉，晚上也没有让任何一个人鱼雕像靠近自己，白柳推测应该是这两样导致了其他人渐渐被变异成鱼，但他不被同化影响，等下白柳为了赌约下海之后，他的危险度肯定就翻倍了。

谁知道海里有什么东西，谁知道安德烈等下会不会变成怪物来推翻他的船？

难怪"真爱之船"这个支线任务有 100 积分，这危险程度比其他几个任务高多了。

安德烈实在是控制不住自己的食欲，伸手去抢司机手里的三明治："给我吃一口！"

司机手中的三明治被安德烈狼吞虎咽地塞入口中，他吃得格外粗鲁，牙齿咀嚼不了几下就一边捶胸一边往下咽，司机却并没有去抢回来，只是用一种好像是在饲喂动物的怜悯眼神看着弓着身子吃东西的安德烈："吃吧，我的孩子，吃吧，饿坏了，没怎么吃东西吧？好好享用你的晚餐。"

白柳看了一眼，说了句："这是他今晚第二顿晚餐了。"第一顿是抢的杰尔夫的。

被抢走晚餐的杰尔夫听到这话动了一下，低着头捂着脸，他耳边也出现了那种鱼鳃一样的纹路，杰尔夫的鱼鳃似乎是因为愤怒张开了一瞬，牙齿也变得宛如鲨鱼般尖锐细密。

但这样令人毛骨悚然的场景只是一瞬，当白柳看过去的时候，杰尔夫怯懦地低着头，仿佛什么都没发生一样捂着自己的脸，眼尾的余光却还诡异地停留在后视镜映出的白柳脸上。

杰尔夫的血腥密谋，支线进度 50%。

白柳微不可察地皱眉——这个任务怎么刚刚才涨了进度，现在又涨？

杰尔夫之前应该是确定要对安德瓦下手涨了一次，后面这一次是为什么涨？

CHAPTER 04

　　白柳他们到了港口，下车的时候他想起司机对自己的信任度极低这件事，想到"杰尔夫的血腥密谋"这个司机多半是参与了的，白柳还是想把司机这个重要 NPC 的信任度刷上去。于是他下车的时候，用答谢司机的名义又给司机递了钱，当作小费，但司机却目光沉沉地看着白柳包裹里那些没有给他的钱，最终咧出一个狰狞的微笑，亲吻了一下白柳给他的小费，挥了挥道："祝你们玩得愉快。"

　　杰尔夫的血腥密谋——支线进度 80%。

　　白柳心道这里的镇民果然是强盗属性，看到钱就眼睛放绿光，他好像没看到司机对他兜里的钞票露出的贪婪目光，大大方方地敞开让司机看，白柳面上露出一个一如往常的微笑："我们会的。"

围观人鱼捕捞活动的地点是在一艘轮船上，这艘巨轮在夜间缓慢驶离港口，甲板上都是沉默着来来往往的水手，而轮船旁靠着的小船上都是那些长得像鱼一样的渔民，白柳他们在天完全黑下来之后上了船，下面那些在小船上的渔民就一直用直勾勾的目光看着在甲板上的白柳一行人。

这艘轮船甲板上的水手和小船上那些渔民有着本质上的区别，最重要的就是这些水手长得像人而不是鱼，并且脸上也没有那些奇形怪状的花纹，身上也没有鱼腥气，就是肤色白了点，和那个说自己得了白化病的酒店前台很像。

白柳注意观察了一下，这艘巨轮上的人其实并不多，也不知道为什么出来捕捞要开载重量这么大一艘的轮船……太浪费了。

而且这艘船还有一点不对的地方，白柳上船的时候就注意到了，这船吃水太深了，绝对装了什么特别沉的东西在船上。

水手们面无表情地在船上走来走去，就像是没有看到白柳他们一行人一样，偶尔白柳会发现有几个水手站在漆黑的角落里用很奇异的眼神看着他们，然后和旁边的水手低声窃窃私语，时不时露出一个满足又怪异的微笑。

船开了。

深夜的海面风平浪静，船头探照灯的光只能照亮一小片海域，除此之外都是仿若可以把这艘巨轮吞噬掉的黑暗，船的两边时不时有水波划过的声音，而巨轮上的水手们有条不紊地分配工作，船边的渔民布下渔网。

船只驶向更深不见底的夜色里。

露西披着披风站在白柳旁边，她涂满口红的嘴唇此刻也被吹得紫乌，缩在白柳身旁取暖："怎么会这么冷，白柳，我刚刚去问了他们，他们说要捕捞人鱼就要把船开到当初捞上第一条人鱼的海域，只有在那个地方才能捕捞上人鱼，他们把那片海域叫作'塞壬的礼物'，好像有个传说故事。"

白柳："塞壬的礼物？"

“对。”露西把披风拢得更紧密了一些，她哆嗦着说，“天哪，这太冷了，我感觉自己在前往全是幽灵的地狱里，只有那里才会有这么冷的风。”

白柳倒是没有觉得冷，他突然想到了什么，用硬币扫了一下露西。

NPC 名称：露西（异化中）

白柳伸手去摸了一下露西的手，她的肌肤冰冷坚硬，触感像一块蒙着人皮的石头，露西却笑着看向白柳，她应该是想挤挤眉头，但是她脸上的肌肉也像是尸块一样僵硬，这让她的表情做得非常奇怪，好像毕加索抽象的人物画。

她的声音也开始变得干哑，带着莫名的热切：“你是要和我亲热一下吗？”

白柳婉拒：“不是。”他给自己找了个解释：“这里人太多了。”

……露西不是被吹得冷，是她自己的体温在下降。

不知道什么时候出现在白柳旁边的杰尔夫用一种很狂热的目光看着前方的海域，他低声喃喃道：“对，塞壬的礼物，传说这片海域是塞壬王的馈赠，可以起死回生，当船只上不小心跌落在水中的游人溺死在这片海域，塞壬王会赐予他们重生的力量，他们会变成人鱼重返人间……所以渔民才能在这里捕捞到人鱼。”

白柳心说塞壬王早就已经被捞起来在博物馆里放着了，这片海域为什么还能源源不断地产出人鱼？

而且正是从塞壬王被捕捞上岸开始，这片海域才开始源源不断地产出人鱼……

并且死去的幽灵变成人鱼重返人间，这怎么听都不像是一个“神明赐福”的故事，这故事更像是诅咒一类的邪教神话。

白柳在心里为这个故事补上了让人毛骨悚然的后续——死去的人变成的人鱼被捞起来浇铸到了大理石里做成了雕像供游人参

观，还有些人鱼直接就被做成了食物，被镇子上的镇民吃掉了，而后来这些人鱼雕像终于开始作怪，镇子上的游客开始接二连三地失踪……

这并不像是什么塞壬的礼物，倒像是一场人鱼的报复。

水手突然过来说："我们要到塞壬的礼物海域了，请你们不要在船上乱走，否则发生了什么我们概不负责。"说完就离开了，白柳发现所有的水手都往船的底层去了，甲板上突然空无一人。

白柳眯了眯眼睛，在船上绕了几圈，假装不经意地跟在其中一个水手的背后。

水手们都往最底舱走了，也就是仓库的地方，这些水手脸上一点情绪都没有地一个接着一个顺着木梯子往船舱里走，然后又一个一个地出来，伴随着一些低语。

"我的……没问题。"

"……一定要确保这些东西没问题。"

"之前破了几个，不过没关系，今晚来的这四个人被吃掉之后，就有新的可以放进来了。"

这群水手似乎是在检查什么很重要的东西，然后检查完之后又一个一个地出来了。

白柳躲在角落里，眯了眯眼，心道果然底舱装了什么很沉的东西，又沉又很重要……白柳隐约猜到了是什么东西，但是他还不知道这些水手为什么出来捕捞都要带着这东西。

等到所有水手都走了之后，最后一个水手好像是忘记了锁上底舱，就走了。

锁就那么挂在底舱的门上，随着海浪来回摇晃，简直像是在对白柳这个玩家说：快来探索我～快来探索我～

白柳打开门下去了，下去之后是一条长长的、狭窄的木楼梯，走起来吱呀作响，一直通往看不清楚的底舱，两边没有灯，整个结构很像一个地窖，白柳没有往下走，而是打开了手电筒，想看底舱里是不是如他所想摆放的是那样东西。

他打开了手电筒之后往下一望，就算是早有预料，白柳的呼吸还是一滞。

仓库里全是各种各样的人鱼雕像，这些白森森的雕像密密麻麻地摆满了整个底舱，一眼望过去几乎没有落脚的地方，而这些人鱼雕像都不约而同地伸长脑袋仰着头，白色的双眼直视着白柳，白柳发现他站着的楼梯周围的雕像数量明显更多，人鱼雕像就像是闻到腥味簇拥而来的鱼群，其中有两个已经走上了白柳所在的阶梯，被手电筒的灯光一晃，又退了下去。

但是手电筒的光只能照亮一个地方，仓库中无法被照亮的黑暗的地方，不断地传来窸窸窣窣沉闷的石头和地面摩擦的声音，白柳所在的楼梯渐渐聚集了越来越多的人鱼雕像，就像是仰着头要吃鱼饵的鱼一样，盯着白柳不放。

但白柳却并没有返程，他同样盯着这些雕像的脸打量了一会儿，忽然放下手电筒，走了下去，还伸出手试图去触碰这些雕像。

正在小电视前面看的王舜："！！！"

"操！"王舜忍不住爆了一句粗口，"我还没有收集到什么神级 NPC 的信息，你不要自己作死啊！那个雕像碰到就会被异化，被异化你的精神值就会降低，精神值一旦下降，很快就会神志不清了！那个时候你就会分不清看到的是真的还是假的，那还玩个屁啊！"

王舜情绪激动的破口大骂吸引了几个玩家观众过来。

在"死亡喜剧"这个分区屏幕上的玩家，要么就是自己喜欢玩得很作死刺激用来吸引眼球的，要么就是不想作死，但是不会玩玩得特别垃圾一路都在作死的玩家，因此在这个分区屏幕这里游荡的观众也很喜欢看这些玩家花式作死，但这几个观众抬头一看伸手去摸人鱼雕像的白柳，还是略显惊讶地"哇哦"了一声。

一个观众仿佛大开眼界地道："我去，我还是第一次看到这种作死的，自己去摸怪物，他要干吗？"

"这是什么副本？我看看……塞壬小镇，我记得怪物是人鱼雕像，碰到就开始异化，我玩的时候躲都来不及，怎么还带自己往上送的？就算是在死亡喜剧分区也没有这么玩的吧……"

"真就作死玩法，我去，还是个新人，居然是从中央屏幕降下来的，到底是有多作才能直接从中央屏幕降到死亡喜剧……"

王舜也很无语地转头过去和这几个观众搭话，他用手指点了点屏幕上正在触碰人鱼雕像的白柳，颇有几分恨铁不成钢地说："我是从中央屏幕一路跟着他过来的，这货拿积分很快，一下就快上百了，然后你们知道他用来买什么了吗？"

"上百的积分？"这观众也很惊讶，他瞄了一眼小电视上面的时间记录，"游戏中这才第二天，积分就上百了？当年牧神的积分积攒速度和他也差不多吧，这表现很优异了，这么会落到'死亡喜剧'的分区来？"

这观众话还没说完，小电视里的白柳就已经快把脸贴到人鱼雕像面上了，还用手指去描摹人鱼雕像上的纹路，看得这观众脸上的表情裂了一下，又心情颇为复杂地补充道："不过这人这种玩法，分到这里来也不奇怪，估计要凉了……他买了什么？塞壬小镇里有用的道具的话，一百积分能买的蛮多了，烈焰火把和水中气泡加起来差不多一百积分吧，这是最优的通关道具了。"

"不，这两样他都没有买。"王舜面无表情，"他买了九桶高浓度酒精，一共 54L。"

"不是吧？！"观众匪夷所思地看向小电视，颇有些瞠目结舌，"……九桶酒精？他是要火烧塞壬小镇吗？这都快一百积分了吧，真够浪费的，酒精燃烧的火焰和光对人鱼雕像和人鱼水手都是无效的，他是想当然所以才买酒精的吗？不过他这样摸雕像，这积分就算不花也随着他死掉浪费了，倒是也不算吃亏。"

王舜却有些奇怪地凑近小电视看："怎么回事，都摸了那么久了，为什么他还没有开始被这些雕像异化？"

其他观众也皱眉靠过来："不该啊，这都五分钟了……他应该已经被人鱼雕像完全异化，精神值降为 0，然后游戏失败了啊……"

　　白柳神色淡淡地用指尖触碰那些上扬着脖颈看着他的人鱼雕像，他神色随意，好似在随手玩弄一件艺术品的雕刻家，而不是一个正在触碰怪物的玩家，脸上一丝一毫的恐惧都没有，嘴里还喃喃自语，好像在和这雕像对话："果然，你的脸没有改变成我的样子，之前那些人鱼雕像试图攻击孵化我的时候，脸会变得与我类似，而你的脸并没有任何变化。你还是人鱼雕像的茧形态，不能通过触碰来异化我，因为你已经——"

　　他咧开嘴角笑了起来，居高临下地观察人鱼这张仰视他的面孔，吐气轻柔："拥有别人的脸了，你是那些水手的护身符，你是他们的茧。"

　　白柳手下这个人鱼雕像长着一张他刚刚在甲板上见过的一个水手的脸，一模一样的长相，白柳触碰雕像的指腹上是更加冰冷细腻的触感，和在博物馆摸到的那些雕像感觉不一样，白柳近距离看，他发现这些雕像表皮上都掉漆了，材质看起来很脆薄，和他在其他地方看到的大理石雕像都不同，用手电筒近距离地打光观察，这些雕像脆薄得就宛如只剩一层壳，能透光，好像一捅就能碎。

　　这些雕像和与酒店前台长相完全一致的那个被称作"护身符"的人鱼雕像更像，而护身符的人鱼雕像在怪物书中又被称为"茧形态"。如果白柳没有猜错，这一仓库的人鱼雕像，都是船上那些水手的护身符，都是他们的"茧"，而茧是不具备攻击能力的，因为人鱼雕像从"蛹"变成"茧"，就代表里面的虫子已经化蝶出去，留下的只有一个空壳了。

　　那些在船上游走的水手，才是雕像里面困住的怪物。

《塞壬小镇怪物书》刷新——人鱼水手（3/4）

怪物名称：人鱼水手（蝶状态）

弱点：？？？（待探索）

攻击方式：？？？（待探索）

小电视面前的王舜和那个观众已经看呆了。

王舜有点神志不清地趴在小电视上看这页被刷新出来的怪物书，恍惚地说道："……我看了这么多次塞壬小镇的通关视频，一直都没有人发现这个船底的雕像是可以不用躲的怪，玩家一下来就被一仓库人鱼雕像吓得要死，仓库里人鱼雕像追过来他们就不得不往上跑，然后被守在门口的人鱼水手发现，然后开启追逐战，这里死了很多玩家，但白柳为什么知道下面的雕像可以不用躲？！而且第三页怪物书这么早就被他刷出来了？！"

那个观众也完全目瞪口呆了："靠！他怕不是要集齐《塞壬小镇》的怪物书通关吧……这也太牛了，摸了一下雕像就把第三页刷出来了，上一次集齐《塞壬小镇》怪物书的还是牧神吧？"

"不可能！"王舜回神，立马否认，他推了推眼镜，看向白柳的眼神终于带上了欣赏和遗憾。

王舜叹一口气摇摇头："他运气不太好，第二页刷出来的怪物书是游走 NPC 那东西，叫塞壬王，他通关的可能性很低，而且就算他在塞壬王醒来之前通关了，也绝对没有办法集齐塞壬王这一页的怪物书。塞壬王没有弱点，要集齐塞壬王这一页怪物书，玩家需要探索的是攻击方式，而如果要探索这个，就必须要让塞壬王醒来然后攻击玩家，但那个 bug 级别的 NPC 一攻击，玩家必死无疑，所以不可能集齐的，牧神的记录他还是打不破。"

"什么？！他还刷出了游走 NPC ？！"这观众顿时大声嚷嚷起来，抬头看向白柳的目光带上了崇敬，"我还是第一个次看到游戏里出现了游走 NPC 还活着的玩家，那些刷出来的玩家都是想法设法退游戏，这人居然还在继续玩，他不慌吗？"

"不知者不畏吧。"王舜笑道，"他是新人。"

这两人激动的大声交谈引来了不少围观的观众，如果是在中央屏幕那种高竞争的地方，玩家观众更喜欢看一气呵成地爽快通关，也就是拿着最优秀的道具所向披靡迅速通关，当出现白柳这种为了省积分不走寻常路的怪胎，大部分中央大厅的玩家瞄一眼

就不会再看了，因为一看就不像是会通关的人。

但在死亡喜剧分区这里，大家就喜欢不走寻常路、踩在钢丝上摇摇晃晃千钧一发通关的玩家。

白柳这里有神级游走 NPC 和第一天就刷新出了三页怪物书的消息吸引了不少过来看的游客。

"够会玩啊！"

"可以可以，我就喜欢他疯狂作死又死不了的样子。"

"单枪匹马摸雕像，倾家荡产买酒精，豪气！爽快！刺激！就算是死了也可以在死前痛饮一口苦酒！这波不亏！"

"不要怂就是干！冲啊！白……叫白啥来着，我看看……"

…………

新增 205 人赞了白柳的小电视，新增 200 人收藏了白柳的小电视，新增 35 人为白柳的小电视充电，玩家白柳获得 35 积分。

有 297 人正在观看玩家白柳的小电视。

恭喜玩家白柳在死亡喜剧专区大受欢迎，获得"死亡谐星"称号～请继续用您诙谐的游戏过程，逗笑来看您死亡的玩家吧～

…………

白柳发现了水手是怪物之后，他就停止了向上走的脚步，如果他没有猜错，那个之前勾引他下来探索的仓库门口必然守着水手，只要他现在一上去，就会激怒发现他潜入仓库的水手，从而开启一场惊心动魄的甲板追逐战。

而如果玩家不知道底舱这些雕像是无害的，多半还会被前后夹击，那就是九死一生的危险情况了。

毫无美感的游戏设计，白柳有些无趣地想道，破解这种追逐战的局面非常好想到，那就是跳入海里。

白柳在购买道具的时候看到一个高人气道具叫作"水中气泡"，可以让玩家在一个气泡中呼吸漂浮整整两个小时，还可以驱逐鱼类，不让鱼类靠近，但价格七十多积分，并且只可以使用两次，也是个消耗型道具，用白柳挑剔的眼光来看，这个道具除了可以让人在水下呼吸之外没有任何附加价值，卖七十多积分纯属敲诈，谁买谁就是在给游戏商店交智商税。

当然，这和他不会水、不想跳进水里绝对没有任何关系，只是因为他作为一个葛朗台不会干这么浪费的事情，也不会走这种他觉得毫无美感的游戏设计路线。

白柳抬头看了一下仓库的门，门果然开始吱呀作响，好像是有人回来准备把仓库门锁上，若是一般的玩家，这个时候必然紧张无比地就想往外跑，离开这堆阴森惨白的旧雕像，但白柳却神情自若地关掉了手电筒的光，走入了雕像中，找了一个黑暗的小角落，然后不动了，解开上衣用地上的灰布包了一下下肢，假装自己是一个雕像。

而这群护身符人鱼雕像的视力也不算极好，茫然地搜寻了一下白柳，没找到便也停住了。

仓库的门晃了几下，被缓缓打开，两个水手提着一盏昏黄的小灯顺着楼梯下来，声线嘶哑地小声交谈。

"清算一下雕像数量……"

"数了好几遍了，不会有错……"

"今晚过后，这里又要多四个雕像了，先把这四个人送去博物馆那边吧，那边的雕像们在那里守着塞壬王太久了，该拿着自己的护身符出来活动活动了……"

"好好守着塞壬王，千万不要让他醒来回到水里，不然我们都得……"

两个水手站在仓库上面的台阶上，他们提着那种老式的小油灯，眼神直勾勾地走下来，在这种极度缺乏光线的环境下，白柳一时之间分不清这两个穿着水手服饰的到底是雕像还是真人。

他们太白了，白到不透光的死白的程度，在这么近的灯光照射的距离下，甚至看不到脸上和手上的血管。

果然不是人，白柳轻微地转动了一下眼球，观望着这两个水手，心道，但是还是不太对，这两个水手还是人的形态，而怪物书上写的是"人鱼水手"，他微不可察地一皱眉，心头渐渐涌上不太对的预感……

其中一个水手就是之前在甲板上叫白柳他们不要乱跑的那个，他眼神死寂，似乎眼珠子都不会动般僵直："确认这些护身符没事吧？没事就上锁固定了，免得等会儿有浪打过来船晃动给砸碎了，上次就是砸碎了一个护身符，那个水手现在都还在海里没法上岸。"

这两个水手走到那群雕像的面前，直接开始用锁链固定雕像，白柳屏住了呼吸，他视线看着那个打开了的仓库门，开始缓慢向那边移动靠近。

其中一个水手好似听到了雕像在说话一般，停了一下，皱眉转过头对雕像自言自语："你说，你刚刚看到这里有游客来过？"

白柳的心脏怦怦猛跳了两下，他握紧拳头，脸色沉了一下。

失策了，没想到这群水手居然还可以和自己的护身符雕像对话。

看来这场追逐战是非进行不可了，但已经比在甲板上好很多了，毕竟只有两个水手，白柳飞速转动大脑，思考最佳对策。他体能这么差，追逐战必死无疑，所以他一开始才想规避追逐战，没想到这里却是一个死结般的卡环，无论走还是留，都必须追逐。

跑是跑不过的，也不能上去，因为上去水手更多，那就不是追逐战，那是群攻围战，就必须要跳海了，白柳不想跳海，他冷静地想，那他该怎么办？

水手凑近雕像，忽然像是听到了什么极为好笑的事情，低声笑了一下，这笑声在底舱里回荡："没想到，有位尊贵的客人提前进驻了这里，还请您不要着急，您迟早会来到这个地方的。"这水手一边说一边提着油灯往各个角落里走，油灯晦暗的光从水手的下巴打上去，衬得水手脸上的笑越发阴森可怖，"……还请您快点出来吧，晚

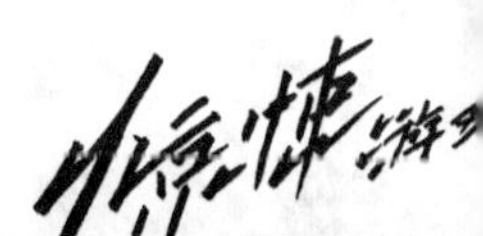

上的捕捞活动就要开始了，人鱼在海里等着您呢。"

白柳头脑风暴中，这些水手很明显比那些雕像还不好惹，他们也是一种怪物，他们的弱点是什么呢？

短短几秒之内，水手已经要走到白柳面前了，白柳干脆先发制人拿出手电筒对准水手，可惜水手就只是用手阻挡了一下眼睛之后，就若无其事地放下了，脸上的笑越发地诡异："我们和那些东西不一样，我们不怕光的。"

弱点不是光，对强光的反应看起来和人无异，白柳脑子飞速地转动着，几乎是在放下手电筒的一瞬间就把自己背后的酒桶举起来砸了过去，酒桶砸在水手的身上，像是砸在什么坚硬无比的石头上，散成一堆木片。

这两个水手有着人鱼雕像一样的硬实的躯壳，但却完全没有人鱼雕像的弱点。

水手在昏暗的仓库里直勾勾地看着白柳，伸出手来拉住白柳的手腕，侧着头对白柳露出诡异的微笑，嘴里的牙齿细细密密，尖锐无比："来吧客人，我们去看捕鱼，在海面下看。"

白柳缓缓眯起了眼睛——水手看起来毫无弱点，但并不是塞壬王那种毫无弱点的妖怪，毕竟系统没有通知白柳水手也是毫无弱点的妖怪，那么玩家应该是可以利用手头上的东西进行反抗的，不然就没的玩了。

但水手却软硬不吃，无论是实物还是光学的攻击都无效，这不应该，按照白柳之前的推论，人鱼水手和人鱼应该都应该是畏光的，不然不会夜间才出来。白柳不觉得自己推论错了，毕竟人鱼雕像畏强光已经验证了这个推论的正确性，但这两个水手却毫不害怕地直视强光……

有什么东西替他们掩盖了弱点……之前的时候前台说了，护身符可以帮他们抵挡伤害。

白柳心思电转，他在雕像中搜寻这个水手的雕像，发现有一个雕像的头顶上出现了一点细微的裂纹，好似被酒桶从头上砸过

一般，雕像的神情也从亲和变成了痛苦，双手挡在眼前，似乎被什么光线直射了双眼一般。

白柳目光一凝，一脚斜踢，目光锁定他背后那个水手的护身符雕像，用力一个翻转，踢在了人鱼雕像的脸部，人鱼雕像应声而倒，宛如陶瓷般噼里啪啦碎成一地，里面流出腐臭的黑色血水，后面拉住白柳双手手腕的水手发出一声尖利的惨鸣，非常高频率的叫声，像是某种鱼类，震得白柳耳朵疼。

这个水手好似被人砸碎了外骨骼一般，开始噼里啪啦地往下掉落石灰一样的裂片，露出里面的本体。

一不做二不休，白柳顺手也把另一个水手的雕像拽出来，直接抓头磕在膝盖上，一磕就碎了。

作为本体的水手那么强大，而作为护身符的雕像却脆得跟鸡蛋壳似的，难怪要放在底舱保护起来。

两个水手都发出了刺耳的鸣叫，他们脸上那种纯白的肤色褪成青黑色，眼睛往两边移，最终长在了太阳穴上。"水手"身上散发出浓烈的鱼腥气，下身也变成了鳗鱼一样湿滑卷曲的花斑鱼尾，嘴里是锯齿状的牙齿，伏趴在地面上，用强健的鼓起的双手，宛如壁虎般行动飞快地向白柳袭来。白柳飞速地打开手电筒直射对方，刚刚还毫无反应的水手颤抖一下，发出了更刺耳的尖锐鸣叫。

击碎了保护他们的护身符之后，强光这种攻击就有效了。

白柳站在楼梯上缓慢后退，用手电筒对准这两个在地上不断攀爬、像壁虎一样的水手，水手伏趴在地上，缩在光线外面不甘地嘶鸣叫吼着，试图靠近白柳，白柳背对着门退出底舱，然后飞快关上舱门别上锁。

关上舱门后，白柳都还能听到底舱里传来那种窸窸窣窣鱼尾在地面拖动的声音，好像下面养了一堆蛇，舱门被击打得一震一震。

《塞壬小镇怪物书》刷新——人鱼水手（3/4）

怪物名称：人鱼水手（蝶状态）

弱点：畏强光，护身符（2/3）
攻击方式：撕咬抓挠（被抓挠后一定概率会触发异化状态）

白柳镇定地整理衣领口从仓库的楼梯中走了出来，露西瞬间就捕捉到了白柳，她好似抱怨一般挽着白柳的手臂说道："你刚刚去什么地方了？他们说已经要开始捕捞了。"

"我们已经到那片海域了。"露西笑着说道。她脸上已经出现了那种鱼鳞般的纹路，眼睛在黑夜里发着光，抓住白柳的手有种奇异的粗粝黏腻感，白柳不动声色地拿开了露西的手，说："是吗？"

"是的。"露西低哑地笑，"人鱼来了。"

水手们在船的两边放下渔网，嘴里在诡异地念叨着什么，白柳只听到"塞壬王的赠予"之类的，杰尔夫站在船边往下看，脸上出现一种奇异又狂热的表情："他们在向塞壬王祈祷，祈祷塞壬王赐予他们丰美的人鱼。"

杰尔夫的话音未落，船边的水手就一个一个拉着网的边缘往下跳，露西被吓得尖叫了一声："他们干吗？！不是要捕捞人鱼吗？他们怎么自己往下跳了？！"

白柳表情淡淡的："他们就是在捕捞人鱼。"

隔了很久很久，海面下缓缓浮上一张巨网，巨网里是零碎的残肢和鱼尾，十几条人鱼七零八碎地陷在网里，都是死亡状态了，鱼尾烂烂地黏在网上。

这十二条人鱼好似垃圾堆里的玩偶，在网中扭曲成某种姿态，眼睛死不瞑目地看着船上的人，脸上还带着或狰狞或惊恐的表情，身上全是被撕咬的痕迹，像是被某种凶猛的深海鱼类咬死丢进网里一般。

白柳在探照灯的灯光下看着这些稀碎的"人鱼"的脸部，呼吸缓缓放轻。

这些人鱼的脸长得和报纸上失踪的那十二个游客，一模一样。

船上的水手在欢欣地窃窃私语。

"它们会被做成雕像送进博物馆里……"

"但是博物馆今晚只会有四个雕像出来啊，因为只来了四个游客，打捞上来的多余的那些人鱼怎么办？"

"先放在底舱吧，可以给我们……"

捕捞上来的人鱼很快就被送去了后方，不知道运送到了什么地方去。

白柳他们这四个游客可以吃一些随着人鱼被捕捞上来的新鲜普通海鱼，很快这些海鱼就被做好送到了白柳的面前。

这些海鱼似乎也沾染上了人鱼的味道，被烹调出来的味道格外奇异。

除了白柳之外的三个人正在对着被端出来的鱼肉吮吸手指，疯狂地大快朵颐。

鱼肋做成的刺身鱼排被推到中央，湿漉漉的鱼头被露西捧着咀嚼，露西吃得很快，连自己颊边的发丝都被吃进去了，她把沾染了油的发丝从嘴巴里拨弄出来，对着白柳微笑："白柳，你怎么不过来吃？今晚的鱼真的很新鲜。"

露西手里的鱼头的白色小眼珠死不瞑目地看着白柳。

安德烈手里咬着一条鱼尾巴，牙齿尖利地咔嚓咔嚓，他已经变得非常像鱼了，眼睛从正面看几乎已经看不到了，位于脸的两方，鼻子完全瘪下去，过宽的嘴角有腥臭的涎液流下。

杰尔夫用叉子切开鱼肥美的腹部，他好似还可以勉强维持理智，但手下的动作也越来越快，往嘴里机械地塞着鱼肉。

水手盯着白柳，把装满海鱼肉的碟子强硬地放在白柳面前，露出古怪的微笑："不吃新鲜鱼肉是白来这一趟了哦，白先生。"

白柳很想拒绝，但他面前的面板又一次弹出了指示。

任务提示：不食用水手赠送的鱼肉，捕捞围观活动视为失败。

白柳沉默了两秒，吃了一块。

这个海鱼肉入口是一种很奇异的酸腐味，但当肉滑过喉咙之后，又变成一种正常海鱼肉的鲜甜，白柳面前所有的鱼肉都开始变得具有一种奇异的诱惑力，就算是白柳这种一向口腹之欲不重的人，对着满桌的鱼肉也有种控制不住想要胡吃海塞的冲动。

水手见他吃了，满意地离开了。

白柳竭力保持着头脑的清醒，不去看桌子上那些鱼肉，起身站在海边吹着海风，低头嗅闻自己心口那枚硬币的金属气息。

钱币的味道使白柳冷静。

他大概能推理出来一些事情了。

塞壬王被打捞起来之后，陷入了沉睡，失去了与这片海域有关的某种能力，导致这片海域里死掉的人会变成人鱼，死而复生，重返人间。这其实是一个传说故事，但刚刚那十二个游客的人鱼尸体，验证了这个传说的真实性。

这里死掉的人，的确可以变成人鱼。

但问题是这么偏远的一小片海域里，为什么能产出这么多死人化成的人鱼，放满了整个博物馆都还不够？这片海域为什么会有那么多死人？

当白柳看到那十二个被打捞上来的游客人鱼的时候，他终于懂了这片海域为什么能产出这么多人鱼。

因为这是一片抛尸地。

那些失踪的游客的尸体估计都被抛到了这片海域，然后再被这些水手打捞起来当成某种大型鱼类，做成人鱼浇铸成雕像。

但就是不知道那些游客是被谁杀的了……白柳心中隐隐有个猜测，这是个抢劫成性的镇子，这个镇子里失踪的游客大部分都有财物损失，白柳从报纸上那些数量惊人的抢劫失踪案里可以窥见，塞壬镇并不是一个民风很淳朴的地方。

这个镇子与其说是靠着旅游业富起来的，不如说是靠着旅游业附带的抢劫业富起来的。

还有比远道而来的游客更肥的羔羊吗?

这么一个穷凶极恶的地方, 死了这么多游客, 白柳倾向是游客被抢劫暗杀然后抛尸到这个地方, 当然也不排除是人鱼上岸猎杀。

但从人鱼畏惧强光的习性来看, 估计是很难在白天上岸猎杀游客的, 而夜晚, 在塞壬镇的旅游旺季, 这些人鱼全都是要被捕捞起来, 供给游人观看的, 人鱼杀人的概率不大……

等等, 白柳猛地串联起来——

人鱼捕捞活动, 是要有人死在这个海域里, 才能捞起来人鱼, 这里没有死人就不会有人鱼。

比如白柳他们这次捕捞活动, 捞起来的就是上一次失踪的游客……

这个镇子的居民, 说不定是故意杀人, 抛尸养成人鱼, 然后弄成人鱼捕捞的噱头, 用来做成旅游业吸引更多的游客, 从而更方便他们进行抢劫。

难怪那个守馆人说没有游客就没有人鱼捕捞活动, 这些捕捞上来的人鱼全是死掉的游客。

这里的镇长可是个"爱民如子"的家伙, 为了促进经济发展和包庇镇民的罪行, 为了避免镇民们的犯罪记录被人发现, 也为了进一步扩大这个"人鱼旅游业", 白柳觉得这个镇长完全做得出把捞起来的人鱼, 或者说尸体浇铸成雕像放进博物馆里, 或者直接让居民处理掉的事情。

警察当然不可能打捞或者找得到任何尸体了, 尸体都被处理掉之后浇铸进雕像里了……

那些人鱼雕像里浇铸的是之前的游客的尸体, 里面禁锢的是之前游客的幽灵, 而这些幽灵变成了怪物, 为了复仇开始对镇子上的居民进行诅咒一般的孵化, 把这些居民变成他们的护身符。

而异化的结局是居民会变得像是鱼一样, 人鱼雕像则变化成人, 两者进行身份交换。

这样说来, 那下面一仓库护身符, 其实都是塞壬镇的镇民,而这船上游走的水手，都是死在深海里的幽灵，已经都不是人了，是怪物。

按照这个推论来说，还差一个东西，人鱼雕像的形态，蛹、茧、蝶三种都有了，但白柳眯了眯眼，按照生长规律来讲，人鱼雕像还缺一样状态，那就是幼虫，数量最多也是最脆弱的幼虫。

而幼虫是……白柳缓缓地捂住了自己的肚皮，刚刚吃下去的那一片鱼肉好似在他胃壁上湿滑地蠕动，白柳看着自己开始泛着青白的手指，和皮肤上若隐若现的鱼鳞纹路，他能感到自己下颌骨两边开始发痒，有种要生长出鳃片的错觉。

白柳慢慢转身，和他一同前来的三个人都还在疯狂地吃着，已经快失去了人类的形态，尤其是安德烈，他几乎是趴在了桌上狂猛地往自己嘴里塞东西，头发已经变成了鱼鳍一样立起来的骨刺，鼻梁上被暗绿色的鱼鳞所覆盖。

警告：玩家白柳进入异化状态，精神值正在下降，请注意区分游戏现实和游戏幻觉。

白柳在心中想，这就是怪物书的最后一种怪物，这就是人鱼雕像的最后一种形态，幼虫状态。任何进入塞壬镇的游客，或者是在塞壬镇不走的居民，都会被异化变成这种东西，一种最孱弱、最容易被人食用宰割抢劫的形态。

而白柳现在就是人鱼雕像最弱的形态，幼虫形态。

《塞壬小镇怪物书》刷新——人鱼（4/4）

怪物名称：人鱼（幼虫状态）

弱点：？？？（未探索）

攻击方式：？？？（未探索）

《塞壬小镇怪物书》里所有怪物书页已解锁，请玩家加油探索怪物书残缺部分。

安德烈擦了一下自己嘴边的腐肉末，推开桌子，他的牙齿已经变成那种细密尖利的状态，嘴一直贯穿了整个下巴，大得像个小丑，里面还有很多血腥的鱼肉末随着他说话掉落："白柳，还记得我们的赌约吗？"

白柳被安德烈身上那种带着腥味的独特香气所吸引，他慢慢地眨了一下眼睛："我记得，在船上过夜对吧？"

安德烈咧开一个狰狞的笑，一直咧到脑后："不如我们就在这片全是人鱼的海域过夜吧？"他看着白柳，伸出长长的舌头舔了一下脸边的残肉，人高马大地站在白柳面前，笑得越发不怀好意。

安德烈看着白柳的眼神是很露骨的，带着对食物的垂涎。

安德烈哑笑："我还没有吃饱，如果半夜这里有人鱼来掀翻我的船，我就把它拉上来咬死吃个够。"安德烈明明在说咬死人鱼吃人鱼的事情，但他的视线却一直落在白柳的脖子上，好似要吃掉白柳一般。

白柳的思维开始变得有些迟缓，应该是受精神值下降的影响，他这个时候才意识到，安德烈在自己这里有这么浓的香气，刚刚有一瞬间他甚至想咬对方，那么自己在安德烈这个异化程度明显更高的人鱼眼中，必然是一道香气更足的美食。

他想吃了自己。

但白柳现在体力、智力甚至反应力都下降得非常厉害，他的面板属性开始全面飘红，精神值已经在 60 的边缘，如果让白柳在海上和安德烈这种已经完全异化的怪物对决过夜，那他必死无疑。

一定有某种办法，某种可以对抗安德烈的办法，但白柳脑子里的所有信息都好像被蒙在一匹半透明的布中，他依稀可以看到那些方案，但无法调用，他隐约记得好像他是为自己准备了一个可以对付安德烈的办法，但他想不起了。

白柳又眨了一下眼睛，摇晃了一下，轻声说好。

在小电视面前的一行人，看到白柳摇晃这一下，心瞬间就被提起了。

王舜跟着白柳一路走来，知道这人是个很有天赋的玩家，他见过很多次玩家玩塞壬小镇，但从来没有如此精神紧绷过，王舜眼睛眨也不眨地屏住呼吸，双手紧攥，连在小电视面前说话的音量都变小了不少："白柳被异化了，精神值快跌到 60 了，快要看到幻觉了。"

王舜旁边聚集了大量围过来的玩家，说话声音也不约而同地减小了。

之前一直和王舜守在这里的那个玩家也语气复杂："精神值 60，生死关啊。"

精神值 60 是真实和虚幻的分界线，精神值 60 之前你只是对抗怪物，而精神值 60 以下你还要对抗自己的幻觉。

这比对抗怪物更难。

因为怪物的弱点可以被探索，有迹可寻，而幻觉是你自己生成的，你永远不知道你自己幻觉的弱点在什么地方，也不知道什么地方是幻觉，什么地方是真实。

精神值高的玩家在游戏中拥有的优势是无比巨大的，所以之前白柳引起的关注才会那么多。

而容易被惊吓的，或者容易被怪物精神污染的玩家，精神值很容易下降到 60 以下，自此之后，大部分玩家死亡率都会阶梯状地上升，还有不少玩家活生生被自己的幻觉吓死，所以精神值 60 的关卡，在玩家口中又被称之为"生死关"。

观众们遗憾叹息着——

"已经很不错了，挺了这么久才被污染到 60 左右。"

"没有漂洗精神值的道具，精神值只会越来越低，我觉得他命悬一线了。"

"《塞壬小镇》这副本新人存活率只有百分之一，没有看过通关攻略，没有购买相应的保护精神值的道具，这游戏基本是无解的。"

"也不是无解的吧？上一批新人里不是也有通关的吗？"

"呵呵，上一批《塞壬小镇》那一百个里面唯一通关的新人，最后出游戏的时候精神值只有 25 了，通关出来就疯了，有什么用？"

"这个新人估计一会儿就疯疯癫癫的了。"

"走吧走吧，人傻了就别看了。"

"唉，我还是喜欢他很冷静地作死玩游戏的感觉，一下跌下 60，emmmmm，算了，有缘再见吧。"

…………

新增 7 人赞了白柳的小电视，新增 17 人收藏了白柳的小电视，新增 0 人为白柳的小电视充电，新增 0 人踩了白柳的小电视。

有 20 人正在观看玩家白柳的小电视，你在刚刚一分钟内失去了 300 个观众，玩家到底做了什么让人大失所望的滑稽操作呢～

玩家白柳人气跌落谷底，获得"劣质小丑"称号，或许现在，只有用你的死亡才能娱乐大众，博得观众一笑了吧～

…………

船上的水手一副看好戏的状态，他们给安德烈和白柳各准备了一艘小船，放进这片深海里，白柳好像是搞不清状况一样在围栏边木呆呆地站着，他甚至还和水手特地多要了一床棉被，说自己晚上在船上可能会冷。

水手嘲讽地看着白柳，在他的小船上放了两三床厚实的棉被，便意味深长地说了一句："祝你晚上好梦，晚安，白先生，如果你能醒来的话。"

白柳便笑道："我会的。"

轮船的两边依附着很多小船，那些小船上都是长相像深海鱼类一样的渔民，这些渔民的长相和安德烈有种诡异的相似，在黑夜里小船上只有一盏小灯，晦暗灯光下，这些渔民的眼睛散发着幽绿色的光芒，站在随着波浪摇晃的船上，这些渔民却诡异地动也不动，直勾勾地看着站在小船上抱着被子的白柳，耳边的鱼鳃微微张开抖动，发出好似看到猎物一样细微的咕噜声。

而站在和白柳相距不远的另一艘小船上的安德烈则是嘴边流着涎液，眼中散发着和这些渔民如出一辙的幽绿色光芒，看着白柳嘶哑低语："白柳，带着你愚蠢的棉被，去海底安眠吧。"

大轮船缓缓开走，有水手告诉他们，第二天早上会开船过来接他们。

白柳环视周围一圈，除了安德烈，还有很多小船上的渔民并没有随着大船离去，而是随着划水声，渐渐向白柳靠拢包围。

就算是白柳此时此刻头脑昏涨得厉害，他也无比清晰地知道，作为这里最孱弱的"幼虫"，和这些把捕捞的所有人鱼都上交给水手享用、很明显还处于饥饿状态的渔民相处一夜，自己怕是不到半个小时就会被这群东西撕成碎肉块吞咽下去，旁边还有个对他虎视眈眈的安德烈，在深夜的海面上，白柳完全就是孤立无援。

他虽然还是被异化了，但是跳进海里逃跑也不是什么好选择，他现在只是被异化的初期，白柳能感受到自己的口鼻都可以呼吸，耳旁边的鱼鳃并没有什么呼吸功能，跳入水中到底能不能在水下靠鱼鳃呼吸还是个未知数，而且就算能，白柳肯定游不过这些已经高度异化的渔民和安德烈，跳不跳海无非就是在海下死和海上死的区别。

白柳还有一个"真爱之船"的任务，在这种他似乎活下来都无比艰难的时候，他还要在自己精神值岌岌可危的情况下，熬一整夜，赢过安德烈。

这几乎是不可能的事情。

王舜缓缓放下了在不断记录的笔，他颇有几分真情实感地叹息一声："可惜了，要赢这个赌约，最好用的道具就是水中气泡。"

"这道具可以驱赶鱼群，购买两个使用三次过后就能撑到天明，虽然贵是贵了点，要 140 积分，但是有用，要是先前白柳不乱花自己的积分，他过这里本来是很容易的。"

旁边那个一直都在看的玩家也赞同点头，抱胸无奈摇头："毕竟是新手嘛，不会玩也正常，这个白柳虽然偶有出色的表现，但大部分时候都在乱来，是新手的通病。"

"明明那个水中气泡就是高人气道具，他偏不买，要去买什么酒精，这种时候酒精能干吗？消毒自己然后送上去给这些渔民吃干净口粮吗？"

还留在这里的零零散散几个观众也要散开走了。

这个时候画面上安德烈的小船突然剧烈摇晃了一下，上面翻身登上了一个人，不对，应该说是人鱼，张开锋利的牙口狞笑着向安德烈咬了过去。

正准备离开的观众顿时停住脚步。

王舜推了推眼镜，猛地凑前看："这什么情况？！这里不应该是渔民和安德烈下水开始攻击玩家吗？！怎么开始攻击安德烈了？！"

安德烈对上的那个人鱼十分凶猛，他湿漉漉地从海面下一个翻身就上了毫无防备的安德烈的船，对着安德烈的脖颈就是凶狠的一口，安德烈顿时发出一声凄厉无比的惨叫，两边的鱼鳃好似因为疼痛不停地颤着。

腥臭的黑色血液顿时喷得满船都是，还溅射了一些到海水中，和漆黑的夜色和海水融为一体。

血液的腥气瞬间飘满这个海域，所有的渔民喉咙里发出一声古怪的咕噜声，好似在吞咽口水，视线缓慢地平移到安德烈的船上。

安德烈那里散发着对他们有剧烈吸引力的食物腥气，原本向白柳靠拢的小船偏移了轨道，都聚拢在了安德烈的船周围。

令人耳朵发酸的咀嚼声响起，安德烈的船上扒满了饥肠辘辘的人鱼，他慌不择路地想要跳进海里，很快就被扯住了脚踝，人鱼堆满他的小船，安德烈举起手发出含糊不清的痛苦呜咽声，被小山丘一样噬咬他的人鱼彻底淹没了。

白柳站在小船上摇摇晃晃地看着，他好似呆呆地看了很久，才反应过来："哦，是这样啊，为了避免我上船之后被异化，精神值下降进入这种傻子状态，我在上船前是做好安排了的，我可以什么都不做就赢过安德烈。"

小电视屏幕里的白柳说完之后，似乎是觉得有些冷了，就用被子把自己裹了起来，脸缩在被子里开始津津有味地看起了好戏，看着看着还有点昏昏欲睡，开始在船上打起了瞌睡！

在小电视面前的观众："……"

你在上船前做了什么？！为什么安德烈突然就死了？！

王舜看着被吃掉的安德烈简直好奇得抓心挠肝，他从没有见过渔民自己去吃安德烈的，恨不得抓住白柳把他的脑子打开看看这人弄了什么他们不知道的骚操作："他在上船之前搞了什么骚操作？！"

旁边那个玩家也同样好奇得不行，闭上眼睛冥思苦想："等等！我回想一下啊！就是正常的流程啊，坐司机的车来这里，他付给司机钱，然后上船，司机说会给他们准备晚上打赌的场地和道具……！"

刚刚要走的几个玩家都留了下来，人群又簇拥了过来，有人喊着："有人是游戏系统会员吗？可以看视频回放看看他做了什么吗？我不是会员看不了游戏视频回放。"

"我是我是！我放一下！我投影出来大家都过来看吧！"

"emmm 感觉就是正常的游戏过程啊，为什么啊！这个玩家的幸运值只有 0，也不可能是因为运气好出现渔民主动去咬安德烈的情况。"

"所以他到底是怎么弄的？"

"艹，发到游戏论坛求助一下吧，我看了三遍都没有发现他到底做了什么布置，真是神了。"

游戏论坛——求助！有人知道这种人鱼吃安德烈的情况要怎么才能打出来吗？

1l：今天看到了一个玩家巨几把神奇的玩法，《塞壬小镇》

很多人都玩过吧，有人打"真爱之船"的时候，能打出人鱼吃安德烈的这种支线吗？！我第一次看到（附上白柳的游戏视频）。

21: 小朋友我有很多问号？？这怎么打出来的？？我从来没见过这种发展，怪物主动帮玩家吃安德烈完成任务？这是打了什么乱七八糟的感情线吗？这游戏里有玩家和安德烈的隐藏 BL 线是吗？

31: 这玩家幸运值很高吧？幸运值高有时候就会打出这种匪夷所思的走向。

楼主回复 31: 不，他幸运值是 0，很倒霉，纯新人抽到的第一个副本就是塞壬小镇，然后怪物书还抽出了游走 NPC，肉眼可见地倒霉，然后突然打出了这个走向……我看不懂了。

41: 这新人……有点彪悍啊……不过他到底是怎么打出来的？

51（牧四诚）: 打出了支线就能做到。

"杰尔夫的血腥密谋"这个支线完成度超过 80% 的时候，司机会主动下海潜伏等待时机屠杀安德烈，杀死安德烈过程中散发的血腥味会吸引渔民进一步吃掉安德烈。

不过打出这个支线需要留宿的第一晚上控制人鱼雕像后出门发现杰尔夫的密谋，并且还要不被杰尔夫发现你发现了他的密谋，不然会被暗杀。这个玩家是纯新人吗？第一次就能打出这个支线的效果，有点厉害。

61: 靠！！！！牧神！！前排合影！！

71: 大神显灵！保佑我这次困难游戏副本一次过！

81: 牧神夸厉害的新人！我要去看！楼主快说新人在什么区！我要强势围观！

91: 我也要！

……………

楼主回复牧四诚: ！！是牧神！这个玩家是纯新人，目前在死亡喜剧分区……精神值也快跌到 60 了……

牧四诚回复楼主: 死亡喜剧？！他应该是个很厉害的新人吧，为什么会在死亡喜剧专区？

楼主回复牧四诚：他玩法比较奇怪＝＝，常规的道具水中气泡和烈焰火把他一个没买……

牧四诚回复楼主：没有买水中气泡吗？那有点危险了。

安德烈狂化后是一个中 boss 级别的怪物，玩家通关支线解决了有好处，但这批渔民攻击完安德烈，会立马转过来攻击玩家，虽然攻击安德烈拖了时间，剩下的时间只要一个水中气泡就撑过了，但一个都没买的话，有点悬啊……

"我还是很好奇他是怎么把'杰尔夫的血腥密谋'支线进度推上八十的，明明在车上的时候，这条线的完成进度都只有百分之五十，怎么突然飙升到百分之八十了？"

王舜疑惑地反问，作为一个云玩家，如何推支线这些信息对他来说无比重要。

王舜拿出自己的游戏管理器，在论坛里问牧神。

牧神在论坛里回复了王舜：【他多给了司机一次钱。】

【之前杰尔夫已经给过司机一次钱了，他们开车和导游的费用都是一次性付清了的，按理来说，玩家是不需要再付司机任何费用的，但是这个新人又给了一次。】

王舜恍然回想起了这里，对，按理来说白柳不用给了，但是这人又给了一次。

【而且你们注意看视频，他让司机看到了自己包里还有很多钱。】

【塞壬小镇的镇民是强盗设定，过多的金钱必然会诱发司机来对他们下手抢劫杀人，但同时，司机身上还有一个杀死安德烈的支线附加，在支线附加下他一定会先杀安德烈。】

【推支线到 80% 以上需要让司机知道你身上有昂贵的财物，他就会为了抢钱先杀死要杀死你的安德烈。】

王舜一边念叨牧神的回复一边恍然大悟："原来是这样。"

但他沉思一会儿，又陷入了新的苦恼："不对啊，但是这样，

司机杀死安德烈之后不就会立马来抢玩家了吗？"

王舜边想边打字：【牧神，但是这样，司机杀死安德烈之后，不就立马会回来抢劫玩家了吗？】

牧四诚：【是的，所以玩家要快点躲进可以驱逐鱼群的水中气泡才行。】

【司机能杀死安德烈是靠偷袭，单纯战斗力还是不如安德烈的，安德烈才是这一关的大 boss，他会突破水中气泡，但安德烈死了，水中气泡就足够对付司机和其他人鱼了，触发了支线之后，"真爱之船"这个任务的难度算是降低了很多，很好过。】

王舜一边刷着论坛，一边皱眉看着小电视里的白柳："你们看到牧神的回复了吗？他说这些人鱼马上吃完安德烈就会转头来攻击玩家了。"

"看到了。"那个和王舜一直坚守在白柳小电视前的观众此刻真是唏嘘无比，他看着缩在船上，双眸还有些涣散的白柳，长叹一声，"牧神都夸厉害的新人，真的可惜了，要不是他乱花积分买那么多酒精，现在买一个水中气泡就能通关了。"

王舜也有点恨铁不成钢又无可奈何的怨气："唉，难度都降低成这样了，居然卡在这种地方！"

不光他一个人有这种无奈，因为牧神而前来围观的很多玩家都看到了——白柳缩在被子里打瞌睡，人鱼把安德烈咬噬殆尽，转头就往白柳的小船扑过来，而白柳好似一无所觉，继续缩在被子里头一点一点地打瞌睡，任由这些人鱼划出水声，无声无息地向他靠近。

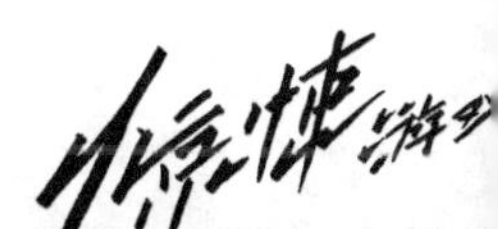

CHAPTER 05

这场面看得一众玩家不知道该说什么，纷纷无语凝噎。

眼看白柳就要被咬了，观众们急得不行，纷纷化作暴躁老哥。

"醒醒！起来打怪了！"

"睡你妈呢，等出来之后再睡不行吗？就这么缺这一个小时的觉吗！你妈没有教过你玩游戏不要挂机吗！"

"我看这么久游戏视频，真没见过这么送的，真就躺送。"

在一众人的喧哗声下，小电视里的白柳好似被吵醒了似的，迷迷瞪瞪地睁开了双眼。

他看着划开海面水波，半个鱼头张着嘴浮出海面向着他的船游过来的渔民，白柳能看到他们在水面下的腿变成了鳗鱼一样的尾巴，在水下好似蛇一般蜿蜒翻转游动，飞速地向着海面上的白柳靠拢，而在白柳不远处的安德烈的船只，上面只剩一副沾满了血迹和一些碎肉的白森森的骨架。

安德烈骨架的下身已经开始融合，变得有点像鱼的样子，而他衣服的布条被撕裂垂坠在船边，孤零零地漂在海面上，可见这些人鱼是一群多么凶猛的动物。

而在这种千钧一发的情况下，白柳却只是慢吞吞地把被子在海水里浸泡了两下，又扯上来盖住了整个小船，仿佛在自我逃避一般缩在被子下面发抖，这个缩头乌龟一般的举动又引发了围观群众的阵阵骂声。

但白柳依旧连这个动作都做得格外缓慢和艰难，似乎是身体要被冻僵了一般。

他原本白皙的十指开始蔓延上大理石的纹路，他现在已经进入了露西之前那个状况——整个人的体温下降得非常厉害，感觉人缓慢地变成了一块石头，无论是脑子还是行动都不太利索了，所以他才会控制不住地发抖。

白柳拿湿被子盖住自己小船的迷惑操作又惹来一大片吐槽——

"他到底在干吗？知道自己要死所以提前给自己盖好出殡吗？"

"没办法了吧，我看他已经被异化得很严重了，能动一动都是好事了，他身体的面板属性太低了，一旦被异化就是个渐冻人。"

"牧神还夸他牛逼呢，我现在觉得可能是反讽……"

…………

白柳对这些讨论毫无所觉，他看着自己面板里的那几桶酒精，心里说："倾倒一桶高浓度酒精在我小船周围的海面上和我的小船的被子上。"

系统提示：已倾倒。

白柳从自己兜里抽出一盒火柴，缩在湿漉漉的被子里，哆哆嗦嗦抖着手好几次才点燃。

他的神情依旧是平静的，擦燃了火柴之后，随意地掀开被子的一角，把这根火柴扔到了倾倒了酒精的海面上，顿时熊熊大火就燃烧了起来，而白柳披着湿漉漉的被子在温暖的烈火中垂眸看着靠近过来的人鱼，带着一点好似已经胜利的平静笑意，好似他等待这些人鱼靠拢过来很久了。

在深黑色的冰冷海面上腾然燃起一簇灼热的烈火，人鱼靠近簇拥着这小船，绕着小船游动贪婪地摆着尾巴，白柳坐在烈火中央的小船上，他的眸中映着火舌和海面。

披着燃烧着的厚重棉被，棉被上被浸湿了厚厚一层海水，火焰就只在棉被表面那一层酒精里燃烧着，看起来白柳好似披着一层火焰铠甲包裹着他，又像是一个水上的火焰气泡般保护着他。

棉被上吸满了的海水滴落沾湿了白柳的头发，黑色的头发一绺一绺地贴在他苍白的脸上，水滴从他睫毛上滴落，而他的表情平静得过了分。他俯视在他周围的人鱼，不像是一个要被吃掉的祭品，反倒像是一个诱惑鱼类过来而后捕杀殆尽的残忍渔夫。

白柳的瞳色映着火焰的颜色，看起来比船下那些奇特的怪物，更像一只从深海里浮潜到岸上的塞壬海妖，异化的面孔有种魔魅的吸引力。

亟待捕食的人鱼在从海面探出头的一瞬间，被烈火席卷，发出鱼肉被烧烤的毕毕剥剥的声音，人鱼们发出刺耳的惨叫，翻开肚皮漂浮在了海面上挣扎。

被烧之后的鱼肉发出诡异的香气，那些原本向着小船靠近的人鱼都去吃那些被烧过的人鱼了，小船周围响起刺耳的骨骼皮肉碎裂声，浓烈的血腥气和鱼腥气氤氲在白柳的鼻腔内，变成一种奇异的、美味无比的味道，这让白柳舔了舔嘴唇。

他周围全是互相咬食的人鱼，而白柳还是静静地坐着，原本因为异化显得苍白阴郁的面孔被火焰烘烤出健康红润的脸色，他看着安德烈空荡荡的小船不知怎么的笑了一下。

那是一种满足的、得到馈赠和奖励的笑容，和那些正在餍足

地大口咀嚼鱼肉的人鱼脸上的表情如出一辙，但还要让人毛骨悚然几分。

白柳嘶哑地轻声低语："晚安，安德烈。"

支线任务——真爱之船，请玩家白柳在在赌约中赢过安德烈，完成，获得积分奖励 100。

支线任务——杰尔夫的血腥密谋，进度 90%。

主线任务——参加人鱼捕捞大会，已完成，奖励积分 50。

《塞壬小镇怪物书》刷新——人鱼（4/4）

怪物名称：人鱼（幼虫状态）

弱点：火，光，较为脆弱、和人类相接近

攻击方式：撕咬抓挠，不会触发异化状态，智力较低，不会使用工具

人鱼（幼虫状态）此页怪物书已集齐，希望玩家再接再厉。

一长串的奖励和成就面板弹出来，几乎看呆了守在小电视面前的观众。

等了很久很久，之前说白柳躺送的那个观众不可思议地吐出一个语气词："操！"

这个操就像是一个响指，让所有沉浸在刚刚一幕中的观众全部回神。

"我收回我刚才说牧神反讽的话。"

"我现在觉得他盖好被子的操作可能是要送这些人鱼出殡，不好意思我刚刚搞错主语了，对不起，我给这新人充电道歉。"

"躺送个屁啊！这哥们居然躺赢了，这操作牛的。"

"这新人脸挺能打啊，这干柴烈火烧着映着，看得我都想做他的床，不是，船下面的人鱼了。"

"？！你们又开始了是吗？！"

"只有我一个人关注点在他怎么确保用酒精不会翻车吗！我超级无敌好奇啊！！一桶酒精才 9 积分！和 70 积分的水中气泡比他省下了一大笔积分啊！"

…………

新增 2300 人赞了白柳的小电视，新增 2670 人收藏了白柳的小电视，新增 499 人为白柳的小电视充电，玩家白柳获得 499 积分。

玩家白柳在一分钟之内获得超 2000 点赞，声誉迅猛上涨中！

恭喜玩家白柳获得推广位，进入单人游戏分区系统推荐位置，浏览量正在急速上升中……

…………

白柳百无聊赖地托腮坐在船上看着人鱼们互相撕咬，一旦他们互相撕咬完毕，他就又倾倒一桶酒精下去点燃，烤过的鱼肉对于人鱼来说吸引力要比白柳大得多，所以人鱼并没有来攻击白柳，而且白柳周围还有一圈火，白柳就像是在喂鱼一样，稳坐小船上烧人鱼给这些怪物吃。

他粗略估计了一下，大概用四五桶酒精就能撑到天亮了，也才 45 积分，也就是两个水中气泡 140 积分的零头，而且他还剩五桶酒精。

他之所以要买酒精，是听到了塞壬博物馆的守馆人告诉他，人鱼是可以被烹饪的，包括烤，而且大家都很爱吃这种人鱼。

既然可以被烧烤，那么高温火攻就是有效的，火对于雕像无效，但是对于这些脆弱状态还不是雕像的幼虫形态的人鱼，应该是有效的，并且被烹饪过后的人鱼肉对于其他人鱼应该有不小的吸引力，看安德烈对鱼排的渴望就知道了，他今晚吃生鱼可没有今早吃鱼排吃得多。

而且塞壬小镇的两个高人气道具，一个烈焰火把，一个水中气泡，虽然白柳都没有买，但顾名思义这两个道具的核心就是在驱逐和隔绝鱼群。

白柳把这两者和人鱼畏火的特点结合一下，就是高浓度酒精加棉被，这就是一个海面上的烈焰气泡，多买几桶就可以增加使用时间，又可以隔绝又可以驱逐，还更省钱。

不得不说最终出来的结果比白柳预想的效果要好多了。

游戏中的道具似乎有加成效果，这几桶高浓度酒精燃烧的状态比白柳在现实生活中见到的酒精燃烧的程度要夸张很多，之前那个强光手电筒也是，亮得人眼睛都要瞎了。

随着海边日出，天光大亮，这些畏光的、昼伏夜出的人鱼渐渐潜入了海面下，不见踪迹。

白柳确认周围没有任何一只人鱼之后，才分出心神来点开面板，他之前一直没有来得及看，因为忙着对抗和烧人鱼，不过，现在白柳看着面板上的信息，没忍住眯了眯眼睛。

支线任务——杰尔夫的血腥密谋，进度 90%。

安德烈已经被杀死，司机也被白柳烧死了，这个支线任务都还有 10% 的进度没有推完……这 10% 的"血腥密谋"要怎么推？

积分余额：684。是否购买道具？

白柳怔了一下，他盯着这突然高涨的积分数字看了一会儿，滑开面板，点了"查阅积分明细"，发现有五百多分都是"充电"来的。

也就是说他昨晚折腾了一晚上，超过百分之八十的积分，都不是从游戏系统完成任务挣来的，而是靠那些"观众"打赏来的，白柳若有所思地拨弄了一下自己胸前的硬币——换言之，"观众"的积分比游戏的积分好挣，而且多很多。

这不太合理，因为游戏本身的奖励低于游戏外的奖励，这会让玩家消极游戏，会让玩家为了讨好游戏外的东西，而做出一些取舍，或者干脆就不玩了，直接用一些噱头手段吸引观众，让观众打赏不就好了吗？

特别是在积分可以直接购买道具的情况下，如果靠打赏得到的积分充足，对白柳而言他完全可以购买大量道具，然后暴力通关，这样游戏就完全没有任何体验价值了。

白柳是不会设计这种游戏的，而他觉得这个系统也不会。

这个游戏内一定有某种奖励，可以平衡游戏内外的奖励体系，让玩家更想从游戏内得到奖励，而不是游戏外。

白柳的手指反复地翻转着这个硬币，这个游戏里所有的任务奖励都是即时的，也就是完成任务立马就可以得到积分奖励，但有一个东西是例外。

——那就是怪物书。

这种集齐所有书页才能有的奖励，还要通关才能发放，通常来讲，奖励的分量应该是很大的，但白柳现在看着这个打赏的积分，觉得自己还是低估了怪物书的分量。

他现在觉得怪物书最后给的奖励，可能不仅大，还非常珍贵，并且是积分无法轻易购买的那种，这样才能平衡游戏内外的奖励机制。

白柳翻开怪物书，在每一页都看了一会儿，最后他的目光停在完全没有解锁的"塞壬王"那一页。

《塞壬小镇怪物书》——塞壬王（2/4）

怪物名称：塞壬王

弱点：暂无（不要求玩家探索该怪物弱点）

攻击方式：？？？（未知，待探索）

注：为神级游走 NPC，危险等级极高，请玩家谨慎探索。

这个要探索攻击方式啊……从之前几个怪物来看，攻击方式都是它们发动攻击，玩家这里就探索完毕。

但塞壬王这种等级的怪物，发动攻击白柳觉得自己铁定 GG。

不过要让白柳明知道这里有这么大一个肥美的奖励，还放着不管，也不是这位守财奴的作风。

如果白柳知道这个 NPC 有多凶残，听过这个 bug 一样的传闻中的 NPC 的种种事迹，他可能就放弃了，毕竟做游戏嘛，最怕的东西就是 bug，bug 这玩意儿是不能头铁硬上的，因为不是游戏本身的东西，没有逻辑性，玩家是无法对抗 bug 的。

但白柳现在不知道。

不仅不知道，白柳还把这个 NPC 当成了一个守关 boss 来看，觉得打败了对方，奖励那一定是大大地有，而且游戏一定是有解的，无论什么 boss，那必然都是有办法可以对抗的。

白柳盯着看了一会儿，轻声啧了一下，合上怪物书，打开了游戏商店："我要购买道具。"

请问玩家需要什么道具？最近水中气泡有降价促销活动，请问玩家是否有需要呢？

白柳一看，果然，"水中气泡"这道具从 70 积分一个降到了 40 积分一个了，而"水中气泡"旁边的人气道具栏上多了"高浓度酒精"这个之前白柳买过的道具，而"高浓度酒精"从 9 积分一桶涨到了 13 积分一桶。

看着价格变动，白柳露出一个狡黠的、带着得逞意味的笑。

他猜测得没错，他这边游戏的过程会反馈给观众，引起观众的购买取向发生变化，就像是直播带货一样，只要白柳能用其他价格更低廉的道具打出同样的效果，那么玩家就会蜂拥而至地购买，从而引起道具价格曲线的变化。

比如之前他用 3D 投影器和手电筒过"塞壬博物馆"那个地图，

那个地图的常规解法应该是用烈焰火把过，但白柳用几个持久型的道具很轻松地过了，并且还吊打烈焰火把这个消耗型道具的效果。

差不多的价格，玩家肯定更愿意买持久型的道具，于是烈焰火把的价格就降低，而 3D 投影器的价格就攀升了。

这次他又故技重施，为的就是"水中气泡"这一刻的价格降低，他就可以省下中间价格差的一笔积分。

白柳微笑："我要购买一个水中气泡。"

好的，40 积分，承蒙惠顾。

一路从死亡喜剧分区赶到单人游戏专区的王舜困惑不解地凑近了小电视，在确认了白柳真的买了一个水中气泡之后，王舜陷入了更大的迷茫："……他怎么又开始买水中气泡了？"

"《塞壬小镇》后面我记得几乎都是陆地追逐战，没有什么要用到水中气泡的地方啊……"

旁边也是一个跟过来的玩家状似有理有据地分析道："现在白柳积分多了，而且他又不知道后面基本都是陆地追逐战，可能是买一个以防万一嘛，反正也不贵，才 40。"

"他现在有 600 多积分，花 40 给自己买个水中气泡，相当于买个保险，酒精毕竟风险还是太大了点。"

但王舜跟着白柳一路走过来，已经对这人积分都花在刀刃上的风格有所了解。

之前白柳选了一个相对高风险低投入的方案，宁愿冒着风险买酒精，也不愿意选一个低风险高投入的方案，花更多的积分买水中气泡。但现在为了规避风险，反而去花 40 积分买个水中气泡以防万一，这种做法……

王舜莫名觉得白柳做不出来。

甚至王舜有一个极为荒唐的念头，那就是白柳现在才买水中气泡，是因为他通过自己的一系列操作操控了价格，直到水中气

泡降价这一刻再买省钱。

王舜一边想着一边自言自语着。

因为沉浸在自己的思绪里，王舜音量不低，他的自言自语被旁边那个观众玩家听到了之后，这玩家没忍住反驳："你该不会成了这个什么白柳的脑残粉了吧？还操控价格？……他一个新手，还没有出过游戏，我承认他玩游戏是有点东西，但操控道具价格这个，真有点太过了。"

这玩家态度有些敷衍随便："我觉得他就是经历了这么刺激的一晚上，也被吓得不轻，一看到有钱了就立马买几个可以保命的道具，他之前用酒精我觉得还是赌的成分大……"

王舜看到这玩家说到最后还撇了撇嘴，小声嘀咕了一声："就是赌操作，也没有什么了不起的，居然靠这个冲上单人分区了。"

这玩家谈到这里神色之间有几分压不住的嫉妒，似乎觉得白柳能升到"单人游戏分区"这里，虽然动了几分脑子，但大部分还是靠运气赌赢了罢了。

论坛也在热火朝天地讨论白柳靠酒精杀人鱼通关的事情，在一开始赞誉狂潮之后，嘲讽白柳投机取巧、运气好的人渐渐多了起来。

和这个正在评判白柳的玩家差不多，大部分都是一副不屑又酸溜溜的、"我上我也行"的态度：

【这操作有什么，我当初也想到了，但有更稳妥的方案放在我面前，我为什么要选更高风险的方案呢？】

【嘻，装逼怪罢了，又不是第一次见了，死亡喜剧那边的装逼怪还少吗？】

【笑死我了，还买了九瓶酒精，用了四瓶，还有五瓶放着不用来养人鱼是吗？那些吹这套操作省钱的，我给你买算算账吼，这用了 81 积分，比原本的水中气泡都还要贵 11 积分哦！】

【吹，有些人就闭眼吹是吧？他这个通关办法除了视觉效果好看，真的毫无卵用，而且这货通关之后拿到奖励积分，二话不说立马就买了水中气泡了，还不是他妈的认怂了，觉得酒精不行还是水中气泡好？有本事继续用酒精烧啊，我看你后续上陆地了怎么烧，人鱼雕像完全烧不动！】

论坛里关于白柳操作到底好不好撕得不可开交，但王舜对这种场面心中早有预料。

白柳之前的表现过于惊艳，他那一个点拿到的充电积分实在是太多了，充电总数已经过了五百——之前《塞壬小镇》的最高记录保持者牧四诚也才拿到了一千多充电积分。

五百多积分，这对白柳一个纯新人来说，已经相当高了。

过于惹眼必然就会招人妒忌，其他人玩一场《塞壬小镇》，不仅要担惊受怕险中求生，最后扣除道具费用勉强能拿个一两百积分的时候，白柳就已经能用几十积分的道具轻松吊打怪物了，还能收益几百积分。

节目的观赏性和通关的性价比都高到不可思议，如果不出意外，以王舜的眼光来看，以后总积分榜上必有白柳的位置。

不过他也很好奇白柳多买的那几桶酒精用来干吗，王舜觉得白柳是那种不会乱花一个积分的玩家，但这闲置五桶酒精和购买水中气泡的操作，他实在是看不懂。

按照流程，接下来玩家就要上岸了，岸上都是人鱼雕像，酒精根本烧不了，而酒精燃烧发出的光的亮度也到不了强光的程度，而人鱼雕像畏惧的是强光……

王舜皱着眉陷入了思索。

白柳所在的这个单人游戏分区，比之前那个在阴暗小角落、宛如八十年代录像厅的死亡喜剧专区大多了，像是一个干净整洁的大游戏厅，小电视分区分布在每个专区里。

而白柳所在的是"系统推荐"这个区域。

"系统推荐"这个区域在单人游戏分区大厅的入口处，人流

量相当不错，上去的条件相对来说比较宽松，只要一分钟的赞破两千就可以，所以也算是竞争很激烈的一个区域。

一般都是有一定粉丝基础的老玩家在进入游戏之后，靠着自身上一轮游戏积累的粉丝迅速集赞破两千后，登上这个推广位。这个推广位算是一个很标准的跳板推广位，人流量可以，位置不错，登上的条件不苛刻，只要玩家发挥得好，就能去更高的推广位，因此也算是半个兵家必争之地。

这个推广位一般也是老玩家靠粉丝打擂台的地方，为了上这个位置，很多中下层的玩家都会撕逼撕得鸡飞狗跳的，新人很少有能上去的。

白柳一介纯新人拿到这个位置，引发了不小的争议，也吸引了不少观众好奇的目光，再加上论坛还在撕逼他之前操作的加持，不断有人过来围观这个游戏脑回路清奇的新人玩家。

王舜还在思考的时候，他背后的聚集的人越来越多。

不过游戏内的每一个玩家的小电视的观赏区域是可以无限扩容的空间，可以容纳无数玩家，从外界看还是那么小小的一块地方，但当你身处里面的时候，你会发现里面能容纳下成千上万的观众。

密密麻麻的观赏玩家在白柳的小电视下面讨论着。

"这期系统推荐不是修罗场，开之前就撕得血雨腥风吗？怎么还有新人上来？"

"咝——这新人小电视数据有点牛啊，纯新人这个数据很能打了，系统会扶的，难怪给了推荐位。"

"但这个新人上来了，那之前在'系统推荐'推广位上的人就要下去一个，我记得上一批系统推荐的玩家都很疯，据说还有为了节目效果杀人的……这个叫白柳的把谁给挤下去了？"

"我看看啊……我艹！他挤下去的人是狗哥！"

"我艹！这新人要凉了！"

"我看论坛上说狗哥已经游戏通关出来了，现在应该已经知道自己被挤下推广位了，给这个新人点蜡。"

一个右眼上一道长长刀疤的，目测两米多高的高壮男人走进了这个区域。

这人满脸横肉，两腮的肉堆叠着往下垮，牙关紧紧咬着，好似一条即将要咬人的野蛮沙皮狗，这人赤裸着肥硕的上半身，用黑色的钢钉皮带子斜挎着一把两只手掌那么宽的大砍刀。

有观众偷偷让开。

这人就是狗哥，据说他上一场游戏是多人游戏，这人为了节目效果和抢劫，在通关之前把其他队友都给杀了。

杀了之后剥皮拆骨，做节目效果，这游戏里也有相当一些变态是喜欢看这种血腥场面的，这个狗哥应该在进入游戏之前手上就染过血了，做起这种杀人剥皮的勾当，特别熟练，在某些喜欢这种场面的观众眼里，有如庖丁解牛般优雅。

狗哥走到王舜旁边，左眼斜着横了王舜一眼，王舜瞬间就激灵了一下，识趣地后退，让出了自己的最佳观影位置。

狗哥立马大马金刀地往地下一盘坐，满含戾气地哼笑了一声，盯着屏幕目不转睛地看，道："我倒要看看，什么小兔崽子抢了我狗哥的位置，下场游戏我就跟着他，看看他到底有多大的本事。"

刚刚还在窃窃私语的玩家们已经鸦雀无声。

虽然白柳是靠自己本事上的这个榜单，但是惹到了这个穷凶极恶的狗哥，就算是能活得过这个游戏，也活不过下个游戏了。

狗哥上一场游戏，靠杀死队友抢劫到了死亡队友身上的三万六千多的积分和一些道具，家底之雄厚，完全不是小小一个白柳可以抗衡的。

王舜皱眉点开了自己的游戏管理器，运用技能查询了这位"狗哥"的资料。

玩家名称：李狗

玩家职业（入游戏前）：屠夫

进入游戏的原因：因残忍奸杀了一位向他购买肉类的女高中

生而入狱，在审判阶段被激发了强烈的求生欲而进入游戏。

核心愿望：想要出狱，想要报复所有告他的人，已拟定报复计划，决定积累积分出狱后纵火杀死告他的女高中生一家人。

实现愿望游戏商店推荐商品：罪行抹消面霜（可改头换面，给所有犯过必死罪行的可怜人一个崭新的人生和一张崭新的面孔，一瓶可持续时效十年，一瓶 12000 积分），无痕纵火火柴（只需点燃一根，就可在该地点引发事故导致的火灾，记住是事故哦～和你没有任何关系，一根 21000 积分）。

资料下面还附了李狗的详细犯罪记录，王舜犹豫了一下，还是点了进去。

这个李狗的犯罪记录是在一个小巷道里强奸并杀死了一个女高中生。

这个女高中生高三，是在学习休息的时候去帮正在做菜的父母买点肉，结果就被心生歹意的李狗给强奸了，因为这个女生反抗得非常激烈，恼羞成怒的李狗一刀剁了女生的手，女生在此过程中因流血过多而死。

事后不想被发现的李狗，就把女生的手脚剁了之后，把女生的肉当成母猪肉出售了。

女生的父母因为女儿久久买肉未归，以为女儿是复习得累了去散步了，还自己去李狗处买了肉，在事后得知这一真相的时候差点崩溃了。

而李狗却咬牙坚持说自己并非故意杀人，只是看她漂亮想调戏一下，却没想到失手杀死了这个女的，后续剁掉这个女孩的手脚售卖这个女孩的肉，只是因为后悔心虚，不是什么故意虐杀。

而女生的父母却咬死不放，倾家荡产也要告死他，他也的确被判了死刑，因此而激起的怨愤和报复心，成为了李狗进入游戏的契机。

看完这个李狗的生平之后，王舜第一次觉得自己拥有这个可以查阅玩家曾经的"万事通"的技能，不是什么好事。

他有点担心地看着小电视屏幕上的白柳，长叹了一口气。

那边的游戏还没有登出，这边已经有屠夫把你守候。

白柳，你可真是名副其实的幸运值为 0。

新增 126 人赞了白柳的小电视，新增 675 人收藏了白柳的小电视，新增 0 人为白柳的小电视充电，新增 378 人踩了白柳的小电视。

玩家白柳在一分钟之内获得 3000 观众，但点赞率却不到十分之一，看来大部分观众看你，可能就是过来吃瓜和凑热闹而已～

一位高等级玩家李狗正在围观玩家白柳的小电视，恭喜玩家白柳获得了第一个高等级玩家观众！

李狗给玩家白柳点了一个踩，哭哭，看来这位高等级玩家并不喜欢你。

白柳一个人在海面上等到天亮，没多久昨晚离开的那艘大船就又回来了，他注意到杰尔夫和露西都在船头，杰尔夫好似在安慰露西，手已经摸到了露西的肩膀。

而露西好似要崩溃一样把头埋进了杰尔夫的怀里，被他温柔安抚着，杰尔夫还时不时怜爱地亲吻露西哭泣的侧脸，而露西并没有拒绝，还有些依赖地依偎着他，看着这个场景，白柳微不可察地挑了一下眉。

看来一晚过去，不光是白柳这边的"真爱之船"成功上岸了，杰尔夫和露西这两人，似乎也登上了真爱的小船。

但当大船驶近，上面的露西和杰尔夫看到披着棉被好似安眠一夜的白柳，露西急促地惊声尖叫一声，捂着胸部推开了杰尔夫，而杰尔夫好似无法置信，又非常慌乱地后退几步，手胡乱地比画着："白柳，你、你没事？！不，我的意思是指，你还好吧？"

白柳从容地抓住上面放下来的绳梯爬了上去，他意味深长的

目光在露西和杰尔夫之间巡睃一下，白柳露出一个和蔼的微笑："我没事，早安，杰尔夫，露西，我度过了一个相当愉悦的夜晚，看来你们也是？"

露西慌张地准备靠过来抱住白柳的手臂，白柳不动声色地避开，露西捂着脸哭诉起来："不是，昨晚杰尔夫和我说，你和安德烈都会死，我太害怕了，我觉得都是我的错，杰尔夫安慰了我。"

白柳似笑非笑，但也没有继续追问露西杰尔夫是不是用身体安慰你的这种问题，他的注意力转移到其他地方去了。

露西脸色白到透光，行动间有种诡异的卡顿，触摸在手里的质感……非常像之前白柳在底舱摸过的护身符人鱼雕像，有种鸡蛋壳一样脆薄的岩石质感，身上也没有那种很浓重的鱼腥味了。

杰尔夫也开始辩解，他眼神躲闪："是的，露西以为你和安德烈会出事，只是害怕才和我待在一起的，我们没有什么。"他对着白柳挤出一个勉强的微笑，"我知道她是你女朋友，我不会做什么的，你是我最好的朋友，白柳。"

白柳不置可否："你们昨晚是在什么地方过的夜？塞壬博物馆，对吗？"

露西惊呼了一声："你怎么知道？"然后她就开始喋喋不休地抱怨起来："对，他们不允许我们回酒店，据说是这里的什么习俗，参加了人鱼捕捞活动之后，为了洗去身上的杀孽和血腥味，需要在塞壬博物馆待上一夜，那地方太可怕了，全是雕像，晚上就好像会动一般，我和杰尔夫无论去什么地方，都能遇到雕像拦在我们的路上。"

杰尔夫还在僵笑着："白柳，安德烈呢？他去什么地方了？"

白柳笑笑："他现在应该在塞壬博物馆，等着我们。"

杰尔夫惊疑未定地看了一眼海面上安德烈的小船，那小船上全是黑乎乎的油漆般的血迹，还有一些碎布条能看出来是安德烈的上衣，他看到这一幕眼睛闪了闪，低着头忍不住露出一个快意又狰狞的笑。

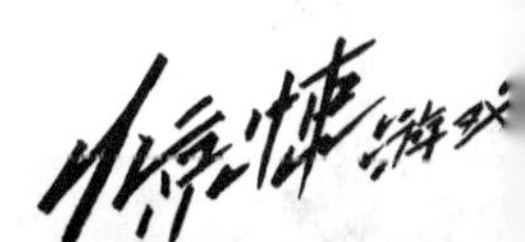

白柳打量着杰尔夫，很明显安德烈的死让杰尔夫很满足。

但很快，杰尔夫又假装疑惑地偏头过来看白柳，他指着那艘小船："但，白柳，安德烈的船还在这里，他不可能回到岸上……"杰尔夫怯懦地看了一眼白柳，缩了缩脖子，恰到好处地住了嘴。

露西又是一声惊呼，捂住了自己的嘴唇，她的声音带着哭腔："我的天哪，安德烈不会真的死了吧！白柳！"她有些无法置信又很失望地看着白柳，"你害死了安德烈？！你不会把他推下海了吧？"

白柳觉得她应该是想哭，但是她的眼睛是干涩的，也对，一尊雕像怎么会流泪？白柳漫不经心地想。

杰尔夫状似很悲伤地注视着白柳："你不应该干出这样的事情，尽管安德烈不是个好人，但他应该有存活的权利。"

白柳轻笑一声，他直视着杰尔夫的眼睛："同样的话，我或许可以奉还给你。"

杰尔夫警惕地和他对视，白柳无所谓地耸耸肩，对还在指责他的露西笑着说："等到了博物馆就能看到安德烈了，我不会骗你。"

"骗你我们就分手。"白柳笑眯眯地说道。

露西犹豫了一下，她扫了一眼白柳的裤袋——那是白柳放钱包的地方，想到高昂的度假费用，露西的嘴终于闭上了。

白柳搞清楚"杰尔夫的血腥密谋"这条支线的最后 10% 了。

他觉得自己还是对这个游戏的 NPC 设定人性高估太多了，这游戏居然连一个对他稍微有点善意的队友都没有。

白柳设计游戏的时候习惯被顶头上司压迫着歌颂队友情歌颂真善美了，至少会设计一个己方纯好人的队友，因为这样的游戏更好过审，没想到这里居然是全员恶人的设定——喜欢使用暴力的安德烈，表面唯唯诺诺实际心狠手辣的杰尔夫，对他看起来不错但完全就是为了钱和他交往、随时都可以劈腿的女友露西……

这种没一个好货的设定他可真是……太喜欢了。

白柳的嘴角翘了翘。

一旦走出了"杰尔夫这种通晓人鱼设定的 NPC 应该需要保

留到最后，那么他一定是个好人"的思维误区，"杰尔夫的血腥密谋"的最后 10% 就很好猜了。

难怪杰尔夫这人一直防着白柳，难怪之前血腥密谋这个任务的进度条会奇异地涨两次——因为杰尔夫从头到尾想杀的，一直都有两个人，白柳和安德烈。

司机接到的任务不仅是杀死安德烈，还有杀死白柳，这里面甚至可能还包括了抢劫分赃等一系列操作。

现在倒回去想想，玩家一行人来游玩塞壬小镇，发起人是玩家本人其实是很怪异的，因为玩家在设定上是一个胆子很小，连上车来塞壬小镇都会号哭的男人，是绝对不会选塞壬小镇这种诡异的地方来打赌的。

而其他人，安德烈明显不知道有这个地方，露西也是第一次来，对这个地方了解，会推荐这个地方作为试胆打赌地点的，只有浸淫人鱼研究多年的杰尔夫。白柳扮演的这样一个胆小如鼠的玩家为什么会来塞壬小镇这个地方和安德烈履行赌约？估计多半是因为杰尔夫怂恿。

而杰尔夫选中塞壬小镇的理由很好想，他是研究过塞壬小镇的，是知道这个小镇镇民的强盗属性和警察破案困难，失踪多人都没有任何人找到的情况的。通过这些信息，完全可以得出塞壬小镇是犯罪的最好温巢这个结论。

没有比塞壬小镇更好的抛尸地了。

杰尔夫那个通晓人鱼的设定并不是用来给玩家通关的。

——而是用来暗杀玩家的。

支线任务——杰尔夫的血腥密谋，进度 100%，已完成，获得积分 50。

解锁人物隐藏状态——怨恨一切的杰尔夫。

白柳用硬币一扫杰尔夫。

NPC 名称：杰尔夫（？？？状态）

人物简介：人鱼海怪等非自然生物的强烈爱好者，在得知露西一行人要前往塞壬镇之后，主动要求一起前往，对塞壬镇的传说故事十分了解。

人物隐藏简介：因常年被安德烈殴打校园暴力不敢反抗，杰尔夫内心深深地憎恶着一切，在偶然取得了你的信任成为你的朋友之后，对拥有漂亮女友和雄厚家产的你嫉妒不已，怨恨你不为他伸张正义，觉得你只不过是个伪善者，想要夺走你的一切，甚至想利用你杀死安德烈。

在遇到你和安德烈打赌的这个契机之后，他心动了……他知道一个全世界最完美的犯罪地点，杀死你和安德烈的不会是他，而是他深深喜爱的人鱼，他决定选用自己最爱的东西来结束你和安德烈的性命……

解锁支线剧情之后给予玩家警告——杰尔夫对玩家信任度极低，很有可能对玩家发起攻击，请玩家注意自身安全。

守在小电视前的王舜恍然大悟："原来是这样啊，我就是很奇怪，为什么后面在陆地追逐战的时候，杰尔夫会一直想方设法地把玩家给弄死。"

其他玩家也在讨论抱怨——

"操！杰尔夫原来是这种人设！他那个精通人鱼信息的设定，我还以为他是个给信息不能随便死的 NPC 呢！我玩这个游戏被追的时候还救了他几次，差点就凉凉了！"

"这玩家有点东西啊，一上岸就把内奸抓了。"

"我感觉他思路虽然看起来跳脱，但是还是很稳的。"

夸赞白柳的观众讨论的声音刚一大，李狗不耐烦地砸了一下刀，全场顿时安静下来。

李狗看着小电视里的白柳抱胸嗤笑了一声："不就是一条支线，我还以为多牛逼呢，论坛上都吹成下一个牧四诚了，吹的人

没有玩过多少游戏，没有上过几个推广位吧？就他？下一个牧四诚？他也配？"

王舜张了张嘴，还是闭上了没有反驳，他无奈地摇摇头。

见识少？

他看了那么多《塞壬小镇》的直播视频，知道打出接近完整支线的玩家也只有牧四诚和这个白柳，牧四诚的《塞壬小镇》的游戏直播录屏视频在系统 VIP 视频库里，光是观看就要缴纳 40 积分。

这个价格足够说明视频里面的信息的价值，牧四诚能打出来的支线绝对不是什么人都能轻轻松松打出来的，不然不会进入 VIP 库。

并且"杰尔夫的血腥密谋"这条支线，王舜记得，就连牧四诚本人，后续 10% 都是没有打通的。

牧四诚玩《塞壬小镇》的时候，幸运值已经 56 了，从王舜的角度来看，白柳能玩到这个程度，至少在这一场游戏里——

白柳远胜牧四诚。

白柳下船之后，按照水手们的"民俗"要求，他需要在博物馆待到晚上，洗去身上观赏了人鱼捕杀的杀孽才可以赎罪离开，露西和杰尔夫和他一起前往博物馆。

清晨的博物馆暗淡无光，水手把白柳送进来，警告他不准离去，让守馆人看着白柳之后就走了。

露西蜷缩在白柳后面小声地说："这个博物馆怎么白天依旧这么可怕？"

到处都是俯视白柳他们的雕像，这些人鱼雕像的面孔甚至比昨日白柳看到的还要鲜活两分，白柳注意到其中有两尊雕像的鱼尾变短了，只有膝盖下一截是鱼尾的形状，大腿已经变成正常人类的腿的形状了。

白柳打量了一下这两尊鱼尾退化的雕像的面孔，和露西和杰尔夫有种微妙的相似，雕像面上含着诡异的微笑，直勾勾地看着白柳和他身后的露西和杰尔夫。

和白柳猜想的一样，在这里过夜的露西和杰尔夫果然被"祭祀"了，变成了"人鱼雕像护身符"，而享用过"祭品"的人鱼雕像则渐渐变成了"露西"和"杰尔夫"。

而现在雕像应该是处于"破茧成蝶"这个中间转化状态，人鱼雕像中的"蝶"还没有完全孵化，而作为要被破的"茧"——露西和杰尔夫还有一丝苟活的权利。

白柳不希望杰尔夫和露西转化完成，不是因为什么圣母的拯救一切的思想，而是因为一旦转化成功，他需要对付的更厉害的"蝶"类怪物又会多两只，思及此，白柳拿出了手电筒准备逼退这些人鱼雕像。

结果在开灯的一瞬间，比雕像更先发疯的是露西和杰尔夫，他们哀惨地号叫起来，杰尔夫更是发了疯一样冲上来试图抢走白柳的手电筒，白柳及时躲开，关闭手电筒，这两人才奄奄一息地平复下来。

露西虚弱地瘫软在地，她仰头看着白柳的眼神有一丝怨毒："你的手电筒太亮了，白柳，你要弄瞎我们吗？"

杰尔夫更是扶在一个雕像上，歇斯底里地警告："你最好再也不要打开这个东西！"

白柳毫无诚意地摊手:"抱歉,我不知道你们对光线这么敏感。"

其实白柳当然是知道的，杰尔夫和露西雕像化之后必然会畏光，他并不 care 这两个人会不会受到伤害，但没想到这两人会如此激烈地反抗，来抢他的手电筒。

这两人和真正的人鱼护身符雕像不同，他们是可以移动的，并且速度不比白柳慢，如果白柳一开灯这两人就发疯抢手电筒，那么白柳就没有办法开灯了。

这限制了白柳的道具使用。

看来剧情发展到了这里，游戏明显是通过露西和杰尔夫限制玩家屏退人鱼雕像的道具——手电筒的使用，那就说明后续很有

可能有一场关于人鱼雕像的追逐战，为了让追逐战具有刺激性的效果，游戏禁了玩家的强光道具。

白柳设计游戏的时候也经常这么干，比如给一个照妖镜就能逼退妖怪，那为了能有让妖怪吓到玩家的惊悚效果，白柳就会让这个照妖镜有个 CD（使用一次之后有个休息时期），CD 期间玩家就要被迫东躲西藏，避免被妖怪发现杀死，游戏的恐怖性就会大幅度提升。

虽然设计这种恶趣味情节的时候白柳很愉快，但自己遇到的时候，就不那么愉快了。

白柳按照他们的要求收起了手电筒，举起双手示意自己不会再轻易开灯，这时，白柳余光下意识扫了一下博物馆门口，那边已经被雕像把守住了，雕像还在不断向他靠近。

这样一来，开灯会被露西和杰尔夫攻击，不开灯无法屏退人鱼雕像，白柳还要在这里等到晚上才能被放出去，那他必死无疑。

不仅是因为这些人鱼雕像会过来附身白柳，提高他的异化度，把他变成护身符雕像，还有非常重要的一点——

白柳翻转着手上的硬币，面板弹出——

警告：神级 NPC 塞壬王将在七个小时后苏醒，请玩家在那之前通关。

这个警告一弹出，在白柳小电视面前的观众齐齐发出一声惊呼，就连李狗也站起拖着刀眯着眼睛凑近了小电视看，没几秒爆发出一阵大笑：“居然是真的神级 NPC，这人要被神级 NPC 日死了，轮不到我搞他，叫你抢我的位置，活他妈该。”

“哇，博物馆这里不是普通的塞壬女妖吗？！我靠他怎么是神级 NPC？！这怎么玩，这必死啊！”第一次看白柳小电视的新人观众惊呼道。

“这个地方原本是玩家在博物馆这个地图到处躲猫猫苟到晚

上被放出来，然后与人鱼雕像玩夜间大逃杀，但是这人根本苟不到晚上了。"

"本来这个夜晚只要逃出了塞壬镇就算通关，但只是逃出塞壬镇打出的是 normal ending，评价和奖励都不高，我听说牧神打出的是 true ending，据说是要把塞壬女妖的尸骸送回海里封印整个小镇的幽灵，但是这他妈的，白柳这里女妖直接变成塞壬王了，塞壬王醒来就直接 GG，还玩个屁啊！"

"他两条路都走不通，这新人要 die 了。"

王舜的心高高提起。

他没想到白柳居然真的老老实实去了博物馆！

要是白柳中途跑掉，直接激发追逐战跑出塞壬镇，说不定还有一线生机，现在进了博物馆进退维谷，真的成死局了。

王舜在心里遗憾叹息，他客观承认白柳是个很有潜力的选手，甚至不输牧四诚，但是白柳输了点运气。

新增 0 人赞了白柳的小电视，新增 422 人收藏了白柳的小电视，新增 0 人为白柳的小电视充电，新增 378 人踩了白柳的小电视。

新增 4500 名观众，恭喜玩家白柳小电视正在观看人数破一万，但无一人给玩家白柳点赞，玩家白柳获得"万人空赞"成就，玩得真是太不好了，推荐了你的系统感到非常失望。

玩家白柳的系统推荐推广位即将到期。

白柳往中央展厅的方向走去，露西和杰尔夫跟在白柳身后，塞壬王的躯体浸泡在透明的流动性较低的液体里，被安放在玻璃展柜中，细碎的泡沫雪花般地漂浮在他的长发和浅色的睫羽之间，好似在他的身上落了一层小雪，白柳走到塞壬王的展柜旁边，近距离仰头看这具还没有腐化完全的人鱼尸体。

这条人鱼的面容绮丽过度，有种摄人心魄的奇诡感，好似下一秒这条人鱼就会睁开眼睛，用长而有力的鱼尾扇断这禁锢他的

防弹玻璃棺材，大肆屠杀后回到海域中。

露西左右看了看，询问白柳："白柳，你说安德烈在博物馆这里，他在什么地方？"

白柳头也不回，目光依旧落在展柜中的塞壬王身上，淡淡地说："你进门的时候，不是已经路过他了吗？杰尔夫还在他身上扶了一下。"

"我在他身上扶了一下？"杰尔夫疑惑地指了指自己，"白柳，这个博物馆里除了我们三个人以外，并没有其他人。"

"对啊。"白柳随意地应和了杰尔夫，"我什么时候告诉过你，安德烈现在是人？"

露西抱着自己的手臂搓了搓，害怕地后退两步打了个寒战："白柳，你不要开玩笑了，安德烈到底在什么地方？！"

白柳似乎听到了雕像沉闷的拖曳移动声，他耳朵尖动了动，转头，一个面目狰狞的安德烈人鱼雕像张牙舞爪地伫立在杰尔夫和露西的背后，似乎正准备攻击他们，白柳气定神闲地勾起嘴角："露西，安德烈在你背后。"

露西和杰尔夫下意识转身，然后爆发出前所未有的激烈男女二重奏尖叫声，白柳早有预料地堵住了自己的耳朵。

安德烈的骨架昨晚是被那群人鱼拿走了的，而昨晚塞壬博物馆得到了两个新鲜祭品，也就是杰尔夫和露西，按理来说，塞壬博物馆应该有两个人鱼雕像可以通过附身在祭品身上离开博物馆，那么安德烈的骨架很自然地就会被做成人鱼雕像填补进博物馆的空缺，所以之前白柳才会说，安德烈去博物馆了。

不过虽然露西和杰尔夫的附身雕像没有离开，安德烈做成的人鱼雕像还是填充进来了。

安德烈背后还有一大群想往里走的雕像，密密麻麻地站在展厅门口，这些雕像的面容都开始变得和白柳有些微妙的相似，很明显就是想附身在白柳身上，白柳微不可察地挑了一下眉，躲开想抓住他胳膊号哭的露西。

这些雕像对于露西和杰尔夫来说，是完全不危险的，因为这两人现在本来就是雕像，完全成为雕像就是时间问题，比较麻烦的是白柳，因为这些雕像和露西和杰尔夫都处于他的敌对面，他还被限制了手电筒使用，酒精也烧不动这些雕像。

这些雕像的抗性比人鱼强多了，白柳目前唯一能使用来对抗这些雕像的方法，只有"人眼直视"。

而"人眼直视"这个限制雕像行动的方法，其实是有一个很大的漏洞的——那就是人都是会眨眼的。

杰尔夫和露西已经不能算作人了，所以他们的眼睛直视对于这些雕像来说，是毫无作用的，只有白柳的眼睛是有用的。

白柳每次眨眼都能感觉到这群雕像离他越来越近。

昏暗的室内，形态各异的人鱼雕像的脸都开始缓慢地，像是蜡像融化一般，变得奇异地面目全非，又变得微妙地和白柳相似起来，带着古怪又餍足的微笑。

雕像长长的鱼唇咧出洁白尖锐的一整排牙齿，鱼尾上的鳞片开始碎屑般地剥落消失，空气中的鱼腥味渐渐浓郁，而露西和杰尔夫紧紧贴着白柳的左右两边，只要白柳一拿出手电筒，还没有逼退人鱼雕像，这两个人一定是首先发疯的。

当然白柳也不是没想过直接搞死露西和杰尔夫，但是搞死这两个人鱼护身符之后，这两个护身符对应的人鱼雕像就会瞬间暴走，博物馆内就会多出两个人鱼水手级别的怪物，这玩意儿行动速度飞快，白柳现在的体力面板还是飘红的，一旦遇到，又没有底舱那种地形优势，他铁定 GG。

看到这里，王舜合上了自己的电子记录仪，百感交集地喟叹一声，准备离去。

和王舜一样准备离开的还有很多观众，几乎没有什么观众对于这种既定失败结局的游戏视频感兴趣。

但在离开之前，王舜抬头看了一条小电视。

王舜怔住了，他停下脚步，无法置信地喃喃自语："白柳……

怎么在笑？"

白柳低着头缓缓勾出一个微笑，他觉得这个游戏发展到这里，还蛮有意思的。

还算不错的游戏，他很久没有玩过这种游戏性很高的恐怖游戏了。

他的手指飞速翻转着硬币，面板一个又一个地飞速弹出，令他小电视面前的观众看得眼花缭乱。

有观众开始嘲讽："这是慌了吗？在垂死挣扎？"

"道具商店，怪物书，任务面板……哇哦，全部的面板都点出来了，这是要干吗，死前花光积分爽一波？"

王舜一言不发，他屏住呼吸看着小电视上的白柳，重新拿出了自己的电子记录仪。

他能很清晰地看到白柳正在急速地处理着面前这种情况，完全不是其他观众说的白柳慌了，白柳只是处理事情太过高速，看起来就像是在瞎搞而已。

到了现在这一步，王舜也紧张了，他开始期待白柳这个神奇的新手到底还能不能奇迹般地逆风翻盘。

白柳冷静地处理着。

"道具商店，我需要一把可以砸碎防弹玻璃的镐头。"

17 积分，成交。

"我需要一个可以拖运巨型动物尸体的差不多两米长的移动推车。"

7 积分，成交。

"系统，打开怪物书人鱼雕像和人鱼水手页面。"

好的，正在为玩家打开《塞壬小镇怪物书》——打开完毕

《塞壬小镇怪物书》——人鱼雕像（1/4）

怪物名称：人鱼雕像（蛹状态），护身符雕像（茧状态）
弱点：人眼直视，强光照射（2/3）
攻击方式：孵化

《塞壬小镇怪物书》——人鱼水手（3/4）

怪物名称：人鱼水手（蝶状态）
弱点：畏强光，护身符（2/3）
攻击方式：撕咬抓挠（被抓挠后一定概率会触发异化状态）

你的第一页和第三页都只差一个弱点就集齐完毕，请玩家再接再厉！

白柳飞速的操作让小电视前面的玩家都看麻了，之前还在嘲笑的玩家现在也没了声音，所有人都目不转睛地看着白柳脸上带着笑意在不同的面板之间游刃有余地飞快切换着。

不同颜色的面板光线映在白柳面上，把白柳的脸切割成一块一块，他身上那种气定神闲的感觉太有说服力了，谁都能看出白柳不是在乱搞了，有好几个玩家声音弱弱地询问："他到底要干什么啊……"

只有王舜眼睛一亮："他在集齐怪物书！"

草！王舜有几分懊恼又有几分佩服地打了一下自己的手，这么简单的破局方法，他怎么没有想到呢，之前的弱点被禁了不能用，就直接弃之不用去探索新弱点就可以了啊！

其他人惊疑未定地讨论。

"不会吧不会吧？！他真要集齐怪物书啊？！"

"据说《塞壬小镇》的怪物书之前只有牧神成功集齐了的，

普通玩家能集齐一页都算是不错了，这新人能行？"

"我觉得不可能集齐，我看了很多次《塞壬小镇》的游戏视频了，从来没有看到能找出人鱼雕像和人鱼水手第三个弱点的。"

…………

白柳听不到这些言论，他只是表情懒散地高高举起了手里的镐头，然后对准了玻璃展柜里的塞壬王狠狠砸下。

玻璃噼里啪啦碎了一地，里面的塞壬王随着液体滑落在白柳脚下，人鱼雕像们好像受到了极大的惊吓，纷纷退出了中央展厅，四散逃逸，就连白柳两边的露西和杰尔夫也捂着脑袋，好似看到了恶魔一样疯叫着从中央展厅跑走了。

王舜眼睛发亮地仰视着正在一根一根擦干自己手指上液体的白柳，现在这情况很明显了："人鱼雕像和人鱼水手的第三个弱点，就是塞壬王！"

白柳蹲下身抬起塞壬王的下巴，塞壬王的睫毛被液体黏成一片，液体滴落在他艳色嘴唇上，在唇缝间湿润成一线水光，好似在引诱人亲吻，这样看这张脸，更是勾魂夺魄，超越了人类想象极限的精致漂亮，也只有用塞壬和海妖这样非常规的词汇才能形容这样的脸。

白柳指尖摸到的肌理触感冰凉细腻，好到不可思议，白柳本来想说的话是，没想到这游戏的 NPC 建模还挺牛，能做出这么好看的 NPC。

但临门一脚，白柳突然想起自己似乎是在直播，在这种应该算是有点激动人心的集齐了三页怪物书的时候，观众应该比较想看他装逼的中二发言，于是白柳煞有介事地呼出了一口长气，笑了："一切从你开始，也一切从你结束吧，美丽的塞壬王。"

"让我带你走向你的结局，还有我的胜利。"

白柳俯下身，把塞壬搬上了自己的小推车，仰起头来嘴角微扬，推着推车脚往地上一踩，推车带着塞壬王就耀武扬威地驶出了博物馆，没有一个人鱼雕像敢靠过来，远远地伫立在博物馆阴暗的角落里，它们畏惧着不敢上前。

《塞壬小镇怪物书》刷新——人鱼雕像（1/4）

怪物名称：人鱼雕像（蛹状态），护身符雕像（茧状态）

弱点：人眼直视，强光照射，塞壬王

攻击方式：孵化

人鱼雕像（蛹和茧状态）此页怪物书已集齐，希望玩家再接再厉。

《塞壬小镇怪物书》——人鱼水手（3/4）

怪物名称：人鱼水手（蝶状态）

弱点：畏强光，护身符，塞壬王

攻击方式：撕咬抓挠（被抓挠后一定概率会触发异化状态）

人鱼雕像（蛹和茧状态）此页怪物书已集齐，希望玩家再接再厉。

系统通知：玩家白柳离集齐整本《塞壬小镇》怪物书只有一线之隔，请玩家再接再厉！

白柳的小电视面前有长达三分钟落针可闻的宁静，就连李狗都看得愣了一下。

最终是不知道谁一声激动得不要不要的"白柳！！冲啊！！！牛逼！！！"打碎了整个静默过度的氛围。

然后瞬间，就好像一滴水落入了油锅般，所有正在看白柳游戏直播小电视的玩家都被这种陷入必死的绝境然后又轻描淡写地翻盘的过程煽动了情绪，几乎每个人都克制不住地尖叫沸腾起来了。

"怪物书就要集齐了！"

"只有一线之隔就能集齐的怪物书，妈的，我第一次见，太牛了。"

"真想让论坛上那些逼逼赖赖说我上我也行的来看看，我估计同样的情况他们遇到了，人家白柳是上分，你们是上坟。"

"好强啊，遇到神级 NPC 都不带给脸色的，直接砸了扒拉出来当工具使。"

"我笑得我系统故障，历史革新人物啊这哥，我真的头一次看到把人家神级 NPC 拖到自己的推车上当坦克用来打怪的！"

"惨！神级 NPC，惨！"

李狗脸色黑沉，他砸了几下刀，但是根本压不住夸赞白柳的观众的声音。

之前一直在论坛上对白柳阴阳怪气的那群人很多也过来看白柳的小电视了，本来被白柳打脸就脸色很不好看了，现在听到有人点他们的名，于是骂骂咧咧地回怼："真有这么牛逼，你让他上中央屏啊！还不是就在一个单人游戏专区横，有什么了不起的。"

此时，系统通报——

新增 10003 人赞了白柳的小电视，新增 9607 人收藏了白柳的小电视，新增 1300 人为白柳的小电视充电，玩家白柳获得 1300 积分。

玩家白柳在一分钟之内获得超 10000 点赞，声誉势如破竹！玩家白柳获得"名噪一时"成就！

恭喜玩家白柳获得推广位，进入中央大厅中央屏单人游戏分屏强力推荐位置，哇哦，干得不错哦，获得了一个中心推广位，浏览量正在急速上升中……

王舜深吸一口气，他不知道为何心脏跳得厉害。

这种看了一场酣畅淋漓又无比精彩的游戏过程的激动感受，他已经许久许久没有过了，他深深看了一眼白柳熄灭的小电视，转身就跑。

以后这个叫白柳的玩家的视频，他一分钟都不能漏掉！

王舜这个转身就跑的行动提醒了其他玩家。

"艹艹艹！！！！中心推广位！！！！牛逼！纯新人第一次玩游戏就上了！！！"

"喊个屁，快走快走！快去中央大厅！等会儿漏掉了什么情节没看到，再想看就要充会员了，这么高质量的视频，肯定会进入 VIP 库！看到就是赚到！"

"哦对对对！快跑！"

之前说"要是他真的这么牛逼你让他上中央屏"的那个玩家脸色铁青，被一群人用嬉笑的目光打量嘲弄一番，灰溜溜地跑了。

而站在人群最后的李狗神色黑沉到了极限，手把大刀握得咯吱咯吱响，也往中央大厅去了。

中央大厅。

一个蹲在地上戴着巨大头戴式耳机的年轻人正含着一颗棒棒糖，津津有味地仰着头扫视整个中央屏幕，似乎在挑选自己感兴趣的视频。

他戴的那个耳机上有一只毛茸茸的，有点像大嘴猴的猴子长手地抱着两边的耳挂。

这猴子目露红光，布条缝制的牙齿是无数尖尖的三角形，看起来有点像是什么儿童邪典里的卡通人物，可爱之中透着一丝恐怖，这年轻人的长相也和这猴有一丝说不出的相似，圆脸，眼睛有点暗红，嘴角两边是尖尖的虎牙，闭上嘴的时候虎牙都会外露，也是那种可爱之中有点恐怖的长相。

棒棒糖在他嘴里滑动，把腮帮子鼓起一边，这人不耐地抱怨："怎么一个稍微有点潜力的玩家都没有啊，现在的榜单真是越来越不行了，连个能集齐怪物书的玩家都没有。也不知道是怎么上来的。"

他说着，拍拍屁股就准备离开。

这个时候，中央屏最中心偏右边一点的一个榜单突然跳动了

一下，之前在这里的玩家的小电视熄灭了，然后亮起的是一张白皙清秀，看起来特别人畜无害的脸。

而这么看着跟一个优等生乖学生一样的玩家，手上推着一辆推车，带着那种好像在向老师交作业般的微笑，手上的动作却干脆利落又灵活，推着小推车上一条长相惊为天人的人鱼就往面目丑陋的人鱼水手那边撞，跟开大炮似的。

人鱼水手发出刺耳的惊恐的尖叫声后飞快地跑开了，丑陋的眼睛里滑落惊恐交加的眼泪。

后面的白柳没忍住发出一声愉悦的哼笑，继续对着可怜的人鱼水手穷追猛打。

守在大屏幕前的牧四诚："……"

然后又："？？？"

靠，这是从什么地方蹿出来的野路子玩家！这玩法也太莽了！

怎么还带推着怪物满地图跑的啊！

牧四诚迅速地点开了这个推广位的玩家资料，缓缓皱眉："白柳，这名字怎么这么耳熟？我是在什么地方听过吗……"

他接着翻页面："这人游戏玩得不错啊，怪物书集齐了三页，还打出了支线，支线还 100%……我想起来了！"

牧四诚猛地回想起了，这就是之前在论坛上被说有望《塞壬小镇》单人积分记录超过他的那个新人玩家。

就这么一会儿，之前还被说过不了"真爱之船"的新人现在居然怪物书也要齐了，"杰尔夫的血腥密谋"这条支线还打完了，他当初都没有打完。

而且这人《塞壬小镇》的充电积分已经比他高了！

这人还真有可能把他从《塞壬小镇》的最高积分记录上面掀下马。

怀揣着一探究竟的和一点微妙的不服气心思，牧四诚毫不犹豫地进入了白柳的小电视的围观队伍。

新星积分榜排名第四的玩家牧四诚进入白柳的小电视，他还没有对你表明态度，你要加油打动他哦～

看到这项通知的其他围观群众纷纷倒吸一口凉气，左右打量，寻找牧四诚。

"牧神来了！"

"靠靠靠牧神在什么地方！！"

"这新人好牛逼，能把牧神也引过来，他很久没有围观过别人的小电视了，都是直接在 VIP 库里看精品视频，上一次牧神围观小电视还是围观的黑桃的。"

"黑桃是这个游戏的 king，总积分榜排名第一的人，牧神围观很正常吧，但这新人什么来头，能把牧神钓出来？"

牧四诚站在角落，他头上那个巨大的头戴猴子耳机变换成了一顶猴子鸭舌帽。

他往下压了压帽檐，一双在阴影里完全变成暗红色的眼睛微微抬头看向白柳的小电视里那个悠闲过度的人，牧四诚咔嚓一声，用锐利的犬齿咬碎了嘴里的棒棒糖，他突然歪着头若有所思地笑了一下。

"这个新人，有点意思。"

CHAPTER 06

　　白柳推着塞壬王，在街上大摇大摆地走，脸上带着惬意而又欠揍的微笑，硬是把一个紧张刺激的恐怖游戏玩出了休闲小游戏的感觉。

　　他后面，隔着一段距离尾随着的人鱼水手面目狰狞地想要靠近白柳，但又畏惧地看着他推车上的塞壬王，怨毒地注视着白柳。

　　白柳就像没感觉一样，推着推车就往海边去了，脸上的笑容颇有几分挟天子以令诸侯的阴险感。

　　但塞壬王和这些人鱼水手、人鱼雕像的关系，可不是天子和诸侯这么简单。

　　其实推断出塞壬王是人鱼水手和人鱼雕像的最后一个弱点很简单，白柳主要的依据有两点——

　　第一，塞壬王没有弱点，那么他在这个游戏内就相当于是最强的，这样相对而言，塞壬王的确对玩家的威胁更大了。

　　但同时对怪物也是一样的，塞壬王没有弱点无法被打败，这对于怪物和玩家都是一样的，白柳瞬间就把塞壬王对于自己的威胁转嫁到其他的怪物身上了。

　　第二，就是根据游戏的剧情了。

　　通过之前的一系列剧情，可以看得出人鱼、人鱼雕像和人鱼水手是分别递进的关系，分别对应幼虫、蛹以及蝶，但这三个怪物之间，不仅仅存在递进关系，还存在一条食物链关系。

　　人鱼水手和人鱼雕像，包括强一点的人鱼都是会吃弱一点的人鱼的肉，异化过程中的人鱼渔民只能为人鱼水手服务，就像是苦力一样在人鱼水手吃剩之后才能吃东西，还要免费为船上的人鱼水手捕捞。

　　而人鱼水手掌控决定哪些人鱼雕像可以孵化，比如昨晚的露西和杰尔夫，就是那些人鱼水手决定送到塞壬博物馆，孵化哪几个雕像，这明显就是一种上等阶级对下等阶级的态度，就像是白柳公司的老总决定什么人可以升职一样。

　　可以看得出来，怪物之间存在这样一条"人鱼（奴仆和食物）→人鱼雕像（手下）→人鱼水手"的等级分明的关系，而塞壬王明显处于这条食物链的顶端，对其他所有怪物都有一定的掌控和威慑力，其他人鱼怪物明显是怕塞壬王的。

　　但白柳通过昨晚的事情，发现这些人鱼怪物不仅仅是怕塞壬王，它们是在忌惮塞壬王。

　　他是通过塞壬博物馆的不对劲发现这一点的。

　　之前塞壬博物馆的存在主要是为了遮掩罪证，但在几乎整个镇子都在人鱼怪物们的统治下的情况下，塞壬博物馆这个地方已经没有存在的必要。

　　人鱼雕像大可在整个镇子里到处晃，就像是在酒店里的那些雕像一样，但为什么还要固定一定数量的人鱼雕像在这个博物馆里，甚至一旦有人鱼雕像离开了就要及时补充，保证博物馆这里的人鱼雕像固定一个量不变？

这种让一定数量的怪物固定在一个地方，守着一个东西一直不离开的行为，有一个更恰当的形容，叫作把守，而塞壬博物馆比起一个博物馆来说，更像是一个有一定数量士兵严格把守的监狱。

是的，没错，这些人鱼雕像是在把守塞壬博物馆里的塞壬王。

这些人鱼怪物多半是通过某种白柳不知道的手段，遏制了塞壬王的苏醒，很有可能是玻璃展柜里的那种液体对塞壬王有一定克制作用。

白柳发现这些液体像是胶水一样黏稠，几乎在塞壬王的眼睫上凝结出一层薄壳，还散发出奇异的、让人头晕目眩的味道，如果说游戏告诉白柳塞壬王是有弱点的，白柳百分之百会猜测就是这个液体。

但可惜塞壬王没有弱点，这个液体只能限制他一会儿，他很快就能靠自己从这个液体里苏醒过来。

其实严格意义上来讲，白柳并没有猜错，因为普通版本的"塞壬女妖"的弱点的确就是这个液体。

"塞壬女妖"是无法靠自己从这个液体里苏醒的，需要靠玩家救出来，同时玩家还需要用液体限制"塞壬女妖"的昏迷程度，以防塞壬女妖彻底清醒后攻击玩家。

但不幸的是白柳遇到的是塞壬王，被神级 NPC 附身强化过的 bug 版本，可以纯靠自己就醒过来，于是这个地方就算是白柳猜对了也没有什么卵用，因为液体对塞壬王的作用相当有限，指望液体再次迷晕塞壬王并不现实。

塞壬博物馆是塞壬王的监狱，而这些人鱼怪物之所以这么畏惧塞壬王的醒来，多半是因为塞壬王一旦清醒，基本也就是整个塞壬小镇的怪物的死期了。

这些怪物是在塞壬王被打捞起来之后，才开始出现的；反之，塞壬王沉入海底，这些怪物也就该消失了。

所以这些怪物才会那么害怕塞壬王，也不敢过来打扰推着推车就在路上横冲直撞的白柳，它们怕惊扰了还在沉睡没有清醒的塞壬王，因此显得格外畏手畏脚。

但这些人鱼怪物不知道的是，对于白柳来说，要是塞壬王醒了，他也必死无疑，白柳敢这么嚣张，主要是因为他早就知道塞壬王短时间内不会醒，系统提示了他要五个小时之后才会醒，所以白柳才敢放心大胆地利用塞壬王作为"人质"来逼退人鱼怪物们。

现在白柳要做的就是乘船去"塞壬的礼物"那片海域，把塞壬王沉入海底，就可以结束这场游戏了。

恭喜玩家解锁整个故事剧情，进入完结章节——因玩家白天从博物馆逃出，而人鱼雕像无法在白天移动，为了让人鱼雕像可以外出参与最终情节，以及玩家目前拥有巨大的优势，已经强烈影响了游戏性，为了削弱玩家目前优势，平衡游戏性，天气即将发生转换，请玩家及时做好准备。

天气转换：多云→暴雨

大雨猝然倾盆而落，豆大的雨点噼里啪啦地在地上打出灰坑和水洼，白柳瞬间就被淋湿成了落汤鸡，他一只手推着推车，另一只手五指张开撩起他额前湿漉漉地贴在他眼皮上的头发，水珠从他的发尾滴落到睫毛上，跟着滑落在地上。

眼前的世界在几秒之间就被氤氲成一片雨中的白雾，白柳被雨水冲刷得如此地狼狈，但他后面一直紧追不舍的那些人鱼水手却仰着头大口地吞咽着雨水，他们好似在这雨水中得到了某种能量，变得面目奇诡，嘴边立起鱼鳃，手上长出肉膜，眼中爆发出绿光，开始一步一步地接近白柳。

而路边一些一直藏在阴影里的人鱼雕像也开始凑近过来，雕像纯白的石鱼尾好似在雨水中活了过来，在地上就像是擦了润滑油一样游动，速度比之前快了许多。

　　而雕像脸上的表情也从千篇一律的微笑变成了狰狞和猖狂的笑，眼白边灰黑色的裂纹蔓延全身，上半身退去雕像的人类外形，变得更像是深海里长相奇异的鱼类。

　　推车上的塞壬王的长睫颤动了两下，雨水滋润了他满是黏液的鱼尾，冲刷掉塞壬王身上那些残存的，来自玻璃柜子里的液体，银蓝色的鳞片开始张合，在雨幕里闪闪发光。

　　白柳用他脖子上挂着的硬币游戏管理器，扫描这些怪物。

怪物名称：人鱼雕像（雨水强化中，陆地上移动速度加快，塞壬王威慑力降低，攻击力加强）

怪物名称：人鱼水手（雨水强化中，陆地上移动速度加快，塞壬王威慑力降低，攻击力加强）

怪物名称：塞壬王（雨水无强化作用，但冲刷掉迷药液体，塞壬王苏醒时间提前，只剩下三个小时。塞壬王即将苏醒，请玩家加快游戏进度）

　　白柳神色散漫地扫过所有的面板信息，啧了一声，哼笑道："这游戏有点流氓啊，玩不过就强行削玩家，而且是不是太过分了点？不仅强化了所有的怪物，还缩短了我的通关时间，这场大雨还限制了我的移动速度和方向感，我的面板指数还是飘红的，这种情况下玩追逐战玩家很容易死掉啊……"

　　"嘛，不过对于我来说，这种情况下也不是绝对不能玩。"

　　白柳把一直滴水阻挡视线的头发全部用手指扒到脑后，雨水顺着他的下颌滑落，湿透的衣服领口更紧了，加上这场密不透风的大雨，让白柳有点呼吸不畅。

　　他解开了自己湿透的白衬衫的第一颗纽扣，露出一小片苍白胸膛和半透明的白色布料下锁骨若隐若现的轮廓，忽然掀开眼皮淡淡地笑了一下："希望游戏最后给我的奖励，能配得上我的努力，我不玩奖励失常的游戏。"

　　如果您能胜利，您不会失望于我们的游戏奖励，一定能满足您内心的欲望。

　　白柳微笑："那提前先谢谢你的奖励了。"

　　他口吻和态度都十分自然，就好像已经拿到系统给的奖励一般，但是屏幕前的一群人全都看傻了。

　　因为上了中央大厅的单人游戏强推位置，白柳的小电视这里来了不少新观众，还有一些是被"牧四诚在看的新人主播玩家小电视"这个噱头吸引过来的。

　　这群人没有看到白柳之前的各种神级操作，只看到了白柳登上"强力推荐榜"之后的一小段直播，对白柳现在处在这种九死一生的困境里还能发出这种自信心爆棚的发言，一时之间只觉得无语。

　　"我还以为牧神在看的是个什么玩家呢，没想到居然是个这种货色，怪物增强，自己的面板全线飘红，游戏时间还被缩短了，还有闲心耍帅和闲聊，我无语了，可能是我不懂吧。"

　　"之前我看论坛狂吹，但是我现在看他打的这样子，也不过如此，也不知道是怎么上的强推推广位，靠脸吗？"

　　也有人替白柳辩解，这些人大部分都是从"单人游戏专区"一路追上来的。

　　"怪物书三页都集齐还他妈喊弱？就你长手了会玩游戏是吧？有本事亮出游戏记录给大家看看你集齐了多少怪物书呗。"

　　"让我看看是谁说自己比白柳强了？哦一群被人充电积分都没有超过十分的观众啊，那没事了。"

　　玩家之间是可以互相查看充电积分的，这下就戳了那些一直在嘲讽白柳的人的肺管子，吵得越发厉害了。

　　两边各执一词，如火如荼地打起了嘴仗来，王舜在旁边不发一言，目露忧心地看着小电视里的白柳。

　　唉，白柳还真是幸运值为 0，无论游戏内外都被针对了，系统特意限制白柳，又遇到中央大厅里最不好惹的一批观众——中

央大厅中心屏下的观众。

中央区这边是不怎么 care 通关过程的，很多来中央区，尤其是中心屏看视频的玩家主要是为了找寻通关的方式，并不在意观赏性，也不在意游戏过程，他们只认准两点——最终的奖励积分多少，和是否能够高效地通关游戏。

因此中央区的观众也是出了名地刻薄和挑剔，人均行走的活体杠精，对除了大神的直播玩家都相当高高在上，他们的积分一般都花在高等级玩家的付费直播和系统 VIP 库内的付费视频上，所以不会轻易点赞充电，倒是非常喜欢踩玩家，对新人玩家更是恶意极大，无论是谁上来先是一顿嘲讽。

不是大神玩家的直播视频如果登上中央区，一般很快就会被这些观众踩下去，这种有撕逼的情况更是会加速激发中央区的观众踩白柳。

新增 32 人赞了白柳的小电视，新增 89 人收藏了白柳的小电视，新增 0 人为白柳的小电视充电，新增 3807 人踩了白柳的小电视。

玩家白柳在一分钟之内获得 3000 踩，你的小电视被 5000 人踩过，获得"令人憎恶"称号。

看来大家都恨不得你离开这里，哦不对，是死在这里。

玩家白柳的中央大厅单人游戏强力推荐推广位即将到期。

王舜看到系统通知长叹一口气，果然会变成这样。

之前和王舜从分区一路跟过来的观众有些气得眼睛都红了，而中央区的观众则是得意扬扬的，这个时候有人惊呼一声："这边新人区又有一个上中央大厅边缘区推广位了！"

又有一个，之前那个就是白柳，这个又是谁？王舜疑惑地看过去，发现是一个拿着烈焰火把和水中气泡的玩家。

这个玩家正在海面上浮潜游动，用火把驱逐那些追过来的人鱼水手，他的右手上还握着一具人鱼的骸骨，真骸骨，白骨森森的，是正常的"塞壬女妖"，而不是白柳的"塞壬王"版本。

而这个玩家也明显被异化了，脸上被鱼鳞覆盖住了，下半身也变得和鱼尾有些相似，大腿融合脚后跟消失，这让他在水中游动飞快。

这个玩家很明显也打到了最终章节，只要把塞壬女妖送回海底就可以通关了。

这边这个玩家的生存率，很明显比四面楚歌的白柳的生存率高得多。

这惹来了中央区观众更大的嘲笑声。

"笑死我了，不是把这个白柳吹得天上有地下无的吗？人家其他新人拿着传统方案还比你白柳早通关好吗！"

"这个白柳就是喜欢装逼罢了，劝你们悬崖勒马，多看看正经大神的视频，多花点钱也比看这个白柳的免费直播好。"

"走了走了，和他们这种低级趣味的玩家没有话讲，别看了，浪费时间。"

"我也走了，真的无语，浪费了我看其他大神视频的时间。"

不断有人离开玩家白柳的小电视，之前人头密集的白柳小电视观赏区域很快就变得空旷，王舜叹息一声，走到了白柳小电视的正前方，这个之前他想来却因为人多被挤开的位置。

有 7060 人离开了玩家白柳的小电视，其中有 3900 人进入了隔壁新人的小电视。

玩家白柳的表现实在是太差劲了，没有人看也没有人点赞，你在这个位置上赢来的只有唾弃，强力推荐了你的系统非常失望，决定将玩家白柳的推广位和隔壁新人的推广位进行交换。

王舜一呆，很快系统通知就弹出了新的消息。

玩家白柳下降至中央大厅边缘区推广位。

玩家木柯上升至中央大厅单人游戏区强力推荐推广位。

白柳在这个位置上没有待到十分钟，就被撤下去了。

为了白柳留下的为数不多的观众也又气又失望，纷纷发出抱怨和叹气声，一部分观众跟着移动到边缘区那边，继续守在白柳的小电视旁边。

还有一部分沉默地留在了原地，等着看新人木柯的直播。

他们放弃了白柳。

和王舜一起跟着白柳的推广位走的观众不算多，其中有一个奇怪的，戴着猴子帽子，和王舜一样站在小电视前排的人吸引了他的注意力。

王舜奇怪地看了这个人一眼。

白柳大起大落这一遭，他作为一路跟随的观众，心里也很唏嘘，于是找了这个也跟过来的人聊天："你为什么会跟过来？你也很喜欢白柳吗？"

这个戴着猴子帽子的人微微抬起帽檐，露出一双狡黠的红色眼睛："因为我觉得这个据说可以取代我的人，绝对不仅仅就这点水平。"

白柳取代谁？王舜一愣，随即反应了过来，他差点惊呼出声。

但很快牧四诚比了一个"嘘——"的手势，继续压低声音笑道："而且他之前玩得的确很好不是吗？三页怪物书，除了我之外，我也是第一次看到有玩家集齐到这个程度。而且最后一页如果不是塞壬王，我相信他现在绝对已经集齐了。"

"这家伙不是在装逼，是真的强。"牧四诚咬碎了一根棒棒糖，他侧过头看着白柳的小电视，脸上笑嘻嘻的，"我还没见过系统为了削弱一个玩家的优势，做得如此之过分。"

"系统说是为了追求游戏平衡性，那么就说明白柳这个玩家需要削弱到这种程度才算是平衡了游戏性，这么强的玩家，居然会有人觉得他通不了关……"

"怎么说呢。"牧四诚轻笑一声，"就有点搞笑。"

新星积分榜排名第四的玩家牧四诚进入白柳的小电视。

牧四诚赞了玩家白柳的小电视，看来他对玩家很有好感呢～

牧四诚利用新星排行榜第四玩家的权限，在自己还没直播的小电视推荐了白柳正在直播的小电视，即将有大批观众涌过来～

王舜彻底呆住了，他反应了一会儿，才有点疑惑地问牧四诚："那牧神你如果觉得白柳很强，为什么刚才不说？要等他落到边缘区才推荐他？"

如果牧四诚刚才站出来说了这些话，白柳说不定就能保住强力推荐的推广位了，牧四诚这种大神的推荐对白柳这种新手很有好处。

牧四诚勾起嘴角，他斜眼瞥了王舜一眼："可我就是在等他落到边缘区啊。"

"对于这种强势的玩家，雪中送炭可比锦上添花好，我现在推荐他的目的，是要他欠我一个人情。"

王舜被牧四诚直白的无耻噎住了，他很无法理解地看着这位传说中的牧神。

这位牧神和他想的，还有在游戏中看到的那种雷厉风行的冷酷模样一点都不一样。

脸皮好厚，好无耻。

白柳对这些外界的东西一无所知，他背后飞速移动的人鱼雕像和人鱼水手在雨中追赶着他，白柳推着个推车到处晃动，移动速度很慢，已经被追上好几次了。一旦被追上白柳就反手把推车上的塞壬王怼过去，逼退了追上来的人鱼怪物几次，但是已经越来越不管用。追白柳的怪物越来越多，并且似乎因为雨水的加持，

它们对塞壬王的忌惮越来越有限。

白柳被一只人鱼水手的利爪鱼蹼抓到了胳膊，鲜血淌出，他转身拖着推车躲进一条巷道，脑子里蓦然嗡的一声，系统弹出了红色的警告面板。

警告：玩家白柳被人鱼水手抓挠之后导致异化，精神值跌至60，即将下降到安全精神值以下，一旦跌下60，玩家将会出现幻觉。

"不太妙啊……"白柳捂住还在流血的胳膊，仰头靠在巷道的墙面上喘气，整个人被雨水打湿得像是从海里捞出来。

他闭上眼调整自己的吐息和突然袭来的晕眩感和迟钝感，精神值跌到60的感觉就像是有一个黑洞或者旋涡在吞噬身体的感官和思考能力，白柳之前也跌到过一次，但那次他挨过了早期的不适感之后，仗着自己精神值高抵抗力强，居然很快又恢复了过来，但是这次——

白柳膝盖一软，捂着胳膊跪倒在了地上，脸上迅速布满灰黑色的纹路，眼下开始生长出暗绿色的鳞片，肤色变得越发地死白，仿佛是鱼肉质地的那种白，他低着头不住地喘息着，雨水从他头顶倾盆而下，白柳像一条被捕捞上岸的濒死的鱼。

"这倒是我失策了。"白柳语气还是很平静，"没想到精神值跌到60，居然对我影响这么大。"

王舜神情紧绷地看着小电视里的白柳："精神值真的镶边（跌破六十）了，60了，再跌一点就会开始有幻觉了。"

牧四诚表情也正经了不少，他咬着的棒棒糖完全不动地卡在他一边的腮帮子里，这让他说话声音有点含糊："真下60，在追逐战里很容易GG，因为有幻觉，分不清真的怪物和幻觉看到的怪物，找不到逃跑的方向。"

"这个时候买漂洗精神值的道具有用吗？"王舜紧张地提问，"白柳现在的积分足够购买漂洗精神值的道具了，漂了之后精神值可以回升。”

牧四诚却摇了摇头：“其他副本里或许可以漂，但这个副本里最好不要漂精神值。”

王舜越发困惑：“为什么？”

牧四诚却不再回答了。

被牧四诚推荐吸引来的观众在窃窃私语。

“这玩家，是我的错觉吗，怎么一股菜味……”

“牧神为什么要推荐这么一个菜逼……给我们下饭吗？”

讨论的声音还没停，小电视上的白柳突然撑着墙壁摇摇晃晃地站起，他眯着眼睛看向自己藏身的巷道外，有好几个人鱼水手和人鱼雕像正在靠过来，怪物黑色的轮廓在雾气弥漫的大雨中若隐若现。

白柳的精神值下降之后，移动速度就更慢了，如果他现在冲出去，百分之百地会被这些怪物抓住，他现在的精神值只需要再被抓一下，瞬间就会跌破 60 大关。

雨天加幻觉，他没有办法分辨方向了。

得想个办法，白柳靠在墙上沉思着。

巷道外的人鱼怪物嗅闻着，爬在墙壁上像是壁虎一样速度飞快地到处探查，眼中冒出盎然的绿光，微微张开的嘴里滴落黏液，在到达巷道附近之后，这些怪物仰着头嗅闻了两下，鱼唇咧开一个让人毛骨悚然的微笑，手脚贴在墙上飞速地向着巷道靠近。

王舜看得屏住了呼吸，喉咙里的“白柳快跑”在出口之前勉强按捺住没有喊出，拳头紧握。

这个时候跑也是没用的，因为白柳的移动速度远远没有人鱼怪物快，跑出来反而是吸引了对方的注意力，相当于送餐，现在唯一能做的，就是祈祷这群怪物不要发现在巷道里的白柳，好让他躲过去。

但是现在这些怪物都在向巷道口靠拢，形势很不乐观。

王舜这里思绪还没断，那边白柳拉着推车，淋着大雨，毫不

犹豫就从巷道里冲了出去。

王舜："！！！"

王舜急得脱口而出："不能跑啊！跑了就完蛋了！"

如王舜所料，那些人鱼怪物一个眨眼，就飞快靠拢聚集在了巷道口，紧跟着，很多人鱼雕像也簇拥了过去，狭窄的巷道口瞬间被怪物们包围得密不透风，白柳拉着推车，跑动的步伐未停，目光平静地靠近这些包围他的怪物。

王舜看懂了——白柳这是要从包围圈里硬突破！

王舜急得都快跺脚了。

他无法相信在这种关键的时刻白柳会犯这种致命的错误，就算是这里强势突破出去了，但是这些怪物移动速度比白柳快，随时可以追上白柳把他撕碎，他这样跑出来根本毫无用处！

牧四诚的眉头皱起："精神值下降可能影响了他一部分思考能力，这里不该跑出来的。"

"对。"王舜深深地吐出一口气，"我们都忘记估计精神值下降对白柳思考和体力值的影响了，他这里应该是真的慌了。"

其他观众的表情更是十足十地一言难尽。

都有人都开始吐槽牧四诚最近是换口味喜欢吃素了吗。

听到这话的牧四诚假装没听见，但是微微向下压了点帽檐，有些无奈地嘟哝道："难道我真的看错这个白柳了？"

而白柳反手一甩，用装着塞壬王的推车怼开了包围圈，那群怪物的眼睛直勾勾地盯着跑走的白柳，王舜的心瞬间提到了嗓子眼——要追了要追了！这群怪物要追上去了！

然后小电视里的人鱼怪物离奇地在巷道口边踌躇了一会儿，居然纷纷对跑掉的白柳视而不见，反而全部涌入了巷道里。

王舜："？？？"

牧四诚："？？？"

其他观众："？？？"

为什么怪物不追玩家，都跑去巷道里干什么？！

小电视的画面缓缓地切换到巷道里面，最里面居然还有一个白柳。

这个白柳拿着推车如临大敌地对着那些怪物，还在不停地做出一些非常具有攻击性的动作，白柳还昂着下巴对这些人鱼怪物微微勾了勾食指，似乎是在挑衅这些人鱼怪物，让它们过去和他正面决斗，这些人鱼怪物果然被挑衅了，咬牙切齿地攻击了过去。

这奇异的另一个白柳引爆了观众的讨论。

"哇，这什么东西！他会分身吗！"

"靠，这什么道具，太作弊了吧，塞壬小镇这种一级副本里可以用这种分身高级道具吗？"

"不能用高级道具的吧，这种低级副本里用太高级的道具会因为破坏平衡性被系统直接踢出来。"

"那这个是个什么东西？"

但是在第一个人鱼怪物愤怒的抓挠下，巷道里面的这个白柳化成了一道残影，却又很快恢复了，脸上还是那种懒洋洋的，欠揍的微笑。

王舜电光石火之间想起了白柳的道具库里一个道具，他大叫出声："是 3D 投影仪！白柳用的这个东西是 3D 投影仪！"

"塞壬小镇这个副本里的怪物智力很低级，是无法分辨影像投射和真人的区别的。"

王舜点开自己的电子记录仪里关于塞壬小镇怪物这里的笔记，一目十行语速飞快地说道："雨天会让 3D 投影仪这种仪器投射的影像更具有实体感，再加上白柳这个影像做出的那些挑衅动作的确很容易激怒和吸引这些智力低级的人鱼怪物。"

"所以在一个抱头逃开的玩家和一个正在做出打斗姿势的玩家之间，这些怪物的思考能力会让它们倾向于先解决危险性更大的那个。"

王舜的眼睛发亮："他利用这个道具成功甩掉了这些怪物。"

有观众质疑："但是智力再怎么低下，只要这些怪物多次攻

击无效，就会意识到自己被耍了，会去追那个真的白柳，但真的白柳移动速度远低于这些怪物。"

"就算是这里甩掉了还是会被追上，除非他限制这些怪物的移动。"

这个观众质疑的话语声未落，小电视里，怪物就开始疑惑地凑近嗅闻白柳的影像，用鱼蹼刨弄了两下，发现的确不是实物之后，这些怪物发出了被戏耍的愤怒的尖啸，刺耳无比。

一群怪物眼看就要冲出巷道去追真正的白柳。

这个时候，它们身后的白柳影像勾唇一笑，不紧不慢地从怀中取出了一支手电筒，平举对准这些背对着他的怪物，像是扣响扳机一样打开了手电筒开关，刺目亮眼的光束发射，穿过了巷道中哀嚎着捂住眼睛的人鱼雕像，笔直地通往雨幕中——

雨幕中，远远地，对面有另一道光束传过来和巷道里的这道光束相合，在塞壬小镇的大道上交融成为了一道强烈的光束。

畏惧光线的人鱼雕像几乎是立刻就被这道光线拦住，不敢向前，但是这道刺眼灼人的光线几乎贯穿了整个塞壬小镇，于是这些畏光的人鱼雕像彻底被锁在了光线的后面，再也不能越过这道光束前进去追赶白柳。

就连有护身符保护，不那么畏惧强光的人鱼水手也没有轻易越过光线，而是在那附近警惕地徘徊试探着。

另一头，白柳靠在墙上喘气，他旁边的脚下也放置了一个3D 投影仪，投影仪中的白柳影响正在拿出手电筒照射，和巷道中那个白柳的手电筒光束相合，形成了这道强烈的拦路光线。

他擦了擦自己从额头滴落的雨水，长呼一口气："幸好这个3D 投影仪防水。"

白柳的小电视还在播放那道可以亮瞎人眼球的强光光束。

小电视面前的观众寂静几秒，之前那个质疑白柳还是会被追上的观众目瞪口呆，愣了很久，才磕磕巴巴道："好、好厉害……"

"手电筒还能这么玩！好帅！"

"我之前还怀疑牧神的眼光，是我错了，是我有眼不识金镶玉，菜的不是这个玩家，是我的眼光，我这就回去拿我的眼珠子下饭。"

"这新人是死亡喜剧专区的那种玩法吧？我感觉他是真的把这恐怖游戏当游戏玩，赢不赢、积分不积分的不重要，最重要的是游戏体验。"

牧四诚若有所思道："雨天在起雾的情况下，强光手电筒的光会在雨雾的水滴颗粒上形成漫反射。"

"正常天气下手电筒光线到处散射，是不会这么集中地形成一条光线通路的，但是系统给的道具性能和效果都会比现实情况下的好很多，再加上天气的加成，才能够达成这种效果……白柳连这个都利用到了吗？"

"有意思。"牧四诚笑眯了眼睛，嘴边的虎牙咬着糖，"雨天明明是系统给出来限制白柳的条件，居然被他拿来反向利用了。"

白柳拖着推车一路跑到了海边，他背后的人鱼水手迟疑徘徊了一会儿以后，最终还是越过了光束，对他紧追不舍，但是畏光的人鱼雕像的确全部都被卡在光束后，这里危险已经少了一大截。

这种时候，玩家只需要立马下海进入海域，把塞壬王送进海底就能通关。玩家大部分玩到这里都被高度异化了，是一种更近似于人鱼的形态，所以可以直接下海把塞壬王送回深海。

看到这王舜才明白之前为什么牧四诚说最好不要漂精神值。

精神值是和异化状态挂钩的，如果漂了，玩家精神值回升，就会从"人鱼"的状态变回"人"的状态，"人"是无法进入深海把塞壬王送回去的。

《塞壬小镇》最后送塞壬王回去的这个环节只有"人鱼"才能做到，白柳这种异化的程度就刚刚好，不需要漂了，可以当作"人鱼"直接入海。

王舜想到这里松了一口气，觉得幸好白柳没有漂，又有几分羞愧于自己的指手画脚。

牧四诚这种大神的游戏意识，果然不是他这种小虾米可以比拟的，不过白柳一个新人，居然也能稳住不漂……

人比人真是气死人，王舜摇摇头，不再想这些让他想要流眼泪的事情了。

按理来说，这个时候白柳只需要拖着塞壬王下海，同时想办法躲避开身后的人鱼水手就行了，但是白柳临到海边，居然一个拐弯没有下海，反倒又向之前人鱼捕捞活动登的那艘大船上去了！

这艘大船停靠在海边，白柳拉着个推车，呼啦啦地就往船上去了！

那里可是人鱼水手的大本营！

王舜简直要被白柳这种一下一下的转折玩法整出心脏病了，他捂住自己的心口，无奈："都要通关了！他去人家轮船上干吗？！送上门给人家抓吗？！"

牧四诚也是被白柳这个通关前激情送死的操作惊得一下没稳住咬碎了棒棒糖，还被糖碎呛得咳嗽了好几下。

牧四诚眼眶泛红地猛捶了几下胸膛，勉强把那几块卡在他喉咙口的糖碎咽下去之后，咳着说道："这个时候白柳贸然下海的确很容易被后面的人鱼水手追上，因为人鱼水手在海里移动速度会更快。"

"常规的通关方法是使用一些道具来限制人鱼水手的移动速度，比如像之前那个新手，浮在海面上用烈焰火把限制，或者就直接硬扛，只要在完成任务前精神值没有掉完就行了。"

"白柳应该是想通过上船甩开背后的人鱼水手。"牧四诚头头是道地分析，"但是上船是行不通的，第一，船上还有部分没有下船的人鱼水手，船上那么小的地方，白柳人一上去，很容易会被还在船上的人鱼水手抓住。"

"第二，海里的人鱼水手也可以爬上船，而且这些怪物的移动速度比船快，白柳上船这个举动没有任何意义。"

牧四诚的话音刚落，小电视里的白柳就出状况了。

白柳推着推车顺着连接船和陆地那块木板飞速地往船上跑，船上的人鱼水手闻风而动，顷刻就来到了白柳的面前，伸出尖利的鱼蹼就要抓挠他的面颊，而紧追着白柳的人鱼水手也踏上了木板，眼看就要碰到他的衬衫。

这波前后夹击王舜看得提心吊胆，但当事人白柳却连眼神都没有飘移，不为所动地从兜里掏出一个 3D 投影仪，往船边上甩了过去。

投影仪落地弹跳了两下，反射出一个同样挑衅的白柳的投影，人鱼水手在两者之间迟疑片刻，往另一个白柳那边去了。

王舜看得出了一身的冷汗，拿出了一张毛巾擦额头："白柳这是又要故技重施，利用投影仪的光线限制住这些人鱼水手，还是只是单纯地迷惑对方拖延时间？"

但很快他又迷惑了："但是人鱼水手不怕光啊，就算是白柳这个投影拿出强光手电筒，也拦不住这些不怕光的人鱼水手啊，之前陆地上的光束就没有拦住人鱼水手，这里也肯定拦不住。"

"错，你记录了人鱼水手的怪物书的页面的吧？你自己再认真看看那一页的弱点到底是什么。"牧四诚眼睛看着小电视里面容平静的白柳微微发亮，他忍不住赞叹，"我知道他为什么要上船来了，真是厉害啊这家伙，难怪系统要这样削弱他。"

王舜急忙点开自己的电子记录仪，他的确记录抄写下了《塞壬小镇怪物书》"人鱼水手"这一页，他点开仔细地察看。

《塞壬小镇怪物书》——人鱼水手（3/4）

怪物名称：人鱼水手（蝶状态）

弱点：畏强光，护身符，塞壬王

攻击方式：撕咬抓挠（被抓挠后一定概率会触发异化状态）

"欸，好奇怪啊。"王舜指着电子记录仪上的"弱点"那一项自言自语，"人鱼水手的弱点明明有畏强光，为什么之前在陆

地上的时候，人鱼水手看起来完全不受光线限制？"

"护身符。"牧四诚点拨王舜，"有护身符的保护，强光对人鱼水手不起作用。"

王舜猛地反应过来，他抬头看向小电视："对！就是这个！所以白柳这是要——"

牧四诚仰头看着小电视，也微笑起来："没错，白柳这是要去船的底舱，底舱是这些怪物放护身符的地方，他要去砸了这些人鱼水手的护身符。这些人鱼水手失去了保护，他手里的强光道具就可以起作用，限制对方的行动了。"

小电视里的白柳已经甩开背后的怪物们，来到了底舱，他高高举起那把砸碎了防弹玻璃的镐头，面色平静地开始一个一个敲碎下面这些人鱼护身符雕像。

护身符雕像在他的脚下碎成一片一片的石屑，随着底舱的白柳敲碎了大部分的护身符，甲板上的"白柳投影"适时拿出了手电筒，看起来就像是有一对白柳正在船上船底打配合战一般。

"白柳投影"微笑着平举手电筒，手摁在开关上，还是那个像扣动扳机一样的姿势，"咔嗒"一声，一道笔直明亮的光束穿过了所有包围"白柳投影"的人鱼水手。

强光来袭，失去了护身符保护的人鱼水手们纷纷捂住眼睛伏趴在地，发出凄厉刺耳的哀嚎，就连王舜和牧四诚和一些在前排的观众也举起手挡了一下小电视里的光线，实在是太亮了。

"也……太狠了。"王舜心情复杂，"我甚至觉得这些怪物有点可怜。"

但那些人鱼怪物很快就开始在光线的两边游走，有些还跳入了海里，准备从另一头爬上去偷袭白柳。

这让王舜皱眉："就算是加上手电筒，白柳这里也只有一道光束，他的 3D 投影仪也用完了，虽然这样一道光线也可以限制人鱼水手行动，但是不能像之前在岸上那样直接困住对方。"

牧四诚抱胸冷静阐述事实："两个光源就算是连成线，对这些人鱼水手也不可能完全限制住，因为这里的地点是在船上，和之前在镇子里不一样。

"白柳可以直接利用光线把镇子来海边的路封了，但是在船上如果只有一条光线，人鱼水手是可以从光线两边逃跑进入海里的，没有什么用。"

"是的。"王舜托着下巴思索着，"这个点也来不及再买投影仪来录制了，只能再买一个手电筒，这样三道光线就可以连成一个三角形，这就成片了，就可以把人鱼水手困在光线连成的三角形内，困在船上。"

"我也是这么想的。"牧四诚点头，"但这个时候，如果玩家要买手电筒的话，估计要大出血了，因为越是临近结尾，游戏商店里的相关通关道具就会越贵，比如《塞壬小镇》这个时间点，手电筒这种关键性道具起码 100 积分。"

"100 积分？！"王舜咋舌，"这也太贵了，这不是明摆着宰人吗？"

牧四诚斜眼看王舜："那这种关键时刻，100 积分的手电筒，你买不买？"

王舜憋屈地沉默了一会儿，蹦出一个字："买。"

白柳拿着一把镐头拖着推车从底舱出来了，他手上拿着一把手电筒，看来他的想法也是和王舜他们一样的，这人出来就直接打开系统商店买道具了。

他在滑动界面的时候，王舜瞄到了白柳系统商店里手电筒的价格，不由得喷了："250 积分的手电筒？这是抢积分呢？！太他妈离谱了吧这个价格！"

但是白柳面不改色地滑过了手电筒的销售界面之后，王舜又开始忧心了："欸，白柳啊，贵点就贵点吧，贵能保命，你这波操作了之后，通关百分之百啊！就别计较这点积分了！"

其他观众也很着急，这离通关只有一点点距离了，白柳还在慢吞吞地选道具，手电筒就摆在面前还一副舍不得买的穷酸样，

看得大家抓心挠肝的。

"白柳啊！你不要在意这点小钱！我给你充电你快买了吧！"

"快快快！给我们白柳水滴筹一个手电筒！孩子救命呢！"

"艹！你滑来滑去挑三拣四选对象呢！听我的！就250积分那个最靓的手电筒就挺好的！你们在一起一定会幸福的！我给你充电当份子钱！"

就连牧四诚也点开了自己"积分钱包"面板，准备给白柳充电，这时白柳的动作突然停住了，他好似终于看到了自己想要的道具，脸上露出点笑来，白柳目光坚定地点了一个道具，购买。

玩家是否购买高清晰度反光镜？

白柳毫不犹豫："是。"

系统提示：3 积分，承蒙惠顾。

白柳把反光镜放在船上的一个角落里，然后把手电筒绑在船头上，轻轻一拨弄手电筒的开关，手电筒里白亮的光束穿过海面上的雾气射入反光镜，又被反光镜反射出去，最终这道光线和"白柳投影"手上的"手电筒投影"的光线相融合。

三道亮得人头皮发麻的光线就像是三道高瓦数的 LED 灯光，在船上形成了一个璀璨无比的三角形高亮度区域，圈住了里面的人鱼水手，人鱼水手捂住眼睛在地上打滚哀嚎起来，却出不了这个区域分毫。

白柳单膝屈起坐在船头，海风和大雨把他的发丝吹得很凌乱，他的眼睛藏在飞舞的漆黑发丝中看不清楚，嘴却在微笑着："回到晴天吧，水手们。"

系统通知：因大部分怪物已经被玩家白柳限制行动力，大雨

已经失去对玩家白柳的削弱能力，现在进行天气转换，请玩家做好准备。

天气转换：暴雨→晴天

太阳从白柳的身后缓缓地升起，他一只脚踩在推车上，另一只脚荡在船外，交叠的乌云后落下金箔般的日光，大雨散去，阳光倾洒在白柳凌乱狼狈的面容上，配上他那副笑嘻嘻的散漫表情，有种奇异的慑人感。

玩家白柳进入《塞壬小镇》最终章节——归还塞壬王。

白柳小电视前的观众短时间地寂静之后，疯狂地尖叫和充电，还有玩家互相拥抱激动击掌，白柳的点赞数几乎每秒都在以数量级攀升。

牧四诚收回自己要打赏的手，愣怔了两秒，开始忍不住笑着鼓掌："真有你的，白柳。"

王舜也跟着开始鼓掌，鼓得手都红了，他是真的激动，脸上的汗都下来了。

其他观众也比王舜好不到什么地方去，激动得看起来就要当场演奏一曲《难忘今宵》。

"说下雨就下雨，说回到晴天就回到晴天！你是天气之子吗白柳！"

"操，谁说的天气之子白柳，笑死我了哈哈哈哈哈！！！"

"3 积分的反光镜打出的绝地反杀，所有的道具都得到了完美利用，逼得系统削弱了之后又投降，艹！我觉得这一幕可以载入史册了，这一定是《塞壬小镇》这狗比副本里能打出来最精彩的操作了！"

"给爷红！给爷爆！拿了爷的充电钱，就给爷冲在最前沿！

白柳冲啊！！！冲上新星榜！"

新增 12011 人赞了白柳的小电视，新增 12000 人收藏了白柳的小电视，新增 2077 人为白柳的小电视充电，玩家白柳获得 3011 积分，有超过三百人为你充电超过 1 积分。

玩家白柳在一分钟之内获得超 1000 点赞，获得超 3000 积分，声誉一往无前！玩家白柳获得"锋芒初露"成就！

恭喜玩家白柳推广位上升，进入中央大厅中央屏单人游戏分屏强力推荐位置。

欢迎回到你原来的位置，玩家白柳。

这次白柳一升上强推屏幕，几乎之前所有的边缘区的观众都跟着他跑了。

这群数量不小激动得小脸通红的观众横穿了整个游戏大厅，吸引了不少路人玩家的注意力，过来问他们在看什么小电视。

"你们在看什么啊？整这么热闹。"

"天气之子！""反光镜神操！""牧神刚认的牛逼儿子！"

询问的玩家："？？？"

你们看的小电视到底播了个什么玩意儿？

跑到后面竟然有不少玩家因为好奇加入了。

跑得最快的是王舜和牧四诚，王舜跟着跑的时候才发现李狗居然也一直在，这人之前应该是看到牧四诚来了，就躲到后面去了，现在拖着刀跟着大部队跑，脸色黑沉得要命，估计看到了牧四诚给白柳撑腰，察觉到白柳不是一个他可以随便拿捏的软柿子了。

王舜忍不住为了白柳松了一口气。

李狗这种玩法的玩家，白柳还是有多远离多远比较好。

等王舜一行人跑到强推位置的时候，白柳小电视前面的观赏区已经有挺多观众了，有之前分区跟着过来但是又中途离去的观众，也有惊奇地看着又升上来的白柳的。

还有之前就对白柳冷嘲热讽，说白柳是低级审美趣味的中央区的杠精观众。

这些观众也不知道怎么想的，明明不喜欢白柳，但白柳一升上中央屏幕他们反倒是第一批进来的，这些观众还在拥堵在前面，对着白柳的小电视大肆指手画脚，大声地埋怨着。

"欸，怎么又升上来了？看着好烦啊。"

"怎么会有这么多人给他点赞？凭什么啊？简直拉低强推位置的平均水平，不行我要给他点个踩，快点把他踩下去。"

"我就搞不明白了，装逼到底有什么好看的？居然能骗到几万赞，还有四五千人给他充电了，都是傻逼吗？把积分花在这种人身上？人生没有其他可以浪费的事情了是吗？"

"好烦好烦好烦，他能不能从强推位置上下去，换几个水平和牧神差不多的玩家上来。"

这群观众已经干扰到正常观众看小电视了，但是正常观众一般也不太想和这群神经病讲话起冲突，于是都忍着。

牧四诚看着这群观众，嘴角和眼尾都往下撇了一下，神色微微地变沉重了一些，似乎有些不爽，但他面上还是带着笑的。

他取下了自己的猴子帽子，走到了前排，转身对着这群高谈阔论的观众微笑着，和之前截然不同，彬彬有礼地一只手放在胸前，一只手拿着帽子放在身后向这些观众行了一个礼。

因为牧四诚拿着的是猴子的毛绒帽子，这个绅士礼显得有几分滑稽，但这并不影响这些观众捂住嘴惊呼："牧神！！！你是牧神对吧！你居然真的在看他的小电视！"

还有这种直接当面质疑的："牧神，我能问一下，你为什么要推荐这个玩家吗？毫无游戏水平还一直占着单人游戏的强推位置，真的又烦又 low。"

牧四诚笑着："你们好，我刚刚也听到了你们的谈话，觉得有几分怀念。"

这些观众瞬间就高潮了，七嘴八舌地开始点评白柳。

"牧神，你也觉得这货很烦对吧？就这种装逼怪，早该死了，占着位置让很多有能力的都上不了。"

"我扫直播的时候都麻烦了很多，因为有这种人占着屏幕，所以看不到什么高质量的游戏直播了！我就希望他快点死然后掉出强推榜！"

"牧神，干脆你进游戏，开直播把他挤下去吧！"

这些人言辞凿凿，眼神兴奋，看到白柳这个新人被挤下去就好像看到了一件多好的事情一样——不过打压新人一向是这些中央屏幕观众最喜欢干的事情，尤其是一些底层玩家，他们巴不得所有新人都死了，不要占他们的推广位。

"不，我说怀念的意思是——"牧四诚的微笑变得有实感，他嘴边含着棒棒糖，笑得带着几分散漫，"当年我第一次登上强推推广位，也有很多中央屏的观众这么踩我，这么骂我。"

之前七嘴八舌的观众就好像被勒住了喉咙，霎时尴尬地收住了舌头，面面相觑着用眼神沟通。

看着这些在白柳面前大放厥词，在他面前噤声的观众，牧四诚笑出了声，他笑得很天真，微微倾身向前对这些观众提问："你们知道这些骂过我的观众都怎么样了吗？"

这些观众直视着牧四诚光芒流转的、暗红色的眼睛，有些不寒而栗。

牧四诚的瞳孔里映着一只嘻嘻哈哈大笑的卡通猴子，这只卡通猴子的眼睛发出很鲜艳的红光，这些前排观众才发现牧四诚双眼呈现出来的暗红色，不是他眼睛本来的颜色，而是他眼睛里的猴子发出来的光导致的。

面对着牧四诚这双怪异的眼睛，这些刚才还趾高气扬的观众齐齐吞了口口水，脊背有些发凉地退后两步，摇了摇头。

牧四诚笑眯眯地从背后抽出那只猴子的卡通帽子，另一只手指着帽子，做出一个展示的姿势："因为我讨厌那些观众，所以那些讨厌的观众都被在游戏里杀了。"

他随意地说道，好似杀人对他来说是家常便饭："要是白柳出来了，我会支持他也杀死你们这些多嘴的家伙，当然，这只是作为我这个过来人的建议。"

"因为你们真的很吵。"牧四诚礼貌地笑笑，"打扰到我看他电视了，傻逼们。"

牧四诚帽子上的猴子忽然张嘴嘻嘻嘻地笑了起来，眼睛里还在一闪一闪地发出红光，似乎在应和牧四诚杀人的建议，看着诡异又瘆人。

那些之前还高人一等的观众被牧四诚吓得不轻，他们尖叫出声，四散而逃。

在逃跑过程中几个跑得太急互相撞倒在地，狼狈地在地上爬着离开了白柳小电视的观赏区域。

牧四诚戴上帽子插兜站在前排，就像是什么事情都没有发生过一样，恢复平淡的脸色，继续仰头看着白柳的小电视，周围的观众都不约而同地后退了几步，给站在前排的牧四诚留出足够的观赏空间。

观众们正常讨论的声音也小了许多，似乎是害怕打扰牧四诚看白柳的小电视。

王舜站在牧四诚背后，神情和心情一样复杂，他第一次直面了牧四诚的危险性。

这就是为什么最顶尖大神的直播间为什么几乎不会有什么指手画脚的观众，基本都是一面倒的夸赞。

因为这里的游戏是可以杀人的，如果你的某些发言惹到了某个大神，对方要杀你简直简单得就像是碾死一只蚂蚁。

只有新人和一些脾气比较温和的玩家的小电视观赏区域有很多这种喜欢指手画脚的观众，像牧四诚的直播间，敢这样逼逼他的，坟头已经是一片青青草原了。

敢逼逼白柳的很多杠精观众都是底层公会玩家，其实游戏技能很低级，玩过的游戏很多都是公会里高玩带着通关，或者是直

接查找过攻略来通关游戏，游戏能力非常有限。

每天朝不保夕反而很喜欢到处逼逼赖赖，这些底层观众尤其不喜那些很有爆发力竞争力的新人，因为他们的付费观众和推广位会被抢，他们会对那种很明显要出头的新人玩家怀揣巨大的恶意。

比如白柳，比如当初的牧四诚。

王舜一蹭一蹭地缩在了牧四诚的旁边，虽然他也有点怕现在的牧四诚，但他还是想站前排。

对着牧四诚，王舜有点克制不住收集信息的好奇心，很小声地侧过头问道："牧神，你真的杀死了那些骂过你的观众吗？"

"怎么可能？"牧四诚淡淡的，"我没有那么闲，说来吓他们的罢了，一直逼逼，烦得很。"

王舜松了一口气："哦哦，假的啊。"

"虽然我没有杀人，但是我的猴子耳机很喜欢吃那些我很讨厌的人，所以也真的吃了几个啦。"牧四诚忽地又转头看向小电视上的白柳轻笑了一声。

他插兜耸了一下肩膀，不怎么诚恳地为自己辩解了一下："但是主要是他们自己愿意骂我，所以导致了这个下场，我觉得也不应该怪我。"

王舜："……"

白柳拖着推车又从大船上下来了，他后面还零零散散地跟着几个人鱼水手，但那已经不足为惧。白柳手上还有个塞壬王呢，这些人鱼水手没有了天气和护身符的加持，只能远远地缀在白柳的后面，用怨恨贪婪的眼神看着白柳。

但白柳的心思已经不在这些人鱼水手身上了，他觉得比较奇怪的一点就是，系统说陆地上大部分怪物已经被限制了，所以才放弃用天气继续削弱他，但《塞壬小镇》的怪物书有四页，分别是人鱼水手、人鱼雕像，和在白柳的手里的塞壬王，除此之外还有一个数量相当巨大的，最弱、最底层的怪物没有出现。

——那就是人鱼，或者也可以说是人鱼的幼虫形态。

白柳在岸上被围追堵截了那么久，一只人鱼都没有看见，这不合常理，而陆地上的怪物，如果系统没有撒谎骗他，的确如它所说大部分已经被他限制住了的话，换言之，那么这些最弱的人鱼怪物很有可能就不在岸上。

白柳的目光缓缓落在了他前面平静无波的海面上。

这些数量庞大的人鱼，很有可能全部潜伏在海里。

系统通知：距离塞壬王苏醒还有一小时，请玩家加快步伐，速度通关。

一个小时，白柳在心里估算了一下他拖着塞壬王游过去的速度差不多将将好，但是还有一个不确定因素，就是那些躲在海里面的人鱼。

加上人鱼怪物的干扰，这个时间就不一定够了，不过兵来将挡，水来土掩，白柳也没有多想，把推车随意丢弃在海边，他蹲下来打量了一下推车上的塞壬王。

这个刚刚一路追逐战都没有任何反应的塞尔王此时此刻耳边的鱼鳍轻轻扇动着，胸膛微微起伏，莹润如玉的肤色透出一种活力，白柳能感受得到塞壬王即将苏醒，他托起塞壬王的一只手放在肩膀上，深吸一口气，往海边跑去。

随着海水淹没过他的双腿，白柳的双腿、腰边、眼角和鼻梁都被银绿色的细碎小鳞片覆盖，脸两边出现裂纹般的鱼鳃，眼球缩小到只有原来的一半在眼睛中央震颤，他深吸一口气，拉着塞壬王的手扎入了碧波无垠的海域里。

CHAPTER 07

小电视前的王舜终于松了一口气："总算是下海了，应该很快就能通关了。"

"这可不一定。"牧四诚双手交叉抱在胸前，他好似回忆起了什么不堪的过往，嘴角抽了抽，"我当时拖着塞壬女妖下海的时候，也以为马上就要通关了，没想到要游到'塞壬的礼物'那片海域的时候，海下密密麻麻，全是眼睛绿油油的人鱼，差点我就被弄死了。"

"最后逼不得已又买了一个强光手电筒用来驱逐这些人鱼，花了我两百多积分。"牧四诚有点郁闷地回忆起了他游戏生涯为数不多的滑铁卢。

王舜一惊："不是吧？！两百多积分那么贵？！"

他说着，似乎是反应了过来："白柳之前那会儿手电筒就已经卖 250 积分了，等到那个时候系统肯定还要涨价，岂不是会更贵？！"

"应该是，系统对每个道具的定价主要是依据两点来综合定价的，第一是根据整个市场的'供需关系'，第二是系统评估在这一刻玩家对某个道具的需求性，简单来说，系统觉得你对某个道具的需求越是急切，系统给这个道具的定价就越高。"

牧四诚看着小电视上毫无所觉向深海划水游去的样子，难得露出了一个幸灾乐祸的笑："等白柳游到'塞壬的礼物'那片海域，那种紧急的被人鱼围堵的情况下玩家是没有多好的办法的，只能被系统宰，白柳就等着大出血吧，他的手电筒保底四百积分。"

正当这边在讨论时，之前挤掉了白柳的推广位上了强推位置的那个新手玩家——木柯已经游到了"塞壬的礼物"这片海域。

木柯一只手托着塞壬女妖的白骨，摆动着似鱼尾般灵活的双脚，往更深不见底的黑黝黝的海底里游去。

他应该也意识到了自己即将通关，脸上露出肉眼可见的死里逃生般的狂喜微笑，王舜这些在白柳小电视观赏区域内的人也是可以看到其他人的小电视的，只不过没有白柳的这么清晰，透着一股磨砂玻璃的模糊感。

但就算这样，也是大概能看清木柯已然游到了"塞壬的礼物"这片海域的底部。

王舜看着木柯眼看就要到海底，不由得遗憾地叹息一声："都要海底了啊，白柳这边还在游……这个叫木柯的新手还是会比白柳更快通关，应该会是这一批新人里第一个通关的。"

"一批新人第一个通关的玩家系统会给一个特殊奖励，是个人技能，对玩家很珍贵的，白柳本来可以拿到的。"王舜叹息。

说着说着，王舜看到在小电视里还在无知无觉慢悠悠游动的白柳，颇有些恨铁不成钢地扼腕道："欸！白柳！叫你搞这些花招浪费时间！虽然的确省了点积分，但因小失大啊，要是你动作快点，这一批的新人第一名就是你了！"

白柳是跌下去之后又冲上这个中央屏的强推推广位的，因此在系统的综合评定下，木柯在"单人游戏专区强烈推荐推广位"

的排名上比白柳更高一位。

再加上木柯一副马上就要通关的喜庆样，白柳还拖着塞壬王在海里梦游一样斯斯文文地往前动，看上去木柯更是牢牢压住了白柳一头，王舜看得接连摇头。

就像是看到自家天赋卓绝的孩子却偏偏因为贪玩，连隔壁普通孩子都考不过一般无可奈何又憋屈。

牧四诚的态度却截然不同，他只用眼尾余光扫了旁边的木柯一下，毫不在意地淡淡道："谁是新人第一，还说不好。"

但大部分正在观看木柯小电视的玩家看法却和王舜是一样的，尤其是那些被牧四诚从白柳小电视赶出去的杠精玩家，他们大部分都去了木柯的小电视直播观赏区域。

这群观众就是记吃不记打，一换了个阵地，立马舒爽无比地高傲地嘲讽起了白柳。

"呵呵，这个白柳就算是上了强推位也打不过其他新人，搞这些花里胡哨的动作有什么意义？等木柯通关拿到系统给的技能奖励，飞快发育很快就会把白柳那种傻逼甩在身后了。"

"也不知道牧神为什么要护着这么一个毫无用处的新人，不是第一名是拿不到技能奖励的，很快就会死在游戏里，也不知道还在挣扎个什么劲。"

旁边一些脑子正常的观众一言难尽地看着这些大放厥词的观众，脸上全是无语。

一批新人有一百个，只有第一名能得到系统给的技能奖励，百里挑一的概率，被这些人说得好像没有技能就活该在游戏里惨死一样。

在场的很多玩家都没有技能，脸色都不太好看。

有观众听他们叽叽歪歪实在是听烦了，估计自身实力也还算是不错，哼笑一声，不耐烦地反驳："说人家没有技能就必死的，自己把技能亮出来，不然我当场杀了你，圆了你没技能就死的梦。"

这么多技能玩家聚集在一起对别人指指点点，搞笑呢，当技能玩家大白菜？

果然，这群刚才大声嬉笑，声音大得像喇叭一样的观众顿时收声，还有几个声音最大的面红耳赤地往后缩了缩，手握住了自己的游戏管理器往后藏了一下，很明显就是不想展示所谓的技能。

这骂他们的观众都被气笑了——合着刚刚说得那么起劲，一个有技能的都没有，还好意思说别人没有技能就必死，怎么你们这群没有技能的长舌观众还活着呢？

这让骂他们的观众都觉得没意思。

在中央大厅是不能杀人的，他刚刚那样说就是为了吓唬一下这群逼逼怪，打嘴仗也没什么意思，于是这观众白了他们一眼继续看木柯的小电视了。

正说着，往下潜游的木柯一片漆黑的小电视里，好似萤火虫一般，从海底的一隅开始亮起一对一对绿莹莹的眼珠子，一开始只是一两对，然后好像突然开始密集地亮起绿色的荧光。

木柯的视线适应了一会儿才模糊地看清楚这些是什么东西，他霎时起了一身鸡皮疙瘩，脊背发毛地凝固在原地不动了。

数以千计的人鱼尸体在海底仰着头直勾勾地看着木柯，它们的身躯大部分已经腐烂了，脸部破破烂烂，被泡得发白的腐肉被密密麻麻的黑色小鱼啃食着，整张脸、整个身体都有那种小拇指大小的小鱼在吃它们的肉，有些部位已经被吃得只剩下骨头，只有一双闪着绿光、幽暗阴森的眼睛露在外面。

木柯目之所及全部是人鱼绿色的眼睛，好似鬼火般点亮漆黑的海底。

或者说已经不能叫海底了，海底全是那些数量多到让人头皮发麻的黑色的食腐小鱼，一眼看过去甚至都看不到海底的泥沙，只能看到苍蝇的卵一般密集的小鱼在海底蠕动，视觉效果非常像黑蛆，和淹没在黑蛆中的，一双双人鱼尸体的荧绿色眼珠。

这画面实在是过于震撼，就连木柯小电视前面的观众们都忍不住抱着双臂后退了几步，头皮发麻。

木柯转身就跑，一边跑一边打开道具商店，他身后那些人鱼一下从海底飞速地向他涌过来，翻涌的黑色鱼群好似飞舞的苍蝇群般包围住了木柯。

近距离看的时候才发现，这些小鱼虽然只有拇指大小，但是牙齿却极其锋利，只是翻卷了一下木柯，木柯就被咬掉了半只手臂，他在海底无声地惨叫哀号起来，右臂的断面在水中拉出长长的血线，吸引了更多的人鱼和鱼群。

观众们也被这刺激的景象吸引住了全副心神，着急地喊叫："快买道具啊！快点！买道具逼退这些怪物！不然就要死了！"

木柯用仅剩的那一只手拉住塞壬女妖的骨架，不让鱼群和人鱼卷走，然后慌慌张张地打开了游戏商店的界面，准备买个道具克制一下这些猖狂的怪物，深海的鱼群一般畏光，人鱼也是有畏光的弱点的，他飞速地做好了决定："我需要强光手电筒！"

417 积分，承蒙惠顾。

木柯彻底地呆住了，他无法置信地反问："多少积分？！"

417 积分，承蒙惠顾。

木柯根本没有这么多积分，他彻底傻眼了，但是很快又冷静了下来，逼退鱼群不一定非要强光手电筒，"水中气泡"也有屏退鱼群这个功能。

只是在这么多人鱼的面前，"水中气泡"很有可能会被鱼群冲击进去，但木柯也没有办法了，他只能赌一赌，木柯一咬牙："我需要水中气泡！"

322 积分，承蒙惠顾。

木柯一口气没出来，差点被系统活活气死在海面下——他没有这么多积分！！！

之前这个"水中气泡"都降价到 40 积分了，现在居然翻了八倍还要多！这完全就是趁火打劫！

但是和系统理论是无用的，木柯只能仓皇又绝望地检查自己已有的道具——"烈焰火把"倒是还有，但这是水下，火根本燃不起来，他之前还买了两次"水中气泡"，但"水中气泡"这个道具木柯为了过"真爱之船"那个任务也被用得差不多了，只剩半个小时的时间。

半个小时的"水中气泡"绝对不够他通关，半个小时他连海底都没有办法潜到……

更糟糕的是，他的积分被各种各样的道具消耗得差不多了……

木柯在绝望之中，突然想起他还能求观众打赏他积分，于是木柯小电视前面的观众就看到木柯在电视里一边作揖一边哀求大家给他充电，模样狼狈又可怜，眼中全是发了疯一样的求生欲。

一边跑还在一边张着嘴哭，但是他的眼泪很快就融进海水里，没有被任何人看到。

之前那些预言他前途无量，用他来拉踩白柳的观众都哑口无言了。

这边，白柳也游到了"塞壬的礼物"这片海域，王舜隐约能看到木柯那边的情况，看到白柳也游到这边黑漆漆的海域，不免有些担忧地打开了游戏管理器，看了眼自己的积分余额。

他有点怕白柳出现同样的情况，好歹他王舜还能帮忙多充个几分。

牧四诚扫到王舜这个动作，嘴上说："安心，这家伙积分少说也有 3000 多了，再怎么都是够的，就算手电筒 400 积分一个，他也能买十个了。"

虽然这样说，牧四诚还是忍不住也点开了自己的积分余额，看了之后扬起头，嘴角微勾地长舒一口气。

全部充完的话，白柳通关绝对是够的。

不光是王舜和牧四诚，因为木柯小电视那边的动静不小，很多白柳小电视这边的观众都看到了，也都点开了自己的积分钱包查看余额，小声议论着。

"等下要是白柳买道具积分不够，我可以充十分。"

"我这边三四分应该是够的。"

"我、我应该还可以充一分，之前充太多了QAQ。"

牧四诚有点稀奇地看着很多观众说着要给白柳充几分的场景，他偏过头看着还在海水里划动的白柳，挑了一下眉——这家伙还蛮有观众缘，这么多人愿意给他花钱，不想他死。

这点倒是比他强，牧四诚因为个人技能特殊，观众缘比较极端，喜欢他的很喜欢，讨厌他的、觉得他不道德的玩家也有很多。

白柳和木柯一样，进入这片海域没多久就看到了海底一双一双的那些绿色眼睛，王舜顿时屏住了呼吸，他看上去比小电视里的白柳还要紧张，双拳放在胸前不自觉紧握，充电的界面已经打开了，王舜小声快速低语："快买道具快买道具！等下下面那群怪物被惊醒了就来不及了！"

牧四诚说了一句："你不用那么紧张，他短期之内死不了。"

但牧四诚的眼睛也死死盯在白柳的小电视上没有移开，手上也握着游戏管理器，一副便于随时打开充电界面的样子。

几乎所有的观众都屏息以待，有些人的手已经放在充电的按钮上了，只等白柳打开道具商店，就摁下去给白柳充电。

但白柳看到海底那些令人生怖的鱼群和人鱼，却只是略微地挑了一下眉，并不吃惊的样子，依旧不紧不慢地向下游去了。

观众们的呼吸都停住了，他们眼睁睁地看着白柳慢慢悠悠地用塞壬王去撩拨那些人鱼和鱼群，激怒这些怪物来追赶自己，然后再逃窜。

但是不幸的是，白柳在水下的移动姿势很不熟练，他是一蹬一蹬的那种纯新手的游泳方式，在海水中移动速度并不快，眼看就要被他身后黑压压的成片鱼群和人鱼追上撕咬成碎片了。

"白柳你在干什么啊白柳！！！"王舜崩溃地喊出了声，"你去惹怪物干什么！"

其他观众也要疯了，纷纷惨叫——

"啊啊啊啊！！快买道具啊！！白柳！！！"

"我操！！！白柳这个时候你就别玩了！出来了哥哥陪你慢慢玩！！！"

"都要通关了啊！你要死了会成为我的心理阴影的白柳！"

"啊啊啊啊！我不敢看了！！！他是不是要被追上吃掉了！！！"

"我心态崩了！要是白柳走到这里还是死了，爷以后就再也不看任何新手的小电视了！"

王舜大气都不敢出地死死盯着屏幕，额头上汗水渗透出来从他眼尾滑落，但是他却连眼睛都不敢眨一下，因为小电视里人鱼和鱼群已经触摸到白柳的脚了！

就连站在一旁一直笑嘻嘻的牧四诚这会儿脸上也没有多少笑意了，两手在胸前环绕，右手食指不停地敲击着左手手臂，罕见地有些烦躁："白柳，你在搞什么飞机？！"

白柳不慌不忙地往后一瞥，确认几乎所有的人鱼和鱼群都跟在他身后之后，双腿一蹬，跟个海兔子一般在海水里艰难地往前挪动半截，和后面的那些怪物拉开距离。

但这点距离很快又被追上了，人鱼眼珠子雪白，面容狰狞腐烂，脸皮以一种半剥落的状态漂浮在海水中，它们在幽蓝色的海底里发出捕食的鸣啸，对着白柳张开血盆大口，牙齿尖利的小鱼就从人鱼的破烂发黑的喉咙中席卷而出，宛如一股黑绳般冲向白柳。

白柳这种紧要关头，还有闲心思考这些人鱼尸体的由来，人鱼在陆地上明显是另一种形态。

但到了"塞壬的礼物"这个海底，反而变回了尸体的形态，说明他的推测是没错的，这个海域的底部果然可以让这些东西变回原形，唯一缺的就是他手上的塞壬王了，只要塞壬王到位，这

些东西应该就会变成真的尸体。

面对人鱼的攻击，白柳笨拙地往旁边蹭了一下，还是被咬掉了半个手掌，手掌的断面在海里拉出蜿蜒的血线。

系统警告：因为被守关怪物人鱼尸体攻击，玩家白柳产生异化状态，精神值正在持续下降，目前 41。

系统警告：离塞壬王苏醒只有 21 分钟，请玩家迅速通关！

白柳头晕脑涨地在海底打转，他现在的感觉就像是年会上被他公司的老总一口气灌了半瓶假酒，开始产生四肢麻木、走路不协调之感，这直接导致白柳游动的时候，他本来想两条腿一起蹬，但因为肢体麻木和脑子发晕，实际上只有一条腿在猛蹬，视觉效果非常像一只正在躲避天敌追捕，使劲蹦跶的瘸腿兔子。

王舜木然地开口了："……精神值只有 41 了，他马上就要出现大量幻觉了，而且还有二十一分钟塞壬王就要醒了。"

牧四诚表情复杂又困惑，语气和心情都越发焦躁："是的，但他明明可以直接通关啊……"

其他观众更是又气又急，有些都已经在原地跺脚了。

正如王舜所说，白柳开始出现幻觉，他眼前的怪物变得"重峦叠嶂"，一条人鱼在白柳的眼里能晃出三个头来，换个人来多半要被吓崩溃了，但白柳只是晃晃脑袋，又开始执着地躲避这些东西。

但他却并不往可以通关的海底潜行，而是宛如一条找不到方向的鱼一样，在海里浑浑噩噩、跌跌撞撞地到处游动。

因此白柳又被攻击了两次，他的一只脚和那只断掌被人鱼咬掉了，疼痛使白柳不自觉地蜷缩了一下，试图捂住自己的伤口断面。

这样脆弱的举动无疑是暴露了更多的弱点，更是把白柳的背部完全对着了后面的怪物，守在白柳背后的人鱼露出一个咧到耳根后的狞笑，一个鱼尾狠狠拍打白柳的侧脸。

巨大的力度在海水里划出水浪的痕迹，就算是有海水的缓冲，从水浪的波荡来看，也不妨碍攻击力的强大，这一尾巴下去白柳百分百会被拍断脊椎。

几乎所有观众都下意识地闭上了眼睛，不去看白柳死亡这一刻，突然，一个庞大的，好像是塑料的气泡出现在白柳和人鱼之间，把人鱼给弹开了，白柳缩在气泡后面，在缓缓地用鱼鳃喘息。

王舜失声叫了起来："'水中气泡'！对了！白柳之前买了一个'水中气泡'！"

白柳没出事，但看白柳小电视的观众看起来都像是要出事了，个个一副劫后余生的虚脱语气——

"白柳，给你自己和我们一条活路吧！求你别玩了快点通关！"

"妈的，白柳我上辈子杀猪这辈子看你视频，太造孽了，我觉得我被你搞得得心脏病了。"

牧四诚不知为何，看见白柳活着也松了一口气，问道："白柳什么时候买的？他舍得花积分买？"

他一问出口就察觉了不对，"水中气泡"在中后期非常昂贵，他没有看见白柳买过，但如果是在很前期买的，买了一直放到现在都不用，花 70 积分干这种囤积道具的事情，对白柳这种新人来说有点浪费，还很冒险了。

牧四诚皱眉："白柳是前期强行挤出 70 积分来囤道具的吗？"

"不。"王舜的表情变得非常复杂，"他买这个气泡的时候，这个气泡只要 40 积分。"

"40 积分？"牧四诚有点惊讶，"'水中气泡'的正常价格都是 70，他这个 40 是怎么买到的？！"

王舜把前因后果给牧四诚交代一番，感叹了两句他当初猜测白柳是为了省钱才这么打时间差价格战的，没想到还真的是。

那么早的时候，白柳就已经预测到这些道具都会涨价，并且在最便宜的时候储存好了"水中气泡"。

要知道现在木柯的"水中气泡"已经涨到三百多积分一个了，而白柳用差不多十分之一的积分买下了一个"水中气泡"，在木

柯被系统搞得要死不活的时候，白柳已经会从系统手里钻空子赢差价了……

之前那个说白柳囤道具就是为了保命，对系统商店完全一无所知的观众也在，现在他看着白柳的一系列操作已经看傻了，很明显，白柳不仅清楚整个系统商店是怎么运行的，并且还在利用系统商店运行的空子在给自己谋利。

牧四诚的眼神探究深思地看向屏幕中躲在气泡后喘气平息的白柳。

……这个新人到底是个什么怪物？

他上一次见到敢玩弄系统的人，还是积分榜排名第一的选手——黑桃。

"不过我还是很好奇。"牧四诚屈起食指抵着下巴，眼神专注地看着小电视里的白柳，若有所思，"他怎么知道自己买的这个'水中气泡'就一定能用上？"

"《塞壬小镇》这个地方有两个结局，第一个 normal ending 只需要跑出塞壬小镇就可以通关了，后续全部都是陆地追逐战，完全用不到'水中气泡'，这也是大部分人会选择的通关方式。"

牧四诚："只有 true ending 才需要下海，但 true ending 本质上只是多了一个支线任务，也就是归还塞壬女妖，所以积分奖励并不比 normal ending 高多少，风险还出奇地大，一般人都不会选择这条通关路线。"

王舜也陷入了沉思："但白柳是新人，可能并不知道这些？"

"我觉得他能猜出来。"牧四诚摇摇头，"白柳应该已经发现了游戏是按照任务模式的版块给分，也就是完成一个任务获得指定积分，本质来讲，如果单纯谈积分的风险收益，normal ending 是远高于 true ending 的。"

王舜憋不住地看了牧四诚两眼："那牧神，你为什么要去打 true ending 线啊？"

牧四诚沉默两秒，道："高风险的确伴随着高收益，true

ending 线这里没有多少积分奖励，或者说 true ending 线的'收益'并不是积分这种简单的东西，有一个东西需要走 true ending 线才能得到，而这个东西的价值是完全配得上 true ending 线的高风险的。"

"什么东西？"王舜疑惑。

牧四诚扫他一眼："怪物书集齐之后的奖励。只有走 true ending 线才能集齐怪物书，才能得到这个奖励，但集齐怪物书这件事情白柳是不可能做到的。"

"为什么不可能……"王舜下意识反驳，他很快反应了过来，有点愕然地看向小电视里的白柳，"艹！对！白柳怪物书里的塞壬王是神级游走 NPC！"

"我在想最糟糕的一种情况……"牧四诚陷入深思，"白柳很有可能并不知道塞壬王这个神级 NPC 有多危险，但他应该能猜到最大的奖励是集齐怪物书之后的奖励，我感觉白柳准备集齐怪物书，也就是说，他准备拖时间拖到塞壬王苏醒，所以才不急着通关出来……"

王舜被震惊得神志都有点恍惚了，他呆滞地看向小电视的屏幕，张大了嘴巴："……不会吧……"

小电视里的白柳藏在水中气泡后，并不进入水中气泡，继续和人鱼、鱼群玩躲猫猫周旋。

观众又开始隔空着急，白柳总是有本事自己玩游戏让所有人都替他着急："这个气泡防御力很低的，要是一直让这群人鱼攻击，没多久就会破，这道具就白费了！"

白柳侧过脸看着自己背后的水中气泡上的某一个地方，那个地方被人鱼和鱼群不停攻击，已经出现了裂纹，但是水并没有渗透进去，只是人鱼的手可以探进水中气泡了，白柳终于露出了一个舒心的笑，但小电视面前的观众都在哀号和惨叫，急得都要穿进屏幕替白柳玩游戏了。

木柯那边也躲进了水中气泡，正在满海域逃窜拖时间。

之前从白柳这边走了，去木柯那边的那些高高在上的观众看得无趣，发现白柳这边处在生死一线了，又兴冲冲地回来了，不过他们避开了站在中央的牧四诚，只敢聚在角落里鄙夷地讨论。

"这些人还给白柳和木柯充了那么多积分，看得我好烦，一点眼光都没有，还不如给我，至少我玩塞壬小镇不会挂。"

"气死我了，那个边缘推广位我看上好久了，本来都准备进游戏了，结果两个新人一来就给我抢了，烦死了，快点死，死完我就能上推广位了。"

白柳对于这些外界为他着急或者希望他去世的讨论一无所知，他的精神值下降到了40，在第二个精神值危险关卡上摇摇欲坠。

跨过这个关卡，他就会产生大量幻觉，白柳的意识已经有些涣散了，他不得不把所有的注意力全部集中在他背后的水中气泡上。

已经有一只人鱼通过气泡的裂隙钻进去了，白柳转身把气泡抱在自己身前，和"水中气泡"里面面容腐烂的人鱼对视着，在海域里缓缓下沉。

不断地有人鱼和鱼群钻进这个"水中气泡"，气泡就像是填不满一样，源源不断地吞噬着前来的鱼群，而白柳就是一个鱼饵，贴在气泡上勾引这些人鱼自投罗网，小电视前面的观众似乎已经发现了白柳要做什么大动作，但同时也在疑惑："他还能搞什么？气泡也坏了，没有外屏障只剩内屏障功能了，相当于只剩一堆空气不漏出去了，他没什么道具能用了吧？"

只剩空气的气泡就像一个胚胎，包裹着扭曲着四肢往里填塞的人鱼怪物们，白柳闭上眼睛后仰，长吐一口气，腮边冒出一串气泡，他松开自己已经长出肉膜的手，气泡在他面前漂浮着。

白柳对系统说："向气泡中倾倒酒精。"

透明的酒精从底部开始慢慢填满，白柳把手伸入气泡，点燃了打火机，神色淡淡地往里一抛，在怪物伸手触碰到他的手之前收回，一个燃烧的火球就在最深的海底里猝然亮起。

人鱼的嘶吼声里，火焰跳动的火光，就在白柳的面容下映出带着明暗交接的光影。

这个时候，观众才发现，白柳居然在笑。

他弧度很浅的笑和火光，以及鼻梁上和眼尾下反光的亮绿色鱼鳞交融起来，让他看起来十足邪气又鬼魅，比正在气泡中焚烧的人鱼都还像深海里镇压的怪物。

透明气泡中被火焰舔噬的人鱼用手掌在气泡壁上绝望地拍打着，在气泡的泡壁上留下蓝绿色的血迹和肮脏的手印，烟雾在球状体里缭绕地升腾着，很快湮灭了人鱼们因为挣扎痛苦越发丑陋狰狞的面孔。

而白柳就静静在水中漂浮着，看着这些曾经攻击过他的人鱼被火焰轻而易举地消灭，白柳脸上带着一种无动于衷又似有若无的微笑，那种微笑里透露着一种比怪物还要让人毛骨悚然的残忍，以及强大。

这正在燃烧的气泡被白柳用来清了一拨人鱼怪物之后，就被他托着当作水中的"烈焰火把"使用了，不仅可以防守，还可以用水中气泡破的那个小口，来吞噬人鱼进攻消灭怪物，可攻可守。

人鱼更是完全被白柳当作燃料来使用了，人鱼燃烧之后溢出的丰富的油脂点燃的火甚至比酒精燃烧出来的更旺，"火球"在海底随着燃烧吞噬了越来越多的人鱼。

火光越来越旺，并且人鱼燃烧之后溢出的阵阵烤肉香气，让这些被本能驱使的怪物忍不住接二连三地往白柳的气泡里钻，想去进食，这几乎就形成了一个奇异的景象——

白柳守在一边，面容平静地看着人鱼怪物们在他面前钻进水中气泡里排队自杀，而他气定神闲地休憩着。

屏幕前的观众彻底看呆了，好多人张大了嘴巴，不知道该怎么评价这种堪称 bug 一样的破局办法。

就连牧四诚这种见惯了大风大浪的，也没忍住呼出一口长气，颇有些郁闷地拉下帽子遮住脸："白柳，太过分了，这样显得我通关的时候多蠢啊，又是被宰又是满地跑。"

"我服了，我彻底服了。"王舜惊叹连连。

"火焰类的道具对人鱼杀伤力极大，但在海底是无法使用的，因为没有燃烧的条件，就像之前木柯的烈焰火把在海底无法使用一样，但配上'水中气泡'，这些道具就能用了。"

"但前提是人不能待在'水中气泡'里，并且要让'水中气泡'破一个口子，这样气泡对外界鱼群怪物的'屏障功能'就没有了。"

"只保留气泡内部对鱼群的'屏障'功能，人鱼进去了就不能轻易出来，把一个防守类的道具转变成攻击类的道具，用来困住人鱼焚烧怪物，这种相当于报废道具的行为，是很有魄力的道具改装。"

牧四诚点点头："白柳之前那些举动，应该是在引诱人鱼攻击他的气泡，他需要一个缺口来让这些人鱼钻进去。"

"怎么想到的？"王舜叹服，"我觉得我和白柳比起来，就像是没有用过脑子玩游戏一样。"

"我觉得不是动脑子，这方法其实很容易想到。"牧四诚摇头，"白柳厉害的点在心理素质。"

"白柳手上这个'水中气泡'的道具是崭新的，他完全可以躲进去通关，虽然'水中气泡'的确有可能被人鱼攻破，但风险更低，给人心理上的安全感。

"但彻底舍弃一个相对安全的环境，打破保护自己的'气泡屏障'，并且还冷静地利用自己作为鱼饵诱捕人鱼，通过这个被打破的'屏障缺口'反杀所有人鱼，烧死对自己有威胁的所有怪物，这种毫不在意自己能否存活，对怪物赶尽杀绝的做法真是……"

"极端又疯狂。"牧四诚眼眸深邃地评价。

刚刚激动得不行，让白柳赶快钻进气泡的普通观众更是尴尬得不行。

"……我一想到我五分钟之前，让白柳赶快钻进这个现在正在烧的气泡里，就觉得很 emmmm，我是什么品种的傻逼……"

"天，白柳那么早就买下酒精为后续通关做好准备了……之前还有人嘲白柳买多了酒精是傻逼，现在我看这人才是傻逼，对，没错，说的就是我自己。"

"我数了一下，九瓶刚好差不多，而且白柳还是在最便宜的时候买的酒精，一点积分都没有多花，我服了，这什么脑子才能把所有计划都卡得这么天衣无缝……"

"……白柳把《塞壬小镇》这个地图里的怪都清完了吧？我第一次看到有人能在一个地图里把怪清完的……"

之前在角落里讥讽白柳的那群玩家更是脸色黑沉得要死，他们当中就有不少人嘲笑过白柳买多了酒精无用的事情。

现在白柳这"多买"的酒精用法如此精彩绝伦，反衬出之前嘲笑过他的人的目光浅薄。

这群人这下反倒是老实了，都缩在角落，一句屁话都不敢放了。

小电视中白柳左手拖着一整个正在烧的"人鱼球"，除了零星几条没有靠过来的人鱼，的确快要清空海底的人鱼怪物了，但这个时候，白柳右手上一直牵着的塞壬王的眼皮突然颤动了一下，鱼尾轻轻扇动了一下，牵着塞壬王的白柳的脑子忽然震了一下，他嘴角溢出鲜血，很快漂散在水中。

系统警告：玩家白柳受到塞壬王苏醒的影响，目前精神值 21，跌破第二道精神值安全防线 40，玩家即将看到大量幻觉。

白柳只觉得脑子里嗡了一下，如果说刚刚 41 的精神值是让他有种喝了假酒的感觉，现在猛地掉到 21 的精神值，白柳的感觉就和网上那种吃了毒蘑菇之后的差不多，眼前都是彩色的、万花筒碎片一般的玻璃。

耳边更是各种千奇百怪的声音重叠成一团混乱的嘈杂声，塞进了白柳的耳朵里，他感觉自己好像身处七八十年代的地下迪厅，头痛欲裂，四肢好像不是自己的，失去了控制。

他的视网膜上出现了千变万化的彩色光晕，光晕里攀爬出人

的脸，里面有这些人鱼怪物，也有白柳现实世界里遇到的各种人和事物，白柳甚至看到了他公司的老总，以及杰尔夫和安德烈的脸长在这些人鱼尸体上。

他们诡异地笑着，向白柳扑过来。

一瞬间这些人鱼怪物又消失不见，白柳看到了他手上的牵着的塞壬王缓缓睁开眼睛，看了他一眼，下一秒塞壬王变成了露西惨白娇笑着的脸。露西牵着白柳的手依偎在他怀里，对白柳笑轻声着说，我爱你，露西的手却插入了白柳的胸膛里。

血从白柳的胸膛缓缓滴落，在水中氤氲开，露西挖出了白柳的心脏，大口大口地吞咽着，血和肉末从她幸福的嘴角滑落，她凑上来亲吻白柳的脸颊，在要亲到的一瞬间，变成了一张面孔腐朽的人鱼怪物全力张开的大口，咬在了白柳的肩头，肩胛骨传来的锐利的刺痛让白柳昏沉过度的脑子清醒了点。

这个好像是真的，白柳漫不经心地想道。

王舜看白柳瞳孔失焦、手脚失力漂浮在海水中的模样，心道了一声不好，脸色一沉："不好！白柳进入大量幻觉阶段了！"

很快，有人鱼咬住了白柳的肩膀，白柳毫无反应、只轻轻抽动了一下肩膀的样子验证了王舜说的这一点。

王舜有点急了，也根本管不了白柳根本听不到他说的话，对着小电视就是一阵喊："买道具漂精神值！白柳！把精神值漂回去！"

"不行。"牧四诚摇头打断了王舜的话，"不能漂，精神值如果被漂上 60，白柳会直接被解除人鱼异化状态。"

"他现在还在深海，如果解除了人鱼异化状态，白柳会变成'正常人'，他会被直接淹死，而且在这种深海里，白柳更有可能会因为内外压强差被爆成碎肉块。"

王舜看着漂浮在海中一动不动的白柳，真急了："那怎么办？！不漂精神值，他要是一直被人鱼攻击精神值就会一直下降，下降到 0 他就彻底成怪物了！"

牧四诚深吸一口气："只能靠……白柳自己了，他需要在这种高强度的幻觉里维持清醒。"

白柳是分不出幻觉和现实的，但他也不是像王舜以为的那样，被幻觉弄得一动不动毫无反应，白柳只是分不清方向，但是他知道自己要去的地方是海底，所以他采取了最蠢最简单的办法，就是放松身体，让自己下沉。

他现在是鱼不是人，放开'水中气泡'，他另一只手上还拉着一个塞壬王，按理来说只要不动就可以顺利下沉，至于在下沉过程中被这些人鱼攻击——

白柳闭上眼睛完全舒展身体，他白色衬衣里的硬币奇异地从他的锁骨上浮起，显示出这不是一块真正的硬币，人鱼在下沉的白柳周围来回游动噬咬他。

虽然气泡中人鱼肉的香气吸引了绝大部分的人鱼和鱼群，但也有极少数的人鱼对白柳这块生肉更感兴趣，它们兴致勃勃地咬在白柳的手臂、脚踝上，留下一个又一个形状狰狞的环形齿痕。

系统警告：玩家白柳精神值 17，低于 20，玩家开启（狂暴）状态，面板属性即将攀升——

在系统通知的声音落下的一瞬间，白柳弯起了嘴角，同时，他一直飘红的各项面板属性开始疯狂飙升——

玩家名称：白柳（狂暴属性加成面板）

体力值：7 → 151

敏捷：3 → 149

攻击：6 → 167

抵抗力：2 → 166

综合防御力攻击力上升，面板属性点总和超 500，评定为 C 级玩家，玩家白柳等级上升，从 F（？）上升至 C 级别，可反抗人鱼的攻击。

王舜呆了一瞬间，反应了过来："对哦，精神值低于 20 的时候，玩家会因为精神值过低被判定进入发疯状态，从而开启'狂暴'状态，这个状态可以让面板属性疯狂上升，过了 20 精神值越低，面板属性就会越高！一直上升到玩家潜力的极限为止！"

王舜快速思考着："这对白柳是好事！至少他可以反击人鱼了！"

"不一定。"牧四诚并不乐观，神色反而越发凝肃，"玩家面板属性的确会上涨，攻击力加强的确是好事。

"但大部分玩家到这个阶段已经丧失神志了，玩家精神值越低，就会越像游戏中的怪物，面板属性就算是再高也没有什么意义，玩家只会像是怪物一样胡乱攻击，精神值还会随着玩家进一步发疯攻击加速下降，直到归零。"

小电视里的白柳眼睛缓缓张开，他的手上长出尖锐的指甲，下肢就像是鱼尾一样柔软地摇摆，眼中没有黑色的眼珠，只有灰黑色的裂纹和让人不适的眼白，嘴角咧出了尖牙。

他反手攻击一条人鱼，人鱼被他的指甲划断成两截，张大嘴剧痛地抖动鱼鳃，缓缓沉入海底，而白柳只是面无表情地看着这一切，要不是他右手还牵着塞壬王，简直就和其他人鱼怪物别无二致。

系统警告：玩家白柳精神值持续下降，目前精神值 15，（狂暴）状态加剧。

玩家名称：白柳（狂暴属性加成面板）

体力值：151 → 351

敏捷：149 → 249

攻击：167 → 367

抵抗力：166 → 366

综合防御力攻击力上升，面板属性点总和超 1000，评定为 B 级玩家，玩家白柳等级上升，从 C 上升至 B 级别。

王舜目瞪口呆："白柳这面板属性也升得太快了吧！这么快就到 B 级了！这潜力是有多牛啊！"

但很快王舜又忧心忡忡起来："但白柳精神值又下降了，要是不能保持清醒，精神值跌到 10 以下，那可就彻底完——"

王舜的话还没有说完，白柳小电视里的系统就尖锐地报警了。

系统强烈警告：玩家白柳精神值持续下降，目前精神值 9，（狂暴）状态加剧。

系统强烈警告：距离塞壬王苏醒，还有三分钟，请玩家迅速通关！

"只有三分钟了！！！精神值也只有 9 了！！！"王舜心情跟着白柳一路大起大落过来，但还从来没遇到过这么刺激的情况。

他现在看着脸上毫无表情的白柳，和白柳牵着的、鱼尾和眼睛都开始缓慢张开的塞壬王，王舜一个看白柳玩游戏的心态都有点绷不住，他掐住自己的虎口，勉强保持镇定道："白柳，你稳住啊！！！"

虽然这种情况下能通关已经是天方夜谭了，但王舜一路跟着白柳看过来，他是真不希望白柳一个这么有潜力的玩家就这么死了，王舜眼珠子都不转地看着白柳的小电视。

牧四诚右手也完全握紧了左手的手肘，下颌收紧，语气因为缓慢而显得有些凝重："三分钟，直接把塞壬王送回海底，应该还能通关，但是就不知道，白柳在各种幻觉和'狂暴状态'的控制下，现在还维持了几分神志，他还知不知道自己是个玩家，而不是一个……"游戏中的怪物。

其他观众也被白柳这种临门一脚刹车的玩法搞崩溃了，一个二个又是惨叫又是无法相信白柳会真的通不了关，死死看着白柳的小电视，又是点赞又是充电，用尽场外的各种办法试图唤醒白柳的意识。

只有一个小角落里那几个一直嘲讽白柳的观众嗤笑几声，好似早已预料到了这个局面，冷眼旁观。

小电视中，系统还在警告。

系统警告：玩家白柳精神值持续下降，目前精神值8，（狂暴）状态加剧。

玩家名称：白柳（狂暴属性加成面板）

体力值：351 → 655

敏捷：249 → 733

攻击：367 → 555

抵抗力：366 → 776

综合防御力攻击力上升，面板属性点总和超 2000，评定为 A 级玩家，玩家白柳等级上升，从 B 上升至 A 级别。

白柳整张脸渐渐被鱼鳞覆盖，他的眼睛在海水里发出幽暗的绿光，每一块鳞片都在散发着危险性，白柳拖着塞壬王，缓缓下沉中。

塞壬王从一种毫无依托被拽着漂浮的状态，开始变得鱼尾能自主摇曳，自己在水中维持平衡。

塞壬王宽大无比的鱼鳍在水中舒展开的一瞬间，所有围绕着白柳的人鱼纷纷尖啸着四散逃开，塞壬王那张无瑕的面孔映在小电视上，所有人都屏住了呼吸，为这美丽，以及这美丽背后的危险。

白柳脸上全是盔甲般的鳞片，幽深黑硬，手上不断冒出新生的鳞片。

而塞壬王脸上纯白干净，手指纤长明净，他们在漂浮着尘埃和尸骸的海水中牵着手，摇晃着鱼尾下沉，反倒有几分诡异的无忧无虑，像两个在海底游玩的人鱼。

但这和谐的场景只要塞壬王睁开眼睛，就会被血腥地破坏掉。

因为塞壬王一醒来，白柳必死无疑。

"白柳已经升到 A 级玩家了。"王舜心情复杂又忐忑，"我果然没有看错他，他真的很有潜力，上升空间很大，要是进入狂暴状态，真的可以做到很多事情。"

现在也是 A 级玩家的牧四诚听到这话一顿，他好似被王舜这句话提醒了，反应了过来，眯起眼睛："等等——白柳是知道下降精神值可以进入狂暴状态的，一进入游戏系统就会警告玩家'精神值低于 20 会进入狂暴状态'这一点——"

牧四诚看着小电视中还在海里缓缓下沉的白柳，语气笃定："白柳是故意利用这一点让这些怪物去攻击他，让他精神值下降然后激发他的狂暴状态，通过这样的方式提高他的面板属性的！"

王舜反倒是卡壳了："他为什么要这么做？白柳不用激化自己的狂暴状态也完全可以通关吧？"

"是，不仅是这样，白柳甚至完全不用管那些人鱼怪物，直接躲进'水中气泡'把塞壬王送回海底，就可以轻松通关。"牧四诚好似一下想通了，他带着几分不可置信和恍然大悟地继续说道，"……白柳之所以要搞死那些人鱼怪物，是因为那些人鱼怪物可能会妨碍他的计划。"

"什么计划？"王舜越听越一头雾水，"他现在精神值都只有 7 了，还能有什么计划？"

"白柳是故意让自己的精神值跌到这个数值的。"牧四诚长出一口气，抬眸看向小电视里的白柳，"你还记得我说过，白柳走 true ending 线就是奔着集齐怪物书去的吗？白柳现在的《塞壬小镇怪物书》已经快要集齐了，只差一个地方，也就是'塞壬王'这一页里面'塞壬王的攻击方式'这里，白柳要集齐这个地方，就必须让塞壬王醒过来攻击他，但是普通状况下的白柳是无法承担塞壬王的攻击的，所以……"

"所以，白柳就让人鱼怪物攻击自己，一路狂掉精神值，把自己逼到'狂暴状态'来提高面板属性，来承受塞壬王的一次攻

击？！"王舜顺口就接住了牧四诚的话，但他自己说完之后自己都傻了。

王舜因为过于震惊，手足无措地冲着牧四诚结巴比画道："但是这他妈可是神级 NPC 啊！要承受这种神级 NPC 的一次攻击，起码要黑桃那种 S 级玩家的面板属性才行啊！"

"对。"牧四诚看向王舜，"但你忘了很重要的一点是——白柳并不知道他面对的是一个神级 NPC，他把这个当成了一个正常的游戏。"

"他什么都猜到了，唯独猜漏了一点——他不知道自己面对的是一个 bug。"牧四诚给自己撕开了一个棒棒糖，咬在嘴里，啧啧称奇，"这个疯子，我感觉他是觉得这个游戏一定有完美通关的办法。"

"白柳很明显是一个会做出最优解的玩家，所以他解决掉人鱼尸体、人鱼雕像、人鱼水手，就是为了避免在自己最后承受塞壬王攻击的时候这些怪物来捣乱，他要把自己所有的余力留来对付塞壬王。

"可以说这家伙已经把所有的事情都做到极致了，最小的风险，最少的积分花费，收益最高的通关路径，并且白柳从头到尾都没有质疑过自己选择的就是最优解法，几乎完美的执行力，明明面板属性只有 F 级，真是过于……"

牧四诚静了几秒，回忆了一下整个游戏过程中的白柳，用了一个词来形容白柳："可怕。"

"那白柳有通关的可能性吗？"王舜听牧四诚一通分析，心都要从嗓子眼蹦出来了，"牧神，我没有听懂你的意思，白柳是大概率可以通关，还是不可以通关？"

"我也不知道。"牧四诚咬着棒棒糖，有些心不在焉地咀嚼着。

他眼中的红光一闪一闪，好似发现了什么极其奇特的东西般地看着白柳的小电视："白柳有两种结局。第一种，通关失败死亡。

"第二种……通关成功。

"这代表白柳会刷掉我的单人积分记录，还会成为第一个收录到神级 NPC 怪物书的玩家，并且正如你所说，要抵抗神级 NPC 的一次攻击，需要面板属性为 S 级的玩家才有可能办到，目前游戏里只有总积分榜第一，也就是我们说的'King 玩家'黑桃的属性板是 S 级。"

牧四诚的神色有些晦暗不明："如果白柳做到了，说明他在狂暴状态下的潜力可以达到 S 级，那么他就会成为这个游戏里第二个有可能成为 S 级的玩家。"

王舜看向小电视里的白柳，恍然地重复牧四诚的话："第二个 S 级？"

白柳和塞壬王手牵手在水中缓慢下沉，他眼前是各种交叠的幻境，幻境因为交叠得过于密集显得像是各种色块在他面前铺开，就连感官都开始和幻觉里面的东西保持一致了，白柳大脑好像被什么奇异的东西操纵了一般，出现和幻觉中的各种事物对应的感官体验。

但白柳却不知道为什么，他就是能很轻易地判定什么东西是幻觉，什么东西是现实。

就好像幻觉里白柳看到自己已经被一群人鱼撕咬抓裂了，他的身上也的确出现了那种被人鱼撕咬抓裂开的剧烈疼痛感，在所有感官都被彻底欺骗的情况下，如果是普通人可能就会怀疑自己已经被人鱼咬死了。

但是白柳就是淡定无比地记得，那群人鱼都被他关进了"水中气泡"中，虽然也不排除有人鱼跑出来撕咬他的可能性，但是白柳这种时候还是选择了相信自己操作的可靠性，毕竟白柳觉得，在这种时候，自己比起幻觉更可信。

靠着这种不知从何而来的自信，白柳在万千种让人发疯癫狂的幻觉中岿然不动，保持一种让人头皮发麻的冷静，一边数着自己的心跳来计算塞壬王苏醒的倒计时，一边缓缓沉入了海底。

系统强烈警告：距离塞壬王苏醒，还有一分钟，进入读秒倒计时，请玩家迅速通关！ 59……58……57……

王舜连呼吸都不畅了，他感觉自己比白柳还紧张："只有一分钟了。"

"快到海底了。"牧四诚也专注地看着白柳的小电视。

全场观众连个大声出气的都没有，通通仰着头放轻了呼吸，眼珠子都快黏到小电视屏幕上，就连之前一直叽叽歪歪的那群观众，这个时候也目不转睛地看着白柳的小电视。

白柳能不能通关，就看这一分钟了。

塞壬王终于缓慢地睁开了眼睛。

与此同时，白柳也好像是知道在这一刻塞壬王会苏醒一般，早有预料地放开了塞壬王的手。

塞壬王在水中安静地悬浮着，他看着白柳，眼睛是一片新雪般纯白，白到像是大理石一样不正常的白，浅色的睫毛掩盖住他银色的瞳孔，长发在海水中缠绕过塞壬王的毫无表情又昳丽无比的脸庞。

他那张摄人心魄的脸配上这样一双莹白的眼珠简直像是神话中的精灵或者什么传闻级别的美貌生物，在海底都掩不住地熠熠生辉，观众看着那样一张自带神性的脸，都有种被蛊惑人心般的目眩神迷，不忍心对他下手。

系统警告：塞壬王已苏醒！请观众远离小电视屏幕！过于靠近屏幕会有被神级 NPC 精神污染的危险！

CHAPTER 08

　　白柳小电视观赏区域的观众都像是被迷住了般往小电视前移动，牧四诚敏锐地发现有些人的精神值开始迅速下降。

　　旁边的王舜就中招了，他望着塞壬王的眼睛，恍惚迷恋："好美，别伤害他。"王舜说这话的时候，眼珠子透出和小电视屏幕里的塞壬王如出一辙的银白色。

　　牧四诚掏出一根薄荷味的棒棒糖含住，这是一种维持精神值稳定的长效缓释道具，他看着屏幕中的塞壬王没忍住挑了一下眉毛："哇哦，不愧是神级 NPC，这精神污染效果都能透到小电视屏幕外面。"

　　游戏里的怪物污染的方式大多是都是"接触"，但神级 NPC 不愧为神级 NPC，污染方式是"放射"，他们这些玩家隔着一个屏幕都躲不掉。

系统警告：玩家白柳的小电视区域出现大批观众精神值被污染下降的现象，现启动保护机制，强制全体进行精神值漂洗。

检测到污染源——塞壬王，对此已做影像模糊处理，请各位玩家放心继续观看。

一阵白雾落入白柳的小电视区域，还在迷迷糊糊地往小电视方向走的王舜顿时一个激灵，咳嗽了两声，瞳孔恢复了黑色，而小电视里"塞壬王"的脸已经被系统打上马赛克，王舜心有余悸地看着塞壬王这个模糊的影像，目光又忍不住挪到了白柳的身上。

他们这些隔着屏幕的观众受到的影响都如此之重，白柳这个拖着塞壬王跑了一路，直到塞壬王快要苏醒精神值才受到影响开始下降的家伙，到底是个什么级别的怪物啊……

白柳和塞壬王的头顶是像落入海水中的太阳般燃烧的火球，脚下是无数沉没的尸体和船骸，火球燃烧之后的黑色碎屑，在他们之间无声地漂浮着，这一切看着好像风平浪静，但不断响起的系统警报声却提醒所有人，这场景并不像看起来那么静谧。

系统警告：玩家白柳精神值持续下降，目前精神值 6……
系统警告：玩家白柳精神值持续下降，目前精神值 5……

小电视屏幕中的白柳整张脸都彻底被厚厚的鳞片覆盖了，手长出像爬行动物的爪子一样坚韧的外皮，第二指节屈起，下肢拉长，完全变成了一条鱼尾，看起来和其他怪物毫无差别。

王舜心脏快从胸膛里跳出来了："精神值，下 5 了……"

"白柳，你还知道你自己是个玩家而不是一个怪物吗？"牧四诚抬起头看着小电视里白柳那张丑陋的脸，他自言自语着。

塞壬王的鱼尾轻微摇晃了一下，他以一种神鬼莫测的游动速度，靠近了白柳。

在小电视上看着就是这条塞壬王闪现了一下，下一秒再出现的时候就已经贴在白柳的面颊上了，小电视前的观众发出阵阵惊呼，但很快又被他们捂着嘴压下去。

塞壬王神情淡淡，长发漂过他高挺的鼻梁，他伸出了一根食指点在了白柳的眉心，淡色的嘴唇在轻微开合着，却没有一点声音，没有人知道塞壬王在说什么，除了白柳。

"你将我带到深海，你的愿望是什么？"塞壬王说，"我允许你说出你的愿望，我会满足你。"

白柳的瞳孔因为一种极致的压迫感紧缩了，他在塞壬王靠近他的一瞬间感觉自己的脑子就像是被一台搅拌机搅动过一般，又像是被一台压路机压着无法动弹。

系统警告：玩家白柳精神值持续下降，目前精神值 1……

王舜紧张得快要咬手了："啊啊啊啊——！！！只有 1 了！！只有 1 了！！！我操我操我操啊！！！"

牧四诚的呼吸也放轻了，他没有说话，只是认真地看着小电视。

其他观众更是叫成一片。

"呜呜呜呜我不敢看了！！"

"我要吸氧了！"

"操，我多少年没看到这种到了生死一线还让我不想走，总觉得他能创造奇迹的玩家了……我心跳好快……"

系统警告：玩家白柳精神值持续下降，目前精神值 1，（狂暴）极限——

玩家名称：白柳（狂暴属性加成面板）

体力值：655 → 955

敏捷：733 → 1033

攻击：555 → 955

抵抗力：776 → 1209

综合防御力攻击力上升，面板属性点总和超 4000，评定为 A+ 级玩家，玩家白柳等级上升，从 A 上升至 A+ 级别

王舜狠拍了一下大腿，又气又急地哀叹："面板属性拉到极限只有 A+ 吗！这离 S 差得也太远了！S 的面板属性要过一万才行啊！"

"差了六千，不可能扛得住神级 NPC 的攻击了。"牧四诚罕见地皱眉，他有些遗憾地看了小电视上的白柳一眼，"很有趣的玩家，可惜这是他最后一场游戏了。"

剧烈的疼痛反而让他清醒不少，白柳的嘴角和眼睛里溢出鲜血，他无所谓地抬手擦了一下，微笑起来，对着塞壬王一字一句地说道："我的愿望就是——请攻击我，就现在。"

小电视中的塞壬王似乎反应了一会儿，他银色的瞳孔转动一下，盯着白柳："我攻击你？你或许会死。"

"谁知道呢？或许不会呢。"白柳笑容的弧度越来越大，身上每一块鳞片都因为塞壬王的靠近而流血颤抖着，他现在几乎和一条人鱼一模一样。

塞壬王对他存在血脉压制，白柳控制不住发自内心地恐惧着塞壬王，但这种恐惧他又非常不以为意，这在他的脸上呈现出一种很割裂的情绪，右边脸上的表情是控制不住的畏缩害怕，眼睛里流出眼泪，嘴角往下压，尽管所有人都看不到。

左边脸的表情却是非常自然地，闲散地微笑着，眼中是很无所谓的情绪，嘴角往上翘着。

白柳凑近了塞壬王，到了一个几乎鼻尖对鼻尖的距离，他垂眸，好似玩笑般地低语着："万一你杀不死我，反而让我从你身上得到了什么东西呢？"比如奖励，比如积分。

塞壬王浅色的瞳孔直视白柳，隔了很久才收回自己的目光："疯狂的旅人，如你所愿，我会攻击的，但你把我送回海底，如

果你活下来，我欠你一个愿望，你可以随时找我兑换，只要你握住我身体的一部分，呼唤我的灵魂本名——塔维尔。"

"多谢。"白柳眉眼弯弯。

塞壬王缓慢地围绕白柳游动了一圈，他的瞳孔骤然竖成一条直线，鱼尾卷曲之后翻身，势不可挡地打在了白柳的腰上。

白柳被塞壬王狠狠砸过之后，在水中好似一颗鱼雷般直接"砰"一声被砸进了海底，整个小电视的画面都摇晃了一瞬，海底摇晃震荡，无数泥沙腾飞染黑了这一片海域，海底裂出一道道的裂缝，能看到下面沸腾的岩浆，鱼群惊慌地四处逃窜着，但都远远地避开了悬停在海水中的塞壬王。

塞壬王居高临下地垂下眼帘，长发在海水中漂浮散开，击打过白柳的鱼尾优雅地轻微摇晃，在好似末日的海底背景里，塞壬王不染泥泞的纯净容貌，和毫无人类情绪的面孔，有种神祇降临般的圣洁感。

小电视面前所有的观众都齐齐闭上了眼睛，没有人敢睁开，只有人小声地问道："死了吗？"

王舜满心惆怅地收回了目光，他无奈又难过地说："只有1的精神值，就算是他扛住了塞壬王的攻击，精神值也会清零，人应该没了。"

牧四诚双手插兜看着被泥沙染得一片漆黑的屏幕，收敛眉目，也不知道在想什么，他难得嘴里没有放棒棒糖，而是轻声"嗯"了一声，语带遗憾地叹息："还以为能和他一起打一场游戏，白柳这人……挺有意思的。"

在很多观众准备遗憾离去的时候，黑色的小电视屏幕里，系统突然发出一阵好似信号不良般，卡卡顿顿的，微弱的警告哔哔声，小电视在雪花两秒之后又恢复了正常，这吸引了所有人的目光。

——小电视没有熄灭，这只代表一件事，白柳没有死。

系统警告：玩家白柳精神值持续下降中，目前精神值0.1，

请玩家迅速通关。

系统警告：玩家白柳精神值持续下降中，目前精神值 0.1，狂暴达到终极极限！！！！

玩家名称：白柳（狂暴巅峰）

体力值：955 →？？？（无法测定）

敏捷：1033 →？？？（无法测定）

攻击：955 →？？？（无法测定）

抵抗力：1209 →？？？（无法测定）

综合防御力攻击力上升，面板属性点总和未知，无法评定玩家等级，正在通报上级……上级正在介入处理，白柳此小电视视频数据已封存进入游戏加密档案。

王舜无法置信地睁大了眼睛，他真的傻了，话都说不利索了："还、还活着，精神值 0.1，我去——！！"

牧四诚也看呆了，他一步上前靠近小电视，试图在一片灰尘里找出白柳。

塞壬王好似也发现了海底的人还存活着，他缓慢下沉，用尾巴扫走海底的泥泞。

白柳以一种四肢扭曲的姿势嵌在海底，被击打的鱼尾下半身直接消失不见了，只有上半身在泥地里苟延残喘着，白柳眼睛鼻子耳朵都在往外流血，但是这家伙居然在笑，笑得无比开怀和愉悦，笑得血一直在溢出。

看见差点一尾巴把他扇死的塞壬王，白柳还有余力举起自己折成九十度的右手懒洋洋地打个招呼："呦，塞壬王。"

王舜都被白柳逗笑了，他不可思议又哭笑不得："这货不痛吗？还用骨折的手跟怪物打招呼，这游戏感官体验是百分百还原的！"

"疯子。"牧四诚抱胸嗤笑点评。

白柳当然是痛的，他浑身上下都痛得快死了，但白柳对着痛的态度也很无所谓，就好像痛是他肉体上的，但却丝毫无法干扰他精神上的冷静和即将通关带来的惬意一般，他的情绪与肉体互相独立，好似分装在不同小格子里的颜料，丝毫无法互相干扰。

塞壬王脸上看不出什么情绪："你还活着。"

"是的。"白柳微笑着，张开满是血的口腔，这人还有心情调笑，"我说过如果你杀不死我，我或许可以从你身上得到什么？"

塞壬王倾身俯视他，垂下浅色长睫，询问："你想从我身上得到什么？"

白柳这个时候意识有点迷糊了，他如此近距离看着塞壬王这张过分精致的脸，忽然有点想调戏对方。

白柳笑了一下，用自己折断的手轻轻触碰塞壬王的长发，放在自己流血的唇前调笑般地亲吻了一下，笑道："或许是一个吻？我从来没有见过你这么漂亮的生物，我自己建模都建不出来。"

塞壬王垂下眼帘："好。"

"？"白柳心想好什么好，就看到塞壬王眼睑闭上，俯身吻了下来。

"好。"塞壬王闭上了眼睛，毫不犹豫地亲吻了下去。

白柳愕然了一瞬，他就是开个玩笑，就像是玩家在通关的时候喜欢搞些乱七八糟的花招调戏最终 boss 一样，白柳没想到这个最终 boss 会如此配合，塞壬王的唇瓣柔软并冰凉，带一丝很浅淡的蔓草的味道，一触即分。

塞壬王撑在白柳身上，他的表情有点不明显的奇异和迷惑："你是热的。"

"那是当然。"白柳有点好笑，"我是恒温动物，下次再见了，塔维尔。"

白柳轻轻拥抱了一下塞壬王，他拍打了一下塞壬王的后背，就像是对一个孩子般对待塞壬王这个 boss。

白柳对这些游戏中的最终 boss 都有种怜爱的情绪，因为实在是很难设计，也必将是设计者花费心血最多的角色，他很少见

到塞壬王这样设计得极其完善和优美的守关 boss。

他发自内心感叹着："塔维尔，我很喜欢你……"的设计。

但在白柳还没有说完话的时候，在塞壬王迟疑着是否要回抱白柳的一瞬，白柳的身体在最幽深漆黑的海底散成了一阵萤火般的亮色光点，从塞壬王的指尖逸散，缓慢地在黑夜般的海底宛如星辰般，漂浮上升，抵达被初升日光染成一片金灿的海面。

塞壬王仰头看着那串消失在海平面上的光点，他看了很久很久，才双手合十躺在了海底，闭上眼睛又陷入了沉睡，轻轻说道："下次见，白柳。"

系统：恭喜玩家白柳将塞壬王送回海底，《塞壬小镇》通关。

系统：玩家达成《塞壬小镇》true ending 结局——《重回平静的旧日小镇》。

……随着那具被打捞起来的人鱼回到原来的海底，塞壬小镇的镇民们渐渐恢复了正常，那些雕像也被销毁，死去的幽灵沉眠于海底，再没有重见天日的一天，那片曾经打捞起塞壬王的海域也成了禁止踏足的区域，无人知道那片海域下沉睡着一个可以唤醒亡灵的禁忌，或许有一天，贪婪的人类还会去触碰这个禁忌，但至少不是现在。嘘，让我们走得小声一些，不要惊扰正在沉睡的塞壬王和死不瞑目的幽灵们……

系统：玩家白柳——《塞壬小镇怪物书》——塞壬王页已集齐

《塞壬小镇怪物书》刷新——塞壬王（2/4）

怪物名称：塞壬王

弱点：暂无（不要求玩家探索该怪物弱点）

攻击方式：鱼尾击打（1/？？？？）（注：因为无法确定攻击方式上限，集到一个就判定玩家集齐）

系统：恭喜玩家集齐《塞壬小镇怪物书》整本书！

白柳的小电视面前静了可能好几分钟，所有人都低着头，只有嘀嘀嘀连续不断的充电点赞声，过了好一会儿，才有人像是忍不住呜呜呜地大声号哭——

"第一！！！白柳成《塞壬小镇》综合数据第一了！！！我们给他充电点赞到第一了！！把牧神的记录刷下去了！"

"我疯了！居然赢了！！和神级 NPC 对线，居然赢了！！我看上的新人玩家也太厉害了！"

"妈的，白柳最后那个 0.1 精神值，我他妈跪在地上用鼻子给他写一个吊字！太牛了！"

"最后不是说无法测定吗，但是扛住了神级 NPC，白柳潜力极限肯定上 S 了吧！"

"我真的有种见证历史的感觉，我天，白柳是除了神级 NPC，在这个游戏里第二组系统无法直接测定需要上报的数据吧?！"

很多观众又哭又笑的，相拥庆祝，就连王舜也和牧四诚击了个掌，相视一笑，只有一直在逼逼的玩家脸难看得要死，还在阴阳怪气地嘲讽。

"切，一个普通单人游戏，通关就通关，有什么了不起的。"

"我们去中央屏最核心的大屏幕看，一个新人罢了，才通关了第一个游戏就这么跳，啧啧，做人低调点好哦。"

听到这些话，牧四诚眼睛微微眯起，他缓缓地把帽子又盖回了自己的头上，眼中红光明明暗暗地闪烁，帽子上的猴子也兴奋地咧开了血腥的大嘴，露出一副要进食的表情。

虽然牧四诚一般很少为一个新手玩家得罪其他人，但他现在刚刚欣赏了一场让他心情愉悦的游戏表演，现在听到这些就是很不爽，巨不爽。

他转过头懒懒地看了一眼这些还在高谈阔论的观众，刚想走过去确认一下对方身份，好在游戏里下手杀死。

王舜看出了牧四诚的意图，眼疾手快地拦了一下："他们都是国王公会的人。"

"哦，原来是国王公会？"牧四诚撇嘴，"这个傻逼游戏玩家公会里全是这种眼高于顶、一事无成的傻逼玩家。"

"咳咳。"王舜装模作样地呛咳了两声，有点尴尬地小声逼逼，"牧神，我也是国王公会的人。"

牧四诚："……"

"牧神，虽然我们公会里这种傻逼多，但是我劝你还是不要得罪他们，因为……"王舜好心劝告，"骂骂他们可以，但是杀死什么的，还是算了，因为我们的会长是——"

牧四诚烦躁地啧了一声："我知道，国王公会的会长是总积分榜排名第二的玩家——'Queen'，红桃皇后，这疯女人很护短，又心狠手辣，最好不要得罪她手下的人。"

"但是听着白柳被这群完全不如他的货色这样点评——"牧四诚狠狠用虎牙咬碎了棒棒糖，目光晦暗阴沉，"真是有点不爽啊，让我想起了我做新人的时候。"

王舜长叹一声，新人总是艰难的，尤其是牧四诚这种完全没有加入任何大型组织的独狼玩家，必然会受到大公会的排挤。

这游戏的玩家很多是自行组成了公会互相帮助的，可以大幅度地降低玩家的死亡率，其中玩家数量最多、规模最大的公会就是总积分榜第二，玩家"红桃皇后"建立的国王公会。

公会内部会有专门的机制网罗培养有天赋的新人玩家，定期让老玩家带新人下副本，王舜知道牧四诚当年在游戏中崭露头角的时候被国王公会邀请过，但牧四诚拒绝了，后来就一直被国王公会有意无意地欺压，因此牧四诚和国王公会的人向来不对付。

这种大型公会底层的玩家，一般会对有实力的新人玩家敌意很大，因为对方一旦出头，很快就会被高层网罗，供给对方很多道具积分和资源培育，和他们这些底层玩家瞬间就拉开了差距，说是一步登天也不为过。

嫉妒是难免的，有些极端一点的甚至会抱团起来疯狂踩这些有实力的新人玩家，让对方出不了头。

就比如刚刚那一群人，王舜觉得这群人就是典型的这种玩家，因为王舜注意了一下，无论是他们大肆 diss 的白柳，还是被他们赞扬的木柯，这些人都只点了踩。

这群酸鸡看见因为白柳成功通关而兴奋不已，一直在充电的观众，还在那里酸不溜丢地逼逼赖赖："比起中央核心推广位上那些大神还差远了好吗？至于这么欢欣鼓舞吗？是没见过人通关吗？无语。"

系统提示：白柳进入最终小电视评定——

新增 24000 人赞了白柳的小电视，新增 26700 人收藏了白柳的小电视，新增 7190 人为白柳的小电视充电，玩家白柳获得 10200 积分。

玩家白柳在一分钟之内获得超 20000 赞，获得充电超 6000 积分！声名鹊起！势不可挡！你被观众所疯狂喜爱着！

恭喜玩家白柳获得最终推广位，进入中央屏幕首页核心推广位，浏览量正在急速上升中……

王舜一时之间呼吸都屏住了，他真的蒙了："核心？！核心推广位？！白柳升到了核心推广位？！认真的吗？！我的天哪！"

"我上这个推广位都困难。"牧四诚目光一言难尽地看着白柳的小电视和看到这个推广位出来就差放鞭炮庆祝的观众，笑，"早知道我就不给这货充电充那么多了，啧。"

说完，牧四诚还用眼尾余光很嘚瑟地扫了那些公会玩家一眼，略微抬高了有点懒洋洋的声音："唉，无语，居然就只上了一个核心推广位而已。"

"核心推广位"五个字还被牧四诚重读了，特别嘲讽。

之前那群国王公会的人还没走，看到白柳直接上了核心推广位，这群人的无法置信比其他观众更严重。

有几个当场脸就裂了，几乎是冲到小电视面前破音反问："系

统，你确定吗？玩家白柳上了核心推广位？！凭什么啊！这个推广位都是大神上，他一个新人怎么可能上得了？！"

系统平铺直叙地回答：
玩家白柳此次游戏通关综合数据评定，全站排名前五百，符合上推广位条件。

"前五百？！这么高？！他才玩第一个游戏！！怎么可能！！"

系统毫无波澜：
白柳的小电视综合数据在此刻正处于游戏中的同期排名第497名。

这群国王公会的观众有些恍惚地瘫软在地上，白柳的强悍超出了他们的想象，系统是不会说谎的。

第一次玩游戏就上核心推广位，排在同期前五百的新人……

他们都能预想到很快白柳被各大公会疯狂拉拢，然后骑在他们头上的场景了。

如果白柳加入了国王公会，凭借白柳的实力，绝对是他们的顶头上司，到时候这人想对他们做什么就可以做什么……

其他观众才不理会受到剧烈冲击的国王公会的人，他们兴冲冲地就往中央屏幕核心区域——白柳的最终推广位去了，他们这些一路跟随的观众，一定要好好见证一下白柳上去的风光！

中央大厅，中央屏幕，核心推广位区域。

这里的装修明显比中央大厅边缘区那一块好得多，大厅装修得金碧辉煌，很多小电视都镶了金边，大厅里还放了一些很有名的玩家的海报，玩家在里面小声地、礼貌地互相交谈着。

牧四诚一抬眼，在对面墙上的小电视里第一眼就看到了白柳。

主要是白柳太惹眼了，在核心推广位上的玩家视频，几乎只

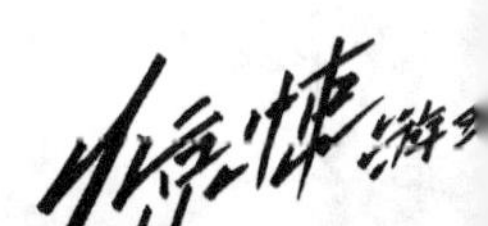

有他一个人是不收费的小电视，其余登上这个位置的玩家，正如之前那些国王公会的玩家说的那样，都是大神，而大神的小电视直播大部分都是要收费的，需要缴纳积分才能进入观赏区域看。

如果不交积分，就只能在观赏区域外面看小电视上一些系统截取的精彩片段，用来吸引观众。

白柳前后左右的小电视都是需要收费直播的，只有白柳一个人是孤零零的不需交费的。

在核心区这种相对华丽的场景的衬托下透出一种微妙的廉价感，所以白柳小电视这里虽然是免费的，但反而还没有什么观众。

来核心推广大厅的观众大部分都是冲着付费玩家来的，对于白柳这种一个猛子冲上来的玩家，大部分观众都是敬谢不敏的，觉得这些突然上来的玩家多半只是昙花一现。

也的确是这样，这些忽然冲上来的玩家大部分很快就会下去，这里的观众并不会多给什么眼神。

但很快，这些观众开始忍不住把眼神递给白柳的小电视了，无他，因为白柳的小电视系统提示音一直在响，太恼人了。

系统：玩家白柳奖励综合评定

《塞壬小镇》true ending 线通关——积分奖励 600

《塞壬小镇怪物书》——人鱼雕像页集齐奖励——道具：雕像的外壳（普通品质）

功能：佩戴后防御力上升 100 个点。

《塞壬小镇怪物书》——人鱼页集齐奖励——道具：海域潜行（普通品质）

功能：佩戴后移动速度上升 100 个点。

《塞壬小镇怪物书》——人鱼水手页集齐奖励——道具：人鱼的护身符（优良品质）

功能：佩戴后可以在任何一个危险情况下进入护身符内，拥有一次金蝉脱壳的逃走机会，消耗型道具，使用一次后自动碎裂。

《塞壬小镇怪物书》——塞壬王页集齐奖励——道具：塞壬王的逆鳞（品质不明）

功能：不明，代表了塞壬王对你的喜爱的回复，希望玩家长期佩戴。

《塞壬小镇怪物书》集全总奖励——道具：塞壬的鱼骨（品质不明）

功能：塞壬王将自己的鱼骨赐予你，那是一根神明的骸骨，可刺破时间、空间以及一切可视或者不可视的屏障——

诞生于真理存在之前，溟灭在谎言毁灭之后，似乎是一件攻击型道具，还需要玩家在使用过程中自行探索。

系统：玩家白柳此次小电视的综合评定

此次《塞壬小镇》游戏过程视频总共被 49074 名玩家大力点赞，被 52899 名玩家倾情收藏，总共获得 15069 点积分充电，但同时也有 1238 名玩家不喜欢这个视频，踩了 1 次这个视频，最高峰时期有超过五万人同时在观看白柳的小电视。

玩家白柳的游戏视频毋庸置疑对观众有非同凡响的吸引力！

白柳小电视综合数据超过十万，对玩家白柳《塞壬小镇》的视频进行评级——理应为银色徽章级别视频，但因踩赞比过高，约为 1:40 的踩赞比，对视频进行降级处理，最终评级为黄铜徽章级别视频，该级别视频可获得进入 VIP 库资格——玩家白柳此次的游戏视频进入 VIP 库。

进入 VIP 库之后，若是有玩家想要观看玩家白柳此次《塞壬小镇》的游戏视频，需成为系统的 VIP 会员后，再向系统缴纳 40 积分，观众观看所缴纳的积分白柳和系统五五分成。

白柳此次小电视获得以下成就——

新人单个视频充电积分最高

第一个上核心推广位的新人

《塞壬小镇》最高积分通关记录

同批新人中首个通关

…………

系统：恭喜玩家白柳通关，请务必注意，玩家在一周内必须再次进入一个恐怖游戏副本，否则会受到致命惩罚，现在开始倒计时——

7（天）:00（小时）:00（分钟）

6（天）:23（小时）:59（分钟）

祝玩家白柳下次游戏愉快～

在一长串让人听木了的奖励和称号之后，系统礼貌地告别，白柳的小电视才"啪"一声熄灭了，但白柳的小电视前这个时候已经聚集了不少观众了，他们纷纷惊叹讨论着。

"新人？！纯新人？震惊我全小区，现在新人也太厉害了吧，通关奖励都播报了十分钟……"

"这还不是最厉害的，你没注意这家伙集齐了怪物书吗！很多大神都做不到在通关 true ending 的时候集齐怪物书！"

"我已经购买了他的视频来看了，我觉得一定非常好看！"

"我也，我真的被吓到了，一长串的奖励，还有一万多的充电积分，怎么做到的……"

"我倒是比较好奇他那一千多个踩是怎么来的，按理说他这通关数据已经非常牛逼了，怎么还会有人点踩？"

白柳《塞壬小镇》的游戏视频购买指数直线攀升，瞬间就卖

出去几百份。

这也是大家都想来核心区的原因，这里的观众出手阔绰，思维相对理智，不仅会在直播时打赏充电，就算是白柳这种已经通关了，最后卡在这边上来露个脸的情况，他们大部分也都愿意花上几十积分购买你的视频，看看你到底是妖魔鬼怪，还是潜力新人。

有人统计过，一个核心区的推广位保底能拿到的充电积分都是以千计数的。

王舜有点恋恋不舍地看着白柳黑下去的屏幕："牧神，你觉得白柳下次会什么时候进游戏副本？你觉得他还会选单人游戏副本吗？我有点想蹲他的小电视。"

"你问我我怎么知道。"牧四诚眯了眯眼，"白柳应该是从新人区那边的登出口登出游戏的，你最好去新人区那边逮他，直接问他。白柳现在精神值还没恢复，应该神志不太清楚，你要是可以趁现在给他卖一个好，或许他以后还会愿意带你玩游戏。"

"牧神，你真的……"王舜的表情很复杂，"好无耻啊……"

"你不去吗？"牧四诚对王舜的指责不痛不痒，他耸耸肩，笑得很邪气，但因为含着棒棒糖而鼓起一边的脸颊破坏了这份邪气，"我对他的'新人技能'很好奇。"

"一批新人里第一名的玩家会获得'新人技能'，而系统会隐瞒玩家的新人技能，技能据说都是和玩家内心最真实的欲望挂钩的，我倒是想知道白柳这种人内心的欲望是什么。"

王舜其实也很好奇，但他很疑惑："但是这种东西正常情况下大家都知道要保密吧？白柳应该不会告诉我们的。"

"但白柳现在精神值只有 0.1，你觉得是正常情况下吗？他出来没疯都是个奇迹。"牧四诚无辜地看着王舜，"我觉得白柳登出游戏的时候可能都站不稳，脑子绝对是不清醒的，我们假扮系统的工作人员不就什么都能套出来了？"

王舜："……"

牧四诚，你真是个歹人。

白柳满身是水地出来了，他全身都湿透了，眼前模模糊糊的，好像蒙了一层磨砂玻璃，站着都有天旋地转之感，白柳不得不扶着墙面喘气恢复体力，他感觉自己有点低血糖，于是他蹲下了。

白柳一蹲下没稳住，腿一软就直接坐地上了，白柳尝试了几次，根本站不起来，也就随遇而安地瘫坐在地。

"我可真是够弱的。"白柳发自内心地感叹。

新人区登出口这里没什么人，毕竟除了白柳还没有其他玩家通关，白柳趁着休息整理了一下自己得到的奖励和道具，整理着整理着啧了一声。

他猜得果然没错，集齐怪物书里的奖励的确是最"大"的。

这种大并不代表这些怪物书集齐出来的道具很牛逼，比如"海域潜行"和"雕像的外壳"都是非常正常的加属性面板点的道具，作为一个游戏设计者，这种道具对于白柳来说普通得不能再普通。

但白柳依旧觉得这些东西是最大的奖励。

因为这些东西是无法用积分在游戏商店里购买到的。

白柳搜了好几遍，都没有在商店里找到任何一种可以和自己的道具奖励对应起来的物品。

这说明"怪物书"掉落的奖励道具具有"非市场交易性"，算是"限定道具"，也就是这种道具玩家不能通过在游戏商店购买获得，只能通过玩家通关游戏掉落，以及系统外玩家和玩家之间的交易两种方式获得。

但怪物书明显是不好集齐的，这也就说明这些道具通过通关游戏很难获得，那么有些玩家就会通过第二种方式——玩家之间的交易来获得这些"怪物书的限定道具"，而且这些人估计还在少数。

换言之，白柳觉得自己如果售卖自己得到的这些道具，必定可以卖出一个匪夷所思的好价钱。

但他不会售卖，至少在他自己还需要一定基础属性的现在，白柳不会轻易售卖自己得到的"怪物书道具"。

　　白柳觉得很有价值的道具当然是"人鱼的护身符"，这东西相当于一个逃生保命道具。

　　"塞壬王的逆鳞"系统就直接给他一个"功效不明"的解释，"塞壬的鱼骨"给了一段似是而非很中二的说明，说可以撕裂空间时间，但具体功能还是让白柳自己探索，而且这两件道具系统连评级都没给，直接说的"品质不明"，白柳点了这个"品质不明"后的补充解释，直接告诉他系统无法评定。

　　"系统无法评定？"白柳叹息，"这系统不行啊。"

　　但白柳不知道的是，这两件道具都来自神级 NPC 身上，而神级 NPC 对于系统来说本来就是一串无法计算的复杂 bug 数据，让它解释来自 bug 数据身上的一根骨头和一块鳞片，未免有些强"统"所难。

　　而白柳检查自己的奖励到最后，发现了一个很神奇的"个人技能奖励"，后面显示了"未解锁"三个字，白柳好奇地点了两下"未解锁"，界面缓缓淡去，跳出一个新页面——

请玩家现在闭上眼睛想象你最想要的东西。

　　白柳闭上眼睛，双手合十，心中虔诚无比地默念三声——钱，钱，钱。

玩家现在可以睁开双眼领取技能了。

　　白柳睁开了眼睛，他的面前悬浮着一个非常破旧的，就像是被人用了十几年的牛皮钱包，这钱包边缘都泛白了，有些地方甚至牛皮损坏露出里面的编织线，白柳满脸木然地看着这个自己用了很久都没有舍得丢掉的钱包。

　　这就是他的新技能？

　　玩家白柳技能道具：空无一物的旧钱包（似乎用了许久，但主人依旧不舍得扔，足以看出手中拮据）

　　玩家白柳技能身份：贫穷的流浪者（失业，没钱，你的房租很快就要到期了，除了流浪大街你似乎没有别的出路了）

　　白柳："……"
　　这个技能是用来攻击别人（比如他）的贫穷吗？

　　系统：当然不是。
　　玩家白柳的技能：你可以利用手中一切的事物去和其他人交换，只要是被对方允诺给予你的东西，你通通可以装进自己的钱包里。

　　对方的技能、积分、道具、生命，甚至于灵魂和信仰都可以化成钱币装进你的钱包里，成为你手中的工具，你是魔鬼的交易者，是看上去贫穷的流浪汉，但和你交易的人可以出卖自己的一切。

　　尽管你现在一无所有，但你未来会应有尽有，因为你对金钱的渴望无穷无尽，那么你迟早有一天会拥有世界上最富有的钱包，尽管那装满无助之人的灵魂。

　　技能使用方式：交易，在双方同意交易达成后双方不得反悔，不得将从同一个人身上得到的东西再贩卖给同一个人，交易进行中如果其中一方死亡，未履行交易职责的一方的灵魂会被关押在钱包中。

　　"哇哦。"白柳有点感兴趣了，"这个技能听起来没什么人性的样子。"

　　系统：您是否讨厌这个技能？

　　"不。"白柳笑眯眯的，"正相反，我非常喜欢，这很适合我，

我想询问一下，如果在对方不知道我有这个技能的情况下和我达成了交易，交易是否成立？"

系统：在双方存在"钱币"关系时，并且"钱币"至少进入道具钱包一次，交易成立。

"钱币关系？"白柳摸摸下巴，"比如？"

系统：比如您想要得到某个人的道具，您使用钱包中的积分（钱币）向他购买，他答应了，无论他是否知道您有这个技能，也无论他是否是真心答应，在他拿过您的积分（钱币）的那一刻，交易就成立，他的道具就是您的了。

"哪怕我只用 1 积分购买对方很昂贵的道具，用开玩笑的语气，只要对方答应就行是吗？"白柳笑得越发灿烂。

系统：是的。

"啧啧，这技能可真够不要脸的。"白柳真情实感地评价，"但我有点迫不及待想试一试了。"

系统：您目前积分余额 15781，是否全部装入钱包？

白柳点头："装吧。"
白柳清理完道具后检查了下自己的面板属性，他几乎所有的属性都一片飘红惨不忍睹，因为在游戏中被白柳透支得特别厉害。

玩家名称：白柳

生命值：20（一个两百斤大汉一屁股就能坐死你，正在缓慢

恢复中）

体力值：7（站立不稳，自动恢复中）

敏捷：7（全身僵硬肌肉酸痛，自动恢复中）

攻击：1（你的全力一击就像是一只两月龄猫咪爪爪轻轻拍了一下，自动恢复中）

智力：45（原数值89，因精神值濒危减半，精神值恢复后恢复原数值）

幸运：0（你一生都出奇地不幸，如果游戏里要有一个人遇到神级NPC，那个人必定是你）

技能：空无一物的旧钱包

身份：贫穷的流浪者

精神值：3（按理来说你应该疯狂到极致地变成怪物，非常震惊你还能维持理智，但现在想想，或许拥有理智的你早已经是个怪物，无论你是否疯狂，保持理智和冷静就是你作为怪物的一种方式，可怕的玩家！数值正在自动恢复中）

白柳就像是没看到精神值后面一长串评价他是个怪物的话，很淡定地询问："这些数值要多久才能恢复？"

系统：根据您目前的恢复速度，离开游戏后三至五天就能彻底恢复。

白柳不是一个喜欢拖拉的性格："那就离开游——"

他的话还没说完，就看到有两个人正试探着向登出口走过来。

牧四诚和王舜看到白柳坐在地上，头后仰靠在出口的墙上还有点无语和好笑，很明显白柳已经意识不清才会以这样一种颓丧的姿态休息。

看起来精神值降低对白柳的影响的确很重。

但等他们走过去，白柳把后仰着的头抬起，平视牧四诚和王

舜，说了见到他们的第一句话之后，这两人的脸色就变了。

白柳问："你们是来刺探我个人技能的信息的？"

牧四诚脸上的笑意一顿，他蹲下，双手搭在膝盖上打量白柳，饶有趣味地询问："你怎么能肯定我们一定是来刺探你的个人技能的？万一我们是来杀你或者抢劫你的呢？毕竟你现在应该很有钱，身上也有很多道具。"

王舜刚想说在系统大厅里是无法杀人的，结果看着白柳好像真的在思考这件事的样子，他才反应过来白柳才刚刚从游戏副本里出来，并不知道这件事。

"这个大厅里应该是不能杀人的。"白柳仅仅思索了几秒就得出了这个结论。

王舜一惊，脱口而出："你怎么知道？"

牧四诚眼神里含有的兴趣越来越浓厚，他敢确定白柳刚刚的确是不知道"大厅这里不能杀人"这件事的，因为他在说"要杀死白柳"这件事的时候，白柳下意识地后缩了一下腿，避开了自己，这是人类对可以伤害自己的对象的自然反应。

但仅仅几秒之后，白柳就得出了正确结论。

"理由？"牧四诚挑眉。

"因为如果游戏玩家登出就可以被抢劫杀死，一定会有很多人在这个口子这里蹲守。"

白柳耸肩："但我出来十分钟了，除了你们，我没有看到别的生物，如果这个游戏里可以杀人，那么这里必然会有很多来抢劫的人，但这里没有，所以我猜测，这里应该禁止杀人，而且大概率也禁止抢劫。"

白柳能做出这个猜测其实还有一个原因，从游戏设计师的角度来看，这种玩家十分虚弱的登出口如果允许杀人，那么游戏平衡性将被极大地破坏。

就好比允许玩家在"复活点"旁边蹲守杀人一般，在非大型多人网游的游戏里这样设计，游戏体验会非常差。

如果通关的玩家一登出就被抢劫杀死，那这个游戏很快就会没有玩家，不会运营得如此完善。

牧四诚吹了声口哨，眼神欣赏："bingo，猜对了。"

王舜倒是眼神很复杂，之前牧四诚还说来唬白柳，哄对方说出自己的技能，现在看来，牧四诚的谎言都没有办法在白柳面前打过一个照面，他和牧四诚这智商基本告别骗白柳了……

"我很好奇你现在精神值是多少？"牧四诚看着神志清晰目光冷静的白柳啧啧称奇，"你看起来不像是一个刚刚精神值还只有0.1的玩家，你给自己买了精神漂白剂恢复了精神值？"

白柳看起来思路很清楚，完全就像是一个精神值正常的玩家，除了购买漂白剂漂洗过自己的精神值这个解释之外，牧四诚想不到第二个合理解释。

"我目前精神值只有3。"白柳很平静地说道，"现在还在恢复。"

牧四诚："……"

王舜："……"

牧四诚和王舜的眼神都陷入了短暂的呆滞和木然中，还是王舜先一步不可置信地开口反问："你说你现在精神值多少？！"

"3啊。"白柳很自然地问，"怎么了？"

"3……"王舜话都有点说不顺溜了，他用看一种好像世界上不该存在的诡异生物的目光看着白柳，"白柳，你知道精神值3是什么概念吗？你现在应该处于很多幻觉交叠，并且意识和肉体都在被折磨着的状态……"

"我的精神值没有跌入过60以下，但我跌到60的时候已经非常难受了，连说话都不利索，很多精神值跌入20以下的玩家基本一出游戏就都疯了，你精神值只有3，然后你这样……"

王舜用手比画了一下白柳全身，表情一言难尽，似乎不知道该用什么词汇评价白柳，倒是白柳提起了点兴趣，他靠在墙上，懒懒反问王舜："我这样怎么了吗？我觉得我挺正常的。"

对啊，是很正常，但白柳现在的"正常"就是一种极端的不正常！没人能在精神值3的时候保持一种"正常人"的形态！

"你、你怎么还能思考回答我们的问题，你应该脑子一片混乱，你的智力值应该都减半了！"王舜都有点语无伦次了。

"的确，我脑子是比较混乱。"白柳赞同地颔首，"我智力值的确减半了，但怎么说，这并不妨碍我用45的智力值思考你们的问题，这问题也不难。"

王舜无言以对。

白柳确实在被一种扭曲的意识折磨着，这意识仿佛一种发自内心的欲望，不断地催促他，诱惑他，好像要把他变成一个为非作歹的怪物一般，但白柳失业以来想要钱的时候差不多都是这样的。

有一种声音会在白柳耳边说"去把开除你的老板打一顿""去把那个空降顶替你位置的木柯大少爷打一顿"之类的，以白柳的智商完全可以做到打一顿这两个人还不被发现。

但白柳习惯了用法律来约束自己，他在家里放了很多法学的大部头，几乎可以倒背如流，白柳给自己定下的做人底线就是"不能违背所处群体制定的公认规则"，他作为"人类群体一员"存在的时候，就不能违背"人类群体"制定的法律条例。

白柳已经习惯了约束自己不正常的金钱欲望，所以被这种程度的欲望折磨，对他来说不痛不痒。

……不过精神值漂白剂是什么……白柳眯了眯眼睛思考这个从牧四诚口中说出的道具名字，这名字听起来有点像是"蓝药"这种恢复玩家状态的东西。

但白柳并没有直接问王舜精神值漂白剂到底是什么，这两人已经骗过他一次了，于是白柳转头看向了牧四诚，若有所思——这人明显看起来玩心更大……

王舜问："白柳，你怎么猜到我们是来找你问'个人技能'的？"

"如果你们不是来杀我，特地来找我多半就是有求于我，寻找我合作，或者就是对我感到好奇，来刺探我的情报。"

　　白柳说话不疾不徐，条理清晰："但我作为一个新人，对你们有价值的情报应该不多，我的各项数值以及道具奖励对你们都是公开的，唯一隐藏的东西就是我的'个人技能'。"

　　他抬眸直视牧四诚和王舜："所以我猜，你们是来询问我我的'个人技能'是什么的，正常情况下我应该是不会告诉你们的，但你们还是来了，我觉得是因为我现在的精神值异常，你们觉得我神志不清，很有可能被你们套话，我猜得对吗？"

　　王舜彻底一句话都说不出了，他长叹一口气。

　　白柳猜得全对！！！连他们准备钻空子都料得一丝不差！！！

　　牧四诚凑近仔细地审视了一边白柳："我现在非常怀疑你的精神值到底是多少。我感觉我今天是套不到你的个人技能了。"

　　"也不一定。"白柳缓缓地扬起嘴角，他气定神闲地看着牧四诚，"我们来做一个交易怎么样？我向你展示我的技能，你帮我用精神漂白剂恢复精神值。"

　　"……你认真的？"牧四诚有几分怀疑地看向白柳，"你不要想骗我，我有道具可以评判你是否诚实的。"

　　白柳摊手微笑："欢迎你来评判。"

　　"但是我为什么要免费帮你漂洗精神值呢？"牧四诚想了想顿时反悔，他不怀好意地笑，"精神漂白剂可不便宜，你的技能我可以等下次你玩游戏的时候再看，你一定会使用的不是吗？"

　　白柳从藏在自己的兜里的钱包里取出 1 积分，这 1 积分变成了一个银色硬币被白柳捏在指尖："我不白嫖，给你 1 积分。"

　　牧四诚用一种见鬼的目光看着白柳指尖上的这枚 1 积分银色硬币，他颇有些无语地看向硬币背后的人："白柳你在逗我吗？！1 积分你就想买我的精神漂白剂？你知道精神漂白剂多贵吗？我的精神漂白剂都是优质的，一千多积分，而且你这和白嫖有什么区别？"

　　"这 1 积分硬币加上我的个人技能展示，成交吗？"白柳还是保持嘴角上扬的微笑，"你可以先看我的技能，再给我漂洗精神值，怎么样？你很有可能是第一个看我展示个人技能的玩家哦。"

听到白柳带着一点诱哄语气地这么说，牧四诚忍不住有点动摇，但他又有点怀疑。

他完全可以看了白柳的技能之后不给他漂精神值，白柳现在这种精神值只有个位数的状态，虽然看起来还是清醒的，但明显也不能拿牧四诚怎么样。

并且游戏大厅里是禁止抢劫和盗窃这种个人技能的，就算白柳的技能可以偷取强占别人的东西，但在这个大厅里任何强制性的个人技能都是无法施展的……

不过白柳现在还不知道这一点。

想来想去，牧四诚觉得反正他不会吃亏，不如就答应这个新人算了，他的确对这个家伙的个人技能非常好奇。

牧四诚揉揉鼻子，忽然伸手抢过白柳指尖上的硬币，他心怀鬼胎地勾唇一笑："成交，那白柳你给我展示技能吧！"

系统提醒：玩家白柳与玩家牧四诚的交易成立，贫穷的流浪者白柳获得一瓶精神漂白剂。

系统提醒：玩家牧四诚赠送玩家白柳一瓶高质量精神漂白剂，价值 1700 积分，可将玩家的精神值从 20 以下恢复到原数值。

一瓶铝罐装的精神漂白剂落在了白柳的手里，样式有点像喷漆，白柳拿起来晃了晃，在牧四诚反应过来之前对准自己一顿狂喷。

白色的精神漂白剂烟雾弥漫在白柳的脸部周围。

牧四诚反应过来之后发出了一阵惨叫："这是我在打折促销的时候囤的高规格漂白剂！！！"

但等牧四诚伸手来抢的时候，白柳已经喷完了。

牧四诚用一种特别怨恨和郁闷的目光看着恢复神清气爽的白柳："你的个人技能到底是什么？！偷东西吗？！但在大厅这里是只允许玩家交易不允许玩家偷窃抢劫的！你是怎么把我存在系统仓库里的漂白剂偷出来的？！"

"刚刚已经向你展示完毕了哦。"白柳笑眯眯地从地上站起来，拍了拍垂头丧气蹲在地上画圈圈的牧四诚的肩膀，"感谢玩家牧四诚的精神漂白剂，非常好用。"

牧四诚完全想不通，一路像只小猴一样追在白柳身后东蹦西跳地问他的个人技能到底是什么，还用一个很奇怪的天平道具来测试白柳是否诚实。

测定出来的结果是"是"，这代表白柳从头到尾没有说谎骗他，这让牧四诚更加迷惑了。

这个时候王舜就在白柳的询问下给他科普了一些游戏的基本知识，在说到这批新人除了白柳之外几乎全军覆没的时候，王舜带着遗憾地说道："其实还有个叫木柯的和你一批的新人也不错，现在还在苦苦挣扎，但应该快不行了，我刚刚去看了，已经跌到'死亡喜剧'专区去了，也没有什么人打赏，多半要死。"

"你说他叫什么名字？木柯？"白柳听到这里话音一顿。

白柳失业被辞退，很大一个原因就是上面空降了一个很大的大老板的儿子下来体验生活，白柳就被一直看他不怎么顺眼的顶头上司顺水推舟地辞退，给这个想来体验互联网行业社畜疾苦的小少爷腾位置。

这小少爷的名字就叫木柯。

这位名叫木柯的小少爷是出了名地脾气不好，在职位交接的时候，白柳还没来得及拷贝走电脑里他做的恐怖游戏的副本和一些很重要的图文数据文件，第二天去的时候就发现自己的电脑已经被这骄纵的小少爷丢掉了。

不光是电脑，整个办公台所有白柳没有带走的东西，木柯全部给丢了。

但明明交接是在明天，这小少爷一天收拾的时间都没有给白柳，直接就把白柳的东西嫌弃地打包，在众目睽睽之下丢出了公司。

白柳在公司因为被上司排挤，一直都在一个很破旧的小角落里办公，用的是一台开机画面是 XP 的电脑，特别老，后来白柳

就带了自己的电脑过来，虽然也是一台很旧的电脑，但比那个"82 年"的 XP 系统电脑好一点。

所以木柯是把白柳自己的电脑给扔了，白柳问木柯，他的电脑呢？

木柯很不在意地说，看起来又老又旧，看着烦，就丢掉了，如果白柳要，他可以赔白柳一台全新顶级配置的电脑。

白柳本来想说他电脑里还有几十个 G 的资料和他好几个恐怖游戏的新思路，但他也失业了，纠结这些东西也没意思，他也刚不过对方。

据说这小少爷有先心病，所以家里对他千娇万宠百依百顺，要什么给什么，要过来体验游戏公司的生活，看上了什么职位，裁人也要安排进来。

白柳知道自己嘴上刻薄不饶人，他觉得要是多说几句话把对方刺激得犯病了，自己也赔不起医药费，也不划算。

于是白柳就干脆利落地点头，拿了木柯给他新买的顶配的几万块的外星人电脑，锱铢必较地让木柯赔偿了自己所有被丢掉的东西，包括一包用了一半的卫生纸，拿着钱在对方鄙夷的目光里爽利地走人了。

白柳说自己想去看看这个木柯，王舜有点奇怪，但也顺从地带白柳去了这个"死亡喜剧"专区。

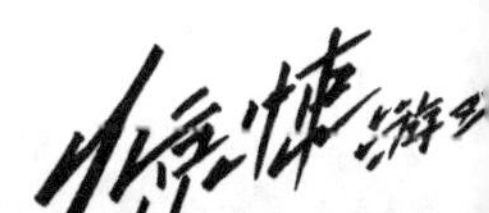

CHAPTER 09

　　木柯的小电视在一个很荒凉的小角落。

　　这种无力挣扎即将死亡的戏码在"死亡喜剧"也是无人问津的，因为太无趣了，没有喜剧效果，只有一两个人偶尔抬头看看小电视里满脸泪痕拼尽一切求生的木柯，很快又无趣地移开视线。

　　这种垂死求生的玩家在这个游戏里每天都能看到，一点都不稀奇，也吸引不了观众的视线。

　　白柳点开自己的游戏面板查看"木柯"的游戏进度，发现"木柯"怪物书已经集齐两页，其中有一页是"人鱼水手"，这一页的"怪物书奖励道具"是那个白柳认为很有价值的"人鱼的护身符"，白柳看到这里眼神顿了一下。

　　"木柯求生的欲望很强烈。"王舜见惯了生死，在木柯的小电视前也只是有几分叹息，但并无过多怜悯，"但他要通关太难了，木柯之前靠打赏集齐了一个'水中气泡'，但这个气泡很快就被人鱼攻破了，也没用了，后来就没有人给他打赏点赞，木柯就掉到这个地方了。"

"这新人表现算不错的了。"牧四诚抱胸点评，"木柯要是愿意在通关之后把那个'人鱼的护身符'卖给我，我会很愿意给他打赏通关，那道具相当好用，但只要是个玩家，就不会轻易地出手自己拿到的'怪物书道具'，所以我也只好看着他死了。"

白柳也想得到那个"人鱼的护身符"，那道具以白柳游戏设计多年的眼光来看，是个非常值钱的道具。

但正如牧四诚所说，如果白柳给木柯打赏通关了，木柯出来之后是绝对不会把这个道具给他的，换白柳白柳也不干。

不过，放着这种明显很值钱的道具在眼前不要，眼睁睁地看着道具沉海底也不是白柳的作风。

白柳在心里询问系统："系统，我是否可以和游戏中的木柯交易？"

系统：你和玩家木柯不处于同一维度世界中，无法进行交易。

白柳垂眸，要处于同一维度中才能交易？
"维度的定义是什么？"

系统：你和所交易者的时间空间都处于统一的、连续的，并且不可断裂的状态，但目前你和玩家木柯的时间和空间彼此割裂存在，不同属一维度，因此不可交易。

"时间和空间啊……"白柳的手指开始无意识地玩弄挂在自己脖子上的硬币，他喃喃自语，"好像也不是一定不行。"
"系统，给我调出道具塞壬的鱼骨。"

系统：正在为玩家载入该道具。

一条闪着洁白荧光，长约三米的鱼骨悬浮在了白柳的面前。

这鱼骨纯白无瑕，形态优雅，有种琥珀般的半透明感，看上去和它的主人塞壬王一样地美丽，可以说是从外貌到骨子里的美，但这根鱼骨很明显是把人鱼的一整根脊梁骨完整地抽了出来，这让这种美丽又带上了一股残忍血腥的意味。

这根鱼尾的末端是一段尖尖的鱼刺，另一端却是很光滑的握手，看上去像一根很称手的鞭子。

鱼骨缓慢地缠绕上白柳的腰部，是一种很冰凉、好似鱼鳞般的质感，让白柳没忍住打了个寒战，鱼骨最终温顺地贴在了白柳腰部的皮肤上，像一根骨头腰链般松垮地悬挂在白柳的胯部上。

尖尖的鱼刺贴在白柳的肚脐上，另一头的握手从白柳的皮带上掉出来半截，看上去像是什么很非主流的衣服装饰品，和白柳一副西装裤白衬衫的装束格格不入。

牧四诚好奇地伸手去拨弄白柳腰上的这根鱼骨，在要碰到的一瞬间，被这根好似活着的鱼骨反手就用鱼刺狠狠扎了一下，牧四诚嗷了一声抽手回来，一边甩着自己有些发麻发冷发僵的手，一边惊惧道："这是什么东西？！系统大厅内玩家会被独立空间隔开，它为什么可以攻击我？！"

牧四诚已经是 A 级玩家的身体素质了，这东西扎他一下他的生命值掉了一半。

但这还不是最重要的点，最重要的点是大厅里是不能攻击玩家的！玩家和玩家之间一旦有攻击倾向就会发生空间隔离，这东西怎么做到让他生命值条一下掉红的！

"塞壬的鱼骨。"白柳没有遮掩的意思，他大大方方直接撩开衣服给牧四诚看了一眼自己腰上的鱼骨，在白柳还没有意识到的时候，鱼骨收缩了几圈，把白柳腰部裹紧，把白柳所有露出来皮肤都遮掩住了。

白柳很坦诚地说："这个道具你们应该在我的道具奖励里看过了。"

　　这也是白柳不遮掩的原因，这玩意儿已经被系统"拉出去示众"过了，白柳也没有什么隐藏道具功能的心思在，在"直播"和王舜口中的"论坛"存在的情况下，白柳只要在游戏中动用道具，迟早有一天大家都会知道的，对外隐藏道具功能完全没必要。

　　但他个人技能特殊，倒是可以隐藏，算是一张不错的底牌，白柳准备能藏多久就藏多久。

　　不过，白柳对这个道具的具体功能也是两眼一抓瞎，他也需要试验，白柳不太想在游戏里试验，因为风险太大了，万一这道具对怪物翻车，白柳就很容易死亡，最好的方式是在游戏外试验搞清楚了这道具的功能之后，进入游戏直接使用。

　　在游戏外试验就需要试验对象，白柳觉得被困濒死的木柯就是很好的、对他服从性很高的试验对象。

　　白柳本来不准备对牧四诚试验的，但牧四诚手太贱，直接上手碰了，反倒让白柳意识到了这鱼骨鞭可以在系统大厅内攻击人，换句话来说，的确就是可以撕裂空间的。

　　"据说可以撕裂时间和空间，我准备对木柯试试。"白柳看着小电视里的木柯，很自然地提起鞭子准备甩。

　　王舜又陷入了一种完全无法理解白柳思路的懵逼状态："等等！白柳你要干吗？！你要是一鞭子直接甩进去把木柯打死了怎么办？！"

　　牧四诚倒是很快就反应过来白柳要干什么了，嗤笑一声："你准备救他？倒是好心。"

　　"不。"白柳微笑，"也不算是救，我准备和他交易。"

　　白柳从自己的腰上抽出鱼骨鞭，活动手腕似的抖动了两下，深吸一口气提起鱼骨对着木柯的小电视一挥而下。

　　在用力的一瞬间白柳觉得自己拿着鞭子的左臂好像有千钧重，勉强挥舞起来的鱼骨打在小电视面前一个透明的屏障上，很快就垂落了下来，但就这么小小的一挥舞，木柯小电视里的海底就开始摇晃震动，小电视仿佛信号不良地一闪一闪。

　　白柳周围的一切在鞭子落下的一瞬间都碎成玻璃般的景象，牧四诚和王舜的样子变得模糊迷离，好像接触不良的电视一般，里面的人物变得扭曲远去。

　　白柳处在一片漆黑中，反而能仿佛身临其境地听到木柯小电视里传来的更清晰的海浪声和木柯哭得眼泪横飞、一把鼻涕一把泪的、歇斯底里的求救声。

　　木柯仿佛也意识到了有什么人降临在了海底，他开始疯狂地求救。

　　"谁来救救我啊！"木柯脱力地跪在海底破损的水中气泡里，他奄奄一息地流着泪，"我什么都愿意做！求你救我！"

　　白柳还想再挥一鞭，但系统突然发出警告。

　　系统警告：使用该道具对白柳消耗极大，玩家白柳体力已经无法负荷再次使用，如果勉强使用体力会降至负数，会被强制遣返送出游戏。

　　白柳瞬间放弃："那我现在和木柯处于同一维度吗？"

　　系统：正在计算中……玩家白柳和玩家木柯的维度因为某种攻击出现小范围的重叠，玩家白柳目前处于被撕裂的两个维度的裂缝之中，只能传播声音，无法传播画面，可以勉强进行一些简单交流。

　　"声音吗？"白柳若有所思，他轻声喊了一声木柯的名字，"木柯。"

　　木柯顿时号啕大哭地在气泡里手脚并用地爬了好几下，像一条丧家犬般呜咽地回答了白柳："我在！你是什么人！救救我吧！"

　　"我是一个流浪者。"白柳低声说，他看着小电视里的木柯，很难把这个哭得涕泗横飞的人和赶走他的那个趾高气扬的小少爷

联系在一起。

某种程度上白柳是因为木柯的一时性起才成为一个"贫穷的流浪者"，但现在，木柯在向这个他赶走的流浪者不顾一切地求救，而这个流浪者将会用一种可怕的交易，夺走木柯身上仅剩下的有价值的东西。

非常奇妙的逻辑轮回链。

"我可以救你，但不是无偿的，因为我也很穷。"白柳诚实地说道，"你需要和我做一场交易，作为报酬，我会给你打赏积分救你出来，但相应地，你也需要给我一些东西。"

"可以！你要什么我都给你！！！求你救我！"木柯大哭着，他伸手去触碰并不存在的神明，"你是神吗？还是系统？你在哪里？！你想要我给你什么？！钱吗？还是别的什么东西！我现在身上什么都没有呜呜呜……不要放弃我，我想活下去！！！"

"我不是神，客观上来讲，我对你应该不是什么好的存在。"白柳很理智地评价自己。

他虽然对这个小少爷没有什么特别极端的恶意，只是普通程度的讨厌罢了，但他对一个人很普通的讨厌就已经挺可怕的了，白柳实事求是地觉得："我对你来说，应该算是魔鬼一类的存在。"

"魔鬼的话……那你是想要我的灵魂吗？"木柯瑟缩了一下，他眼睛空茫了一下，下一秒就爆发出前所未有的光亮，"只要你救我，我愿意把我的灵魂供奉给你。"

白柳嘴边的"我想要你的人鱼护身符"的话语打住了，他略显诧异地挑眉，突然被木柯提出的全新议案吸引了。

他的确需要"人鱼的护身符"，但同时白柳也需要一个试验对象，试验他那个奇异的技能"旧钱包"的具体作用，而"旧钱包"的解释的其中一项就是可以交易灵魂……

"成交。"白柳微笑地从自己皱巴巴的钱包里抽出 200 积分，递给小电视里的木柯，他胸前的硬币亮了一下，积分就消失了。

系统：玩家白柳使用 200 积分购买了玩家木柯的灵魂。

系统提醒：玩家木柯获得 200 积分充电。

木柯看到这 200 积分差点汪的一声哭出来："你真的是魔鬼！我都把灵魂卖给你了，你也太吝啬了吧！才 200 积分！太少了，不够我买道具的！"

"我的确很吝啬，我是个贫穷的流浪者嘛。"白柳理不直气也壮地回了一句，"但 200 积分加上你现在这个破的'水中气泡'，按照我的话来操作足够你活下来了，打开你的系统商店，去买酒精，对就是酒精，欸，你能不能别哭了，你哭的声音都比我说话声大了弟弟……"

等到木柯成功通关，白柳发现自己的钱包里多了一张像是拍立得照片般的崭新钱币，钱币上印着木柯黑白惨淡的笑脸，角落里印着"200 积分"，背后写着"灵魂钱币"，白柳用系统管理器一扫，还会跳出解释——

道具：玩家木柯的灵魂钱币

使用方法：您对玩家木柯拥有灵魂债务所有权，对玩家木柯拥有支配、调控、养成、抹杀等一切权限。

支配、调控、养成、抹杀……白柳眯了眯眼睛——这不就是系统对玩家拥有的一切权限吗？

原来这叫作"灵魂债务所有权"。

那换言之，系统对所有玩家可都享有这个灵魂债务所有权，那进一步可以说，这些玩家在进入这个游戏的时候，算不算是已经把自己的灵魂出卖给了系统？

有点意思。

白柳问："那以后就相当于我是木柯的系统了？那我和游戏官方的系统到底谁对木柯的权限更大？"

系统：正在计算中……当系统与玩家白柳对玩家木柯的调配起冲突时，考虑玩家白柳目前实力不足，以系统的决定为准。

啧，居然以实力为准，那以后他实力更强时，是不是还可以夺走系统对木柯的支配权力？甚至他还可以反过来支配系统？

不过现在这些设想白柳都只能想想，他现在体力值已经见底了，想再多都没用，他走出了那个黑漆漆的裂缝，头晕了一阵，差点双腿一软跪在地上——体力见底的后遗症。

王舜连忙扶住白柳："你刚刚怎么了？挥了一鞭子突然就不动了。"

牧四诚倒是若有所思地看着白柳："你怎么做到的？刚刚木柯用你之前用过的方式通关了。"

"我的个人技能。"白柳虚弱地对他笑笑，"你很好奇吧，需要我再给你展示一下我的个人技能吗？我现在体力值清零了，你给我一瓶体力恢复剂我就再给你展示一下。"

"当然我不白嫖你的体力恢复剂。"白柳故技重施，又拿出了 1 积分硬币，笑，"用 1 积分给你换怎么样？"

牧四诚："……"

呵，鬼才和你换！

一分钟后。

系统提醒：交易成立，流浪者白柳获得一瓶体力恢复剂。

系统提醒：玩家牧四诚赠送玩家白柳一瓶体力恢复剂，价值 180 积分，可恢复玩家 90 点体力值。

牧四诚简直要疯了，他恨不得骑在恢复体力的白柳的背上勒死这个正在懒洋洋喝恢复剂的货，他恶狠狠地逼问白柳："你到底是怎么做到的？！这里是禁止偷窃抢劫的！只允许玩家互相交易和赠送道具！你不可能从我的游戏仓库偷得到东西！"

还是在他面前！两次！梅开二度！

从来只有他牧四诚偷别人东西，这还他妈还是第一次被别人偷了东西！

"个人技能。"白柳仰头一口气喝干了体力恢复剂，觉得手脚有力后，白柳含笑斜着眼睛扫了一眼牧四诚，"如果你需要我再给你展示的话，可以——"

"不、不用了。"牧四诚面无表情地打断了白柳的话，他要是再上这货的当就是个傻逼。

"啊，我昨天缴纳的驻留费用要到期了，我要先退出游戏了。"王舜和白柳打了个招呼，准备退出游戏，顺便提醒了一下白柳，"白柳，待在这个游戏大厅里需要每天向系统缴纳驻留费用，每个级别的玩家驻留费用不同，你这个级别需要每天缴纳 100 积分。"

"我缴纳的费用要到期了，我先下了，下次见。"王舜礼貌地跟白柳和牧四诚告别。

"啧，我也要下了。"牧四诚看了一眼自己的表，扫了一眼白柳，"我现实世界还有事，下次再来找你，白柳。"

"下次我来找你玩游戏。"牧四诚忽然露出一个恶劣十足的笑，"你今天从我手里骗走的，我都会弄回来的，白柳。"

说完这句话，这两个人消失在了游戏大厅内，白柳被王舜带过一次路，按照原路返回了之前"新人区"的登出口，浑身发抖的木柯缩在登出口的角落里颤抖着，满脸狼狈的泪痕。

这小少爷其实长得相当不错，是很精致的日系美少年长相，这种眼角泛红、眼睫带泪的柔弱样子看了绝对让大批女生心疼喊妈妈爱你。

但白柳作为一个只爱钱的雄性游戏设计师，他把为数不多的"母爱"都给了自己设计出来的恐怖 boss 和钱，对人类的外貌缺乏一种基本的共情，打动他起码需要塞壬王那种级别的美貌。

白柳蹲下来，木柯警惕地往后缩了一些，浑身的刺都竖起来了，眼眶里还含着泪，表情都有种挥之不去的蛮横戾气："滚开！"

"初次，不对，第二次见面，木小少爷。"白柳一开口木柯就彻底呆住了，木柯有些怔怔地仰头看着蹲下来的白柳，眼睫上的泪滴在地上，他打了个哭嗝，也不叫白柳滚了，只是木呆呆地一直盯着白柳不放。

木柯认识这个声音，在他将死的时候救了他一命的声音，他卖出灵魂的对象，用200积分就轻而易举烧死了那些他始终摆脱不掉的怪物的、自称是很穷的流浪者的魔鬼。

白柳平静地俯视木柯："你是第二次见我了，不过看来你并不记得，也没关系，毕竟我们现在处于一种全新的关系中了。"

"那就，木柯，初次见面，我是你的灵魂债权所有者，我叫白柳。"白柳对木柯伸出手。

隔了很久很久，木柯才好像是压抑到极致地哇的一声哭出来，他猛地冲向白柳死死地抱住了他，憋了好久的眼泪再一次狂涌而出，木柯好像是好不容易见到家长的小孩一样哭得上气不接下气："你怎么才来啊！！！"

在那一刻，木柯以为自己拥抱的是一个他走投无路不得不依靠的魔鬼，但很久之后，木柯才知道，他拥抱住的原来是伪装成魔鬼的神明。

他对白柳献出信仰和灵魂，白柳赐予他心脏和新生。

白柳带着木柯这个小少爷登出了游戏，登出地点在白柳的家。

登出时间差不多半夜了，这小少爷眼睛简直像是泉眼，出来之后足足哭了一个晚上，哭到自己昏迷过去，还死死抓住白柳的衬衫衣袖不放开，并且白柳一说让他回家，这小少爷的哭声能把房顶掀开，死活都不回去，说他都把自己的灵魂卖给白柳了，白柳居然还赶他走！

还挺振振有词。

白柳觉得是因为雏鸟情结和吊桥效应，导致这小少爷对白柳这个本来应该扮演坏人角色的魔鬼产生了剧烈的依赖感，短期之内如果木柯不能从恐惧里清醒过来，他应该不会轻易离开白柳的家。

但白柳并不想放着木柯在他家里。

理由非常简单，这小少爷哭起来太烦了。

于是白柳在木柯睡着的五分钟后就打电话通知了自己的顶头上司让他来领大 boss 的儿子，现在住在他家不走的木柯。

白柳的顶头上司在接到白柳电话的时候震惊得把咖啡泼到了电脑键盘上。

他一直不太喜欢白柳这个下属，主要是白柳做游戏太有自己的想法了，每次让他加什么随市场大流的元素，白柳都会直接说什么什么"游戏设计已经满了，情节加了会出 bug"之类的，加不进去了。

其实加不进去也不是什么大事，也不是非得要加，但是上司就是很不喜欢白柳这种不听话的态度，一个给他打工的，让白柳做什么做就是了，找那么多借口，搞得他好像多高贵一样。

等到木柯接了白柳的班，几乎不做任何事情，上司不得不替这个小少爷擦屁股。接替白柳的工作之后，才发现以前的白柳并不是不听话，也不是什么找借口，白柳只是实话实说。

现在轮到他来做，挑刺的人就成了木柯，木柯也是一天三四个想法，折磨得上司叫苦不迭，有时候他说加不进去了改不了了之后，木柯就冷笑一声，说你不听我的建议，我可以换一个会听我建议的人坐你的位置。

现在上司的屁股底下的职位也是岌岌可危，好不容易这小少爷不知道去什么地方玩消失了一天，没想到居然出现在了白柳的家里！

上司忍不住多想，这白柳和这小少爷，到底是什么关系……但多想无益，他现在名义上是木柯的上司，实际上就是木柯的保姆，是必然要过去接人的。

等到上司到白柳家里的时候，木柯还在睡，上司见了白柳有点心虚和尴尬，但白柳倒是没什么感觉，他在出来之前用积分

换了十万块钱，这游戏的积分还挺值钱，和人民币的兑换比例是1:1000，一百积分就可以兑换十万。

手里有了钱，白柳现在看谁都是心平气和的，就算是看见这个啥也不懂还老是喜欢指手画脚的上司，白柳也很有礼貌地开门让他进来，说："木柯还在睡，他昨晚哭了一晚，刚刚睡下，你不要吵醒他。"

白柳的本意是不想吵醒木柯继续哭得他脑门疼，但木柯抓住白柳的衬衫（白柳直接把这件衬衫脱给木柯了）没有安全感地在床上蜷缩成一小团，眼尾鼻头都泛着红，身上还有一些可疑的青紫痕迹（游戏的后遗症），配上白柳刚刚那句话——上司木然地接受了这扑面而来的信息量，僵硬地"哦"了一声。

原来白柳和木柯是这种关系啊！白柳怎么不早点和他说？！那他开除谁都不敢开除白柳啊！

"那，要不然，你让木柯继续在你这里睡吧，白柳。"上司其实也不敢叫醒木柯，这小少爷起床气特别大，午睡被人喊醒都要发脾气，更不用说是被人一晚上折腾成这样之后叫醒了。

而且上司也觉得很奇怪，白柳把这小少爷在床上折腾成这样，弄完之后就叫他来接走，怎么感觉，有点渣啊……

白柳当然拒绝了："不要，弄走他，他哭得我很烦。"

上司："！！！"

好渣啊！这种渣得人神共愤的言论白柳是怎么理所当然地说出来的！

木柯被两人的说话声吵醒，他的睫毛颤抖了两下，还没有醒来，下意识抱紧了自己怀里的衬衫，小声呢喃了一句："白柳……"

看到这一幕的上司表情更是一言难尽，用谴责的目光看着白柳，白柳好像没感觉一样，他在工作的时候这个上司每次提意见被白柳打回去的时候也老是用这种"你做错了事情"的谴责眼神看他，白柳早就习惯了。

他很平静地喊了一声："木柯，起来，有人来接你了。"

木柯缓缓转醒，他看到床边的上司就明白了白柳喊人过来接他了。

木柯反应十分剧烈，他下意识想去抓白柳的手，对着上司很是厌烦暴躁地斥责，后背弓起龇牙咧嘴，好像一只要被带去自己不喜欢地方的猫："走开！我不回去，我就待在这里！"

"这里是我的地方。"白柳的态度还是淡淡的，他躲开了木柯来抓他的手，"而我不允许你待在这里，木柯，回去。"

木柯浑身一僵，他转过头看向白柳，想要抓住白柳的手在半路上落空，木柯眼眶又开始泛红，嘴唇翕动着："白柳，我会很乖的，你不要赶走我……"

"我在以我们两人的关系命令你，木柯。"白柳很平静地说，"你没有拒绝的权利。"

白柳其实可以理解木柯不想走，这人的求生欲望非常强烈，而白柳在那种情况下救了他，让木柯在潜意识中把"待在白柳身边"和"可以活下去"画上了等号，与其说木柯现在对白柳是依赖，不如说是木柯是对"没有白柳保护"的环境感到恐惧。

木柯的眼泪滑落，他咬着下唇看了白柳很久，终于顺从地下了床，满脸苍白浑身颤抖地站在了上司背后，木柯的恐惧几乎挂在了脸上。

白柳看着这样的木柯，觉得自己有必要对这个被自己拥有灵魂的玩家发出一定层面的引导，就像是系统对玩家做的那样。

"木柯，如果你一直这么脆弱、不能脱离我生存、拥有更多对我有价值的东西，"白柳轻声说，"那我很快就会抛弃你，懂吗？因为我还可以像对你一样，拥有很多和你一样的人，但你只有我一个。"

"我、我知道了。"木柯嘴唇泛白，轻声应和，他低下头抬手擦了一下眼睛，控制住了自己的哭腔，"我会努力对你有用的。"

围观了全程的上司一脸卧槽，觉得自己好像看了一场冷酷无情脚踏 N 只船的渣攻 PUA 贱受的大戏。面部因为过于震撼呈现一种死机状态，他有点害怕地看了看白柳。

白柳居然敢这么和木柯这小少爷说话！他到底是什么身份？！

木柯跟在恍恍惚惚的上司后面走了，等出了门，憋得不行的上司还是问出了口："木少啊，你和白柳到底是什么关系？"

"什么关系？"木柯眼睛很空茫，他好似在自言自语，"我属于他，他拥有我的灵魂，是我的主人。"

上司："……"

你们到底在玩什么东西啊！

没想到白柳表面上浓眉大眼的，背地里居然是个 SM 高手，而且看样子还是个顶级 S，居然都把木柯这种傲娇的大少爷训成这副小乖猫的样子了……

上司打了个寒战，他瑟瑟发抖欲哭无泪地领着木柯走了。

——感觉自己辞退了很不得了的人。

木柯走了之后，白柳打开了木柯之前赔偿给他的顶配外星人电脑，他开始查询《塞壬小镇》的相关讯息。

在正向搜索、反向搜索、加上杰尔夫安德烈等人名搜索都没有得到匹配信息之后，白柳揉了揉发僵的脖子，若有所思。

看样子那个游戏的确不是现实中的产物，但如果是个虚拟产物的话——

白柳目光深沉地从自己脖子上用食指撩出一根线，上面挂着一个中间穿孔的一块钱硬币，是他在游戏中的管理器，白柳在手背上好似玩弄地翻转了几下，但这个硬币毫无反应，没有弹出任何游戏面板，他目露思索。

——如果游戏是个彻底的虚拟产物，这个东西是怎么跟着他来到"现实"的？

并且，白柳拨弄了一下硬币，硬币和一片薄如蝉翼的鳞片分开，一片质地像冰的半透明鱼鳞被线穿过挂在了白柳的脖子上，贴在硬币上幽幽地散发着斑斓氤氲的光。

白柳是出来之后才意识到，自己脖子上突然多了一片鳞片，要是没猜错，这就是他得到的那个道具"塞壬王的逆鳞"，就是不知道为什么会在他完全没有取出来的情况下，跟着他一起从游戏里出来。

但考虑到系统对这个道具的建议——"鱼鳞代表了塞壬王对你的喜爱的回复，希望玩家长期佩戴"，白柳戴了一夜之后发现没有任何异常之后，也就随它去了。

但这也是白柳正在思考的地方，如果把游戏虚拟化成一个"思维宫殿"这种类似于人的意识构成的东西是不合理的，因为存在硬币和鳞片这种实际的东西，也就是"游戏"应该是一个客观并且真实的存在。

但存在就会有迹象，而白柳却没有在网络上发现任何这个游戏存在的迹象，这就很奇怪。

因为比如除了白柳，一定有其他玩家进入过这个游戏，毕竟一次就会登入一百个玩家，只要有一到两个存活出来随便发个和这个游戏有关的什么帖子或者微博或者朋友圈，在这种数据流通极快的大数据时代，白柳就会查到，但白柳没有查到任何和这个游戏概念相似的东西。

存在过的东西就一定有痕迹……白柳思索着，没有痕迹的原因……

除非是这个痕迹被抹消了。

白柳眯了眯眼睛，他打开微博，输入了一段《塞壬小镇》和游戏的具体信息，点击了发送，结果他就亲眼看着自己发出去的微博像是褪色一样淡化然后消失不见了。

果然，"游戏"具有高于"现实世界"的权限，可以篡改现实世界的"事实"。

这是一个被篡改之后的世界，而他们这些被选中的"玩家"发现了这个"真实"，却被"禁言"了，无法透露这个"真实"的丝毫。

就是不知道这个"禁言"能到什么程度了，客观存在可以记录的东西是很好篡改抹消的，像是删除记在纸上的文字和发出去

的微博朋友圈之类的，这种程度的"抹消"，现实世界的人类也能做到。

白柳从抽屉里找出自己屏幕摔得稀烂也没舍得换的手机，找到里面一个朋友的电话，拨打了过去，在对方反应过来之前就语速飞快地把自己遭遇的一切都说了，朋友听完之后接连卧槽，白柳的手放在桌子上敲打，随着敲打漫不经心地低声倒数："七，六，五……"

"你倒数干什么啊！你快和我继续说说你遇到的这个事情啊！我靠是真的吗，不是你编的吧，这也太刺激了——"

白柳垂眸："三，二，一。"

朋友的声音戛然而止，然后开始变得迷惑起来："欸，白柳你打电话给我干什么？欸？！我什么时候接了你的电话的！我怎么一点印象都没有！"

"没什么。"白柳随口敷衍道，"就是想你了，打个电话给你。"

七秒是白柳刚刚发出微博到他发的最后一个字彻底消失的时间，他特地记了一下，没想到"游戏"连人类的记忆这种"非客观存在"的东西也能轻易篡改，而且也只需要七秒就能彻底篡改完毕，没有多花一秒时间。

看来篡改人的记忆的难度对于"游戏"来说，也并不比篡改一段数据大多少。

"呕呕呕，白柳你这种人只会对钱说想吧，别恶心我了。"朋友显然对白柳很是了解，一边开玩笑一边问，"说真的，你怎么想起给我打电话了？有事？"

"我在想一个问题，陆驿站，你说人的记忆是不是只有七秒？"白柳散漫地在桌上敲击手指，用笔在纸张上记录他在游戏中的经历，然后再看着这些文字一个又一个地消失。

陆驿站的声音一顿，好似有点迷惑："你怎么突然思考这种哲学的问题了？而且你这个问题也错了吧？原话不是鱼的记忆只有七秒吗？"

“我记错了吗？”白柳懒懒地撑了个懒腰，“或许吧，毕竟只有七秒的记忆，记错事情也很正常，欸，你说有没有可能这句话的原句是'人的记忆只有七秒'，然后被什么东西篡改成了'鱼的记忆只有七秒'，用来糊弄我们这些只有七秒记忆的人类？”

陆驿站已经习惯白柳失业之后说一些很奇怪的话，他哭笑不得：“你失业之后都在想些什么？我今天发工资了，请你吃饭，别思考这些人啊鱼啊七秒记忆了，要是人都只有七秒记忆，你让我们这些天天要背法文条款的人背书的时候怎么办？”

“你请吃饭我当然来。”白柳随手把脖子上的硬币丢进领口里，被和硬币不同的冰凉触感冰了一下，是那一片塞壬王的鳞片贴在他的心口上，白柳还没挂断电话，他鬼使神差地问了一句，“如果人的记忆只有七秒，鱼的记忆也只有七秒，陆驿站你说——人鱼的记忆有多少秒？”

“你怎么还在纠结这个问题啊，还扯出人鱼来了。”陆驿站无奈笑道，“按照你的假设，人和鱼的记忆都只有七秒，人鱼的记忆肯定更短吧，零点几秒？”

“应该吧。”

虽然对那条叫塔维尔的人鱼说了再见，但可能在白柳离开的一瞬间，对方就把自己给忘了吧。

白柳很少因为被人遗忘忽略产生失落感，他本身不追求人类认可，只要有钱自娱自乐也活得不错，但塞壬王真是一段前所未有的美丽的数据，就连白柳这样毫无感情的家伙，也对自己在对方记忆里的几秒被消抹，产生了一点微弱的遗憾。

不过也只是一点而已，只有鱼鳞那样大小的一点。

陆驿站和白柳能玩到一起，主要是因为两人如出一辙地吝啬，这两人通过分享各种打折抽奖信息成为了无可动摇的革命好友，当然也有人觉得这两个人玩在一起，只是因为他们都没有父母，是一对可以互相理解对方的凄惨的孤儿。

白柳在烧烤摊上刚坐下，陆驿站就眉眼弯弯地开了口：“白柳，

我要结婚了。”

“恭喜恭喜。”白柳对此倒是不惊讶，陆驿站和他女朋友在一起好几年了，结婚很正常，“那今天这顿我请，等下再给你包两千的份子钱。”

陆驿站差点一口冰啤酒喷在白柳脸上，他愕然地瞪大了双眼：“你疯了？！又是请客又是给我包份子钱？！还两千！！！你不是说你这辈子都不会给人包结婚份子钱，做这种肉包子打狗有去无回的事情吗？！”

是的，这是白柳在一个同事结婚的时候说的话。

这同事平时和白柳这种不假辞色的人不太相处得来，就一直背地里说白柳的闲话，但是结婚的时候倒是一直觍着脸往上凑，想让白柳掏份子钱，还说其他同事都给了一千二，白柳你这里也凑一个月月红，一千二就行了。

这个时候白柳就一脸淡定地说出了“我本人没有结婚的安排，所以我是不会给陌生人包结婚份子钱，做这种肉包子打狗有去无回的投资的”这种石破天惊的发言。

那个同事脸都黑了，他被白柳直接骂成了狗，白柳这意思就他和他老婆是一对“狗男女”嘛！气得同事在背地里疯狂说白柳的脏话，说白柳会断子绝孙。

但白柳听了之后也毫无波动，他的确没有养育后代的打算，所以这种脏话对于白柳来说只是对他未来生活的客观叙述，他没有生气的必要。

“并不是一定不会，我只是不会给陌生人包份子钱。”白柳接过啤酒喝了一口，“但你不算陌生人，我们有来有往，我给你包份子钱不算无效投资。”

陆驿站听了有点窝心又有点想笑：“怎么，你还准备从我身上把这投资的份子钱赚回去？欸说真的白柳，我真不用你掏份子钱，我就是结婚了高兴，想请你过来吃饭，我朋友不多，你算一个，你来我就挺高兴了，而且你现在情况也不好吧？真的算了。”

"等你有钱了我们再来说这些。"陆驿站一边说一边挥手，做了一个虚拟的推拒的手势。

如果说白柳的精打细算是天性使然，陆驿站的抠抠搜搜就是生活所迫。

陆驿站是个穷警察，也就是最近日子好过点，但比起失业的白柳算是好上太多了，他是真不想白柳掏这个钱。

白柳吃了一串烤腰子擦了擦嘴，突然开口："我最近一周赚了十万。"

"噗——！！！"陆驿站真喷了，"你干什么去了？！"

他知道白柳不会骗他，说自己挣了十万就是十万，所以陆驿站是真的惊了："你不会真的去干什么违法犯罪的事情了吧？！我会大义灭亲亲手抓你的！"

陆驿站一直知道白柳的脑子非常好使，但都用在一些很奇怪的歪路上，比如设计恐怖游戏和设计一些无痕犯罪的情节之类的，所以骤然听到白柳暴富，陆驿站第一反应不是柠檬，而是脊背发毛地掏出了手机，警惕地准备报警通知同事。

陆驿站知道白柳这货道德底线非常低，再加上那什么"金钱囤积症"的心理毛病，在没有了收入来源之后，白柳这人能做出什么来还真不好说。

"我换了一份工作，你不用那么紧张，我问过了，是合法的。"白柳一边剥花生一边咯吱咯吱吃着，"这份工作收入很高，就是比较危险，不过还蛮适合我的。"

"什么工作收入能那么高？"陆驿站将信将疑，"一周十万？"

"emmm，大概就是把自己的灵魂出卖给某个大型地下组织，我不能透露这个组织的存在。"白柳摸着下巴思索着，他试图用一种不会被封禁的方式说自己在"游戏"中的经历。

"然后我会登台演出，或者叫直播，在台子上做这样那样出卖身体和灵魂的事情，会有一些奇形怪状的东西来凌辱欺负我，然后给观众看，看我演出的有些观众还会给我打赏很多钱，然后

我就挣到十万了。"

"……"陆驿站脸上出现了迷惑、震惊、恐惧等等复杂的表情，最后定格在怜悯上，陆驿站悲痛地看着白柳，"你在夜总会做鸭吗，白柳？"

白柳："……"

白柳解释之后，陆驿站勉强相信白柳不是在做那什么了，但却坚决不收白柳的份子钱，他觉得这是白柳的卖身钱！他不能要！

白柳："……"

如果陆驿站非要这样理解，好像也不是不可以。

短暂地聚会之后，白柳回家休息了两天，给自己的房东缴纳了半年的租房费用，简单地清扫了一下自己的房屋，就准备进入"游戏"了。

虽然"游戏"要求的是七天进入一次，但白柳觉得他需要提前进去了解一些别的事情。

不过走之前可以吃顿好的，就算是死在游戏里也相当于有顿不错的断头饭，白柳想着，去楼下吃了碗加了个煎蛋的面。

楼下小面馆的老板的手艺相当不错，小面馆里还用架子架起了一台电视，上面满是油污，在正在吃面的白柳的正上方播报社会新闻。

新闻中女主持人的声音清晰明朗："涉嫌奸杀分尸一名高三女学生的重大犯罪嫌疑人李狗的律师再次提起诉讼，称李狗维持死刑原判的证据不足，目前正在准备二次审判中——"

电视上一张满脸横肉的嫌犯照片和一张眼睛打了马赛克的穿着校服的正在微笑的女生照片并排放在一起，鲜明地格格不入。

面馆的男老板也看到了这个新闻，他用围裙擦了擦手，摇头感叹："造孽啊，好好的女娃娃就被糟蹋了，我要是这女学生父母现在可能都要疯了，本来都要判了，现在突然又说证据不足，说证据突然消失了，现在网上吵翻天了。"

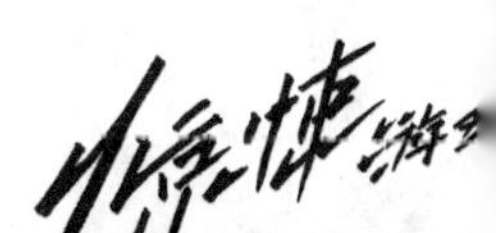

电视上的女主持人还在声调毫无起伏地播报着："目前受害者家属情绪起伏严重，正聚众在法院门口闹事，相关人员已介入调查及协调。"

背后的视频里一个歇斯底里头发凌乱的中年女性被一群人拦着，她憔悴得几乎失去了人形，眼睛周围一圈被泪水泡得发白发皱，就算是用手背勉强擦干净，但在下一个呼吸到来的时候，她好不容易擦掉的眼泪鼻涕已经又掉了下来。

这女人被人架着双臂拦住，但是她却发了疯一般往法院门口冲，几乎半跪在地上号哭，开口宛如一只撕心裂肺的母兽在嚎叫："她才十八岁！！！为什么证据会不见？！为什么所有记录了那个禽兽对我的果果做的事情的证据和文件都不见了？！你们是不是在包庇他？！"

旁边一个中年男人已经被保安人员制服，头被摁在了地上，他凄厉地在地上扭动大叫，衣服都要被他的挣扎弄破了。

男人流着眼泪哭喊着："放开我！！！还我女儿公道！！！还我女儿清白！！把李狗那个畜生叫出来！！我在果果的墓前发过誓，爸爸一定会杀死坏人给她报仇的！"

视频一转，眼睛上打了一圈马赛克的李狗出现在了视频里，他含蓄地压着自己的嘴角，但那种成功犯罪的得意依旧从眉梢眼角里溢出来："没做就是没做，之前的证据都是那两口子虚构来嫁祸我的。"

"我这种好人，"李狗咧开嘴角，被马赛克蒙住的眼睛和一直上扬的嘴角让他的表情有种诡异的狰狞和暴虐，他嘶哑地低语着，"老天都会帮我的，那种随意造谣我的坏人，才该被烧死。"

"好惨啊。"面馆老板是个面团般柔软胖乎乎的男人，现在看一个社会新闻看得用围裙抹眼泪，"这两口子我还认识，之前住我们这边，女儿叫果果，成绩还挺好的，没想到……怎么会出这种事呢？"

"突然消失的证据？"白柳吃完最后一口面，他看着屏幕上

234

的社会新闻挑了一下眉毛。

这种抹消某种客观存在的手法，和"游戏禁言"的手法有点微妙的相似啊……

"这个女孩子的墓地在什么地方？"白柳咨询面馆老板，"或者你有她父母电话吗？"

面馆老板一愣："有倒是有，你要干什么吗白柳？"

"我或许可以帮他们。"白柳擦擦嘴，在桌上放了十块钱压在面碗下后站起。

面馆老板一愣："帮他们？你怎么帮？"

"用一种非常规又合法的手段。"白柳平静解释。

白柳已经发现了，这个游戏完全就是传销式的推广方法，玩家和玩家就像是多米诺骨牌一样一个接连一个，被一些看起来好似毫无联系，但其实有一定内在联系的事情碰倒，陷入被"游戏"预设好的圈套和绝望之中激发强烈欲望，从而再被收纳进"游戏"，成功贩卖灵魂给"游戏"来满足自己失控的内心欲望。

进入游戏的条件是有强烈到不顾生死的个人欲望，比如白柳的要钱不要命。

如果白柳没有猜错，可能这个世界上的"玩家"中，很快就会多出一对伤心绝望的父母了。

那个"李狗"应该也是一个玩家，这个"李狗"使用道具消除了自己的罪行，而李狗这种行动迫使这对失去爱女的父母求助无门，陷入极端的复仇欲望之中，从而达到游戏收纳玩家的标准。

就像是"木柯"因为心脏不好想要体验人生，空降在白柳原先的岗位上，迫使白柳下岗之后陷入对金钱失控的渴望中，从而进入游戏。

这个世界里的每一个人，就像是"游戏"手下的棋子或者积木，"游戏"宛如神明般地随意玩弄摆弄着他们的人生，就像是在进行一场有趣的游戏。

多么狡猾又残忍的"游戏"。

CHAPTER　10

　　面馆老板找给白柳两个一块钱硬币，白柳把这些硬币装进了自己的旧钱包里，这位面容和善的面馆老板犹豫了很久，还是告诉了白柳那对夫妇的电话和地址，用一种唏嘘的口吻说要是你能帮，就帮帮他们吧，人活着都不容易。

　　白柳离开面馆的时候天上下起了蒙蒙的小雨，他撑着一把纯黑的伞，坐了一班公交车来到了面馆老板说的墓地，在一片静默的墓碑里，他很快找到了那对在电视上出现过的父母。

　　他们没有打伞，红着眼眶淋着雨站在女儿的墓碑前，他们手中唯一的一把伞被放在了墓碑上，遮住了墓碑上笑得开心快乐的果果的黑白照片。

　　"你就是……白柳？"刘母的声音因为哭了一早上，泛出一种粗粝的哑，她用一种满含戾气的眼神看着白柳，"你打电话说你有办法可以将李狗绳之以法？你有什么办法？或者说你想要什么？钱吗？”

白柳在雨中微笑着，蒙蒙的雾气在他的脸上晕染出一种奇异的圣洁感："我来和你们做一场交易，但我不要钱。"

这可能是白柳这辈子第一次说出"我不要钱"这种话。

他说："我帮你们实现你们的愿望，帮你们把李狗大卸八块，而你们将灵魂贩卖给我。"

刘母早有预料地嗤笑了一声："灵魂，又是一个骗子。"

她木然地转过头去，看着墓碑上果果的黑白照片眼眶又泛起了红。

刘父警惕地看了白柳一眼，因为果果的事情，他们这段时间求助了不少人，各种办法门路都想过试过了，也遇到了不少五花八门的骗子。

他们这次来见这个据说可以让李狗得到报应的人的时候也做好了对方是个骗子的心理准备，但他们还是准备来碰碰运气，不过没想到白柳一开口就这么离谱，说要买他们灵魂的骗子，他们还是第一次遇见。

这简直是在玩弄他们的感情了。

刘父冷声警告："骗子，滚！"

白柳不为所动地单膝蹲了下来，他平视着墓碑照片上的果果，念道："李狗，47岁，于数月前在马家巷巷口杀死女学生刘果果，入狱审判，因情节恶劣影响严重判决死刑，一周前所有和证据相关的文件突然离奇全部消失，相关人员也纷纷记忆模糊表示不记得是否有见过证据，此案重审。"

听到这些话，刘果果的父母的眼神变得满含怨愤，两个人都咬着牙齿握紧了拳头恶狠狠地看着白柳。

白柳就像是没注意到这两个人已经被自己述说的事实激怒，准备打自己一般，他继续平静地说着："如果我没有猜错，这个李狗在之前就说过自己一定会无罪出狱，证据会消失这种话了。"

"你怎么知道？"刘母惊疑不定地看着白柳。

他们一直密切关注着这个李狗在狱中的反应，之前刚刚入狱的时候这个李狗暴躁又疯魔，在知道自己很有可能判死刑之后更是成天大喊大叫，愤恨不已地说自己要报复他们。

但不久之前这个人的态度突然变了，最近一两周这个李狗甚至会心情很好地哼歌，还放话说自己迟早要从这个鬼地方出去、那些证据都会消失、老天爷不会冤枉好人之类的话。

似乎早就料到了自己会出狱，所以她才怀疑有人包庇这个畜生。

"唔，你们可以理解为这个李狗和某种魔鬼做了交易，出卖了自己的灵魂，所以才能神不知鬼不觉地抹消证据。"白柳撑着膝盖站起，他平视这对犹豫忐忑正在打量他的父母，"我算是来和这个魔鬼抢生意的吧。"

刘果果的父母将信将疑地看着白柳，似乎不怎么相信他的话，但看着他的眼神又带着一丝走投无路孤注一掷的绝望和希望。

关于李狗的这些信息，消息灵通点的人也的确可以打听到，不排除白柳是个知道了一些东西就来骗他们的骗子。

但所有能用的办法他们真的都用过了，就连请大仙给果果超度这种之前他们会笑封建迷信的事情，他们也做了好几次了。

"你有什么条件？"刘果果的妈妈谨慎地问道，"是要钱吗？但我们没有多少钱了。"

白柳微笑："我一开始就说过了，我不要钱，我要你们的灵魂债务权，完整的。"

他只是好奇，如果他在他们进入"游戏"之前就抢先收购了这些"玩家"的灵魂，系统会怎么样？

会不会在"游戏"中拥有对这些玩家比系统更高一级的权限？

如果白柳拥有比"系统"对这对父母更高的灵魂权限，他是不是就能通过操控这对父母从而操控这对父母的系统，最终达到对系统的支配？

白柳喜欢钱，但讨厌被人骑在头上挣钱，这让他有种在公司里做底层社畜的憋屈感，所以他想尝试一下能不能反过来支配系

统，拥有最高权限。

似乎是察觉到了白柳危险的想法，白柳胸前的硬币开始发烫，他耳边响起那种电流信号不良的警报声。

系统警告:刺啦——禁止玩家白柳——刺啦——抢先收购预备役玩家的灵魂债务权!禁止玩家白柳在游戏外与非玩家进行交易!

系统警告：即将——刺啦——封存玩家白柳的旧钱包技能！

白柳遗憾地叹息，在"现实世界"被"游戏"监控的情况下抢"游戏"看上的"预备役玩家"的灵魂果然不行吗……

也对，"游戏"应该不会允许比它权限更高的玩家存在，换白柳做游戏设计师，他也会阻止的，不过白柳还是来试了试，不成功也就算了。

白柳刚想放弃的时候，他胸前和硬币挂在一起的那片鱼鳞开始缓慢地生长延展包裹住硬币。

冰凉的鳞片包裹住滚烫的硬币，硬币瞬间冷却下来，系统发出仿佛惨叫声般的电流滋滋声：

警告——滋滋——鱼鳞中的异常数据正在入侵——bug 数据入侵——正在清除异常数据——异常数据清除失败——被异常数据占领——滋滋滋滋——

在一阵乱七八糟的电流声过后，响起了一道全新的、冷淡又带着磁性的电子男声。

系统：玩家白柳你好，请问你是否使用个人技能?

这声音让白柳微妙地扬了一下眉尾，他的系统声音，变得有点微妙地熟悉，虽然还是带着电子的无机质，但比之前那个系统的声音冷了好几个度，还非常好听，白柳觉得这个声音，有点像是他遇到的那个NPC"塞壬王"的声音……

白柳笑："当然使用。"

刘果果的父母听不懂白柳的一些话，他们迟疑着，但他们也实在是没有别的选择了。

就算白柳是个骗子，是个来哄骗他们的传销分子，拜托请给他们，请给果果一点希望吧！就算是假的也好啊！

刘母率先崩溃地捂着脸跪下，她流泪道："只要你能弄死李狗，你要什么都行！都拿走吧！我把所有的钱都给你都可以！"

这是把白柳当成黑社会了。

白柳勾唇笑着："不，我不会要你们一分钱，相反，我还要给你们钱。"

他从自己的旧钱包里拿出面馆老板找零给他的两个硬币，放在手心上摊开递过去。

白柳垂下眼帘："我用一块钱买你们的灵魂，你们是否愿意和我进行这场交易？"

刘母咬咬牙接过了硬币，刘父也在迟疑几秒过后，从白柳的手心里拿走了硬币。

"愿意。"

无论这个人是干什么的，只要愿意帮他们给果果报仇，就算是个满口胡话的神经病，他们也愿意试一试。

系统提示：玩家白柳使用两元（人民币）分别购买了刘福和向春华的灵魂。

系统提示：玩家白柳是刘福和向春华的优先购买者，享有最高权限，可以通过售卖转移部分刘福和向春华的灵魂债务权。

向春华在说出那句话之后，她身体有种奇异的蒸腾感，就好像某种沉重的东西从她疲惫的躯壳中被抽走，换了一个地方储存

起来。

　　她看向面前笑眼弯弯的年轻人，心中有股油然而生的说不出来的信赖和诚服感。

　　向春华怔怔地问出口："你叫，白柳是吧？你是做什么的？我们要去什么地方找你？"

　　"我失业了，是一个贫穷的流浪者。"白柳垂眸看着钱包里多出来的一张崭新的钱币，"你们会在一场游戏中找到我，希望我见到你们的时候，你们已经活着通过了第一场游戏。"

　　钱币上，向春华和刘福一左一右带着满脸绝望的泪痕站在墓碑旁边，两个人分别把一只手放在墓碑顶上轻轻抚摸着，就像是在抚摸自己孩子的头顶，而墓碑上的刘果果被伞遮着挡雨，脸上笑颜如花，钱币的右下方写着"2元"，背后写着"灵魂钱币"，下面跟着一行小字：非系统银行发行，最高权限不归属系统，归属于所有人白柳。

　　白柳微微弯起了嘴角。

　　"嘿，新系统，做得不错。"

系统沉默两秒：多谢夸奖。

　　白柳胸口包裹住硬币的鱼鳞微微热了一下，又重归冰冷。

　　离系统规定的一周必须要进行的一次游戏倒计时还有不到两天，白柳准备进入游戏了。

　　他整理好了东西，给木柯发了消息说他要进游戏了，然后给向春华和刘福打了电话，好几遍都没有人接，打座机也无人接听，白柳心里就大致有数了——这两个人应该已经进入游戏，陷入昏睡了。

　　白柳洗了一个澡，换上了他自己最喜欢的很舒适的带绒球的小丑睡帽和班尼睡衣，给自己把被子盖到胸口，手上握住胸口的硬币在心里默念了两遍："登入游戏。"

系统：玩家白柳是否确认登入游戏？

白柳闭上了眼睛："确认。"

系统：正在登入……

"等等！"白柳突然又睁开了眼睛，猛地起身去上了个厕所，又把家里的电闸、天然气阀门和水闸关了，才满意地躺好，"现在开始登入吧，不然我睡着的时候开着这些阀门会漏一些水电气，会浪费钱。"

系统：……
系统：正在登入游戏……

白柳陷入一阵旋涡般的黑色睡梦中，等他再次苏醒过来的时候，他已经站在人来人往的大厅里了。

系统：鉴于玩家白柳有小部分知名度，是否调整部分外貌数值隐藏身份？

"还可以调外貌数据？"白柳起了点兴趣，"我可以自己设计绘画外貌吗？"

他蛮擅长捏脸画画的。

系统：可以，进入自主捏脸程序，需要支付 300 积分，玩家白柳是否支付？

"要给钱的啊？"白柳迅速地放弃了，"那你看着办随便免费调调就行。"

系统：进入脸部随机调整程序——瞳色改变（黑→蓝），发色改变（黑→七彩），唇色（肉色→黑）……

很快，一个顶着七彩脏辫鸡窝头，涂了黑口红，让人一看到就联想到"傻昱 1 种悲殇"之类的话的人就在游戏大厅里态度平淡地闲逛了，吸引了旁边无数呆滞又震惊的目光。

便宜没好货，白柳预料到了自己这张免费调出来的脸不会太好看，所以他也就坦然接受自己一副非主流杀马特的样子了。

反正他看不到自己啥样，辣的也是别人的眼睛，白柳很无所谓。

白柳一边刷着游戏管理器上的论坛，一边到处走了解这个游戏的内部构造。

游戏大厅由"直播小电视区域""游戏登入区域"以及"游戏登出区域"三个区域构成。

玩家可以在"游戏登入区域"选择游戏登入，登入后游戏的过程会播报在"直播小电视区域"的各种小电视里，最终成功通关的玩家会在"游戏登出区域"登出，而失败的玩家就会永远被困在游戏中，或是被完全异化成为怪物，或是直接死亡。

三个区域里最复杂的是"直播小电视区域"。

这个区域的构造简直像迷宫，不同区域的装修风格相差极大，彼此违和地镶嵌在一起，白柳几乎逛花了眼睛，各种各样的分区专区推广位中，有几十上百万个小电视播放着不同玩家的游戏过程。

白柳的小电视去过的"新人区""死亡喜剧专区""单人游戏分区"只是"直播小电视区域"上千个分区中的三个而已，推广位的种类更是五花八门，一个分区就有几十种不同类别的推广位。

但推广位还是有高低之分的。

在所有分区推广位当中，最难登上、含金量最高的是"中央大厅国王推广位"，只有当日综合数据排名前十的玩家才能登上，几乎成了大神驻扎的地方。

白柳看见论坛里说，这个推广位已经很久很久都没有新人登上过了，其中第一第二名更是雷打不动，只要"黑桃"和"红桃皇后"进入游戏，他们的小电视就是"国王推广位"排名第一和第二。

而对于新人来说，最顶级的推广位则是"中央大厅噩梦新星推广位"，牧四诚就常年在这个推广位的第四名。

白柳上次上过的"中央大厅核心推广位"的确不错，但放在所有推广位当中来说，只能算是"高级推广位"，是付费用户比较多的推广位，和几乎所有玩家都关注、都会花积分看的"顶级推广位"还差一个层次。

牧四诚说自己很难登上这个"中央大厅核心推广位"的原因是他发挥不稳定，牧四诚发挥好的时候大部分都跳过这个推广位直接上了"噩梦新星推广位"，而发挥不好的时候，牧四诚就摸不到"核心推广位"的边。

有最好的推广位和最高的分区，当然还有最差的分区和最差的推广位。

白柳的脚步停在了一处荒凉的，好似垃圾站的区域门口。

这区域的墙壁一片纯白，小电视没有被很好地规整摆放好，而是歪歪扭扭堆成了一座小山，小山般的小电视里是很多玩家正在挣扎求生的可怜模样。

电视屏幕上大多有噪点，看起来小电视质量不太好的样子，有些小电视干脆就是雪花屏幕，也不知道里面的玩家是死是活。

这"电视山"非常长，长得像一列看不到尽头的火车，从白柳站着的门口一直往里延伸进一片空旷的纯白里。

无数扭曲的玩家的声音充斥着这个纯净又杂乱的区域，很像白柳在电视里看过的那种很有未来科技感的电子仪器遗弃之地，这个区域的门口的招牌好像随时都会掉落，上有四个歪歪扭扭的大字——"无名之地"。

这游戏真是露骨地残酷，最高的玩家等级就是"国王"，最低等级的玩家连名字都不配拥有。

这是唯一一个没有任何推广位分类的区域，当然也没有区分

的必要，看起来在这个区域的任何一个地方用小电视直播，推广效果都应该差不多，因为这个地方没有一个观众，而落入这个地方的玩家，几乎没有任何翻身的可能了，这里相当于是这个游戏的监狱，只有被彻底放逐和放弃的玩家才会沦落到这里。

白柳站在这个冷清寂寥的"无人区"思索着一些问题，论坛上讨论他却讨论得热火朝天。

那个第一次视频就进了 VIP 库的新人玩家白柳的七天倒计时要到了，赌一赌他下次选什么游戏！

1l：他真的好擅长玩诡辩思路，我复盘他上一次的《塞壬小镇》的游戏视频三次了，每次都有新体验，我好想看他玩新游戏！

2l：我也我也！我想看他玩多人游戏！单人游戏的收益和奖励都远远比不上多人游戏，而且多人游戏竞技性和趣味性更强，我好想看白柳和大佬们对刚！

3l：这个叫白柳的的确喜欢玩非常规套路，但在多人游戏里，玩非常规套路很容易翻车吧？

第一，白柳无法确定每个人都会配合他那种奇奇怪怪的思路，多人游戏变数比单人游戏大得多。

第二，如果遇到杀手类型的玩家，就喜欢杀死玩家抢劫道具和积分这种，白柳这种积分和道具都很多的肥羊很容易被抢劫杀死的，大厅里禁止抢劫杀人，但是游戏里可是不禁的啊……

4l：我觉得他最好就在单人游戏区待着，多人游戏区这种大佬云集动不动就大屠杀的区域不适合白柳这种奇门诡辩思路的玩家，他那个 F 级别的面板属性进去可能连第一个主线任务都没有完成，就被其他玩家杀了……

5l：也不一定吧？白柳在《塞壬小镇》里不是靠着精神值下降狂暴面板属性涨到了 A+ 级玩家的层次吗？遇到了大佬也不一定就会被虐吧？

6l：……我弱弱地说一句，我觉得白柳上次《塞壬小镇》那个什么"狂暴巅峰"精神值只有 0.1，到了 A+ 级玩家的层级，纯粹就是运气好吗……万一精神值没稳住，直接跌到 0 了，他不就直接 GG 了吗？

71: 多人游戏区还是要各项属性很均衡的玩家，白柳这种"偏科"严重、智力值太高攻击值太低的玩家真不适合多人区，去多人区就是不自量力地找死。

81: 多人游戏的核心看点是竞技啊，游戏中综合评定第一的玩家得到的奖励和其他玩家得到的奖励完全不是一个量级的，去多人游戏大家都是奔着第一去的，但白柳毫无单人竞技优势，啧啧，看起来只能依附于某个大佬当智囊……

91: 如果有公会愿意养他，给白柳配一个高攻击团队的玩家，让他做"脑"来操控其他玩家，倒是可以走多人游戏这条路，就像那个谁，积分榜排 199 名那个玩家"提线傀儡师"，不就是靠操纵其他玩家登上积分榜前两百名的吗？

101: 楼上有没有搞错啊，我作为"提线傀儡师"的粉丝要闹了好吗！不是随便什么人脑子聪明点就能成为"提线傀儡师"那种级别的大神的，白柳和"提线傀儡师"他娘的完全就不是一个量级的玩家好吗？这越银河系碰瓷了谢谢！

首先"提线傀儡师"是国王公会里的大牌玩家，国王公会养他的手笔很夸张的！

他手里所有"傀儡玩家"都是国王公会给他精挑细选的，随便一个单独拿出来面板属性都能吊打白柳，而且"提线傀儡师"本人智力值 93 好吗！93！

白柳只有 89！而且白柳是上次运气比较好，没有什么大神开直播，偶然冲进了前一百名，现在早就掉下去了，现在白柳的综合排名三千开外好吗！"提线傀儡师"排名一直稳定在前两百！

111: 这个"提线傀儡师"真挺谨慎聪明的，在游戏里都是隐藏在自己的"傀儡玩家"里保护自己，我这个追了他好多期游戏视频的人现在都还认不出"提线傀儡师"长啥样，我有时候甚至

找不出他是哪一个玩家……

121：说起来，"提线傀儡师"上次游戏不是死了一个"傀儡玩家"吗？国王公会好像在给"提线傀儡师"招新的"傀儡玩家"，唉，那开的待遇真的好好，虽然只是做傀儡，一次游戏都给1000积分，还有道具可以拿，要不是我不够格，我也想去应聘呜呜呜

131：别想了，已经招完了，好像是一个叫李狗的玩家应聘上了……

…………

王舜看着论坛里大部分说上一次白柳冲上核心推广位只不过是运气好的言论只想笑，他摇摇头，关上了游戏管理器。

看来，大家都把白柳的幸运值是0这点给彻底遗忘了，要是白柳都算运气好，他们这些随随便便幸运值都上30的普通玩家岂不是幸运之神的宠儿？

不过，怎么说，王舜还是赞同论坛里一些观点的。

白柳现在确实不适合玩多人游戏，多人游戏集中了整个游戏中百分之八十以上的玩家，竞争不是一般地激烈，白柳虽然上次狂暴的确爆出了A+玩家级别的身体素质，但他要爆出这种素质必须要精神值跌到0.1才行。

0.1的精神值，太危险了，怪物随便弄一下就清零了。

虽然白柳潜力很高，但现在明显还处于发育期，最好不要去死亡率和竞争都更残酷的"多人游戏区"，最好是在"单人游戏"里把面板属性苟足够之后，才去"多人游戏"试水，当然对于白柳这种极具潜力的新人来说，还有一个更快的发育方法。

那就是直接加入大公会。

王舜作为国王公会的成员之一，因为个人技能和信息收集有关，所以主要负责的工作有两个，一个是收集各类游戏的通关数据，还有一个就是替公会寻找很有潜力的新人并且网罗对方，王舜本来想把白柳的数据报上去，但看到国王公会里正在给"提线傀儡师"

招收"傀儡玩家"的公告，王舜又犹豫了。

要是现在把白柳报上去，白柳优越的智力数据和精神值数据多半会被"提线傀儡师"注意到，很容易被强制选成"傀儡玩家"。

对于一般的玩家来说，被选成"傀儡玩家"似乎是一件相当不错的差事，但是对于白柳这种发展潜力高达 S 级的新人，做一个傀儡未免太可惜了。

还有一点就是，王舜在做数据统计分析的时候发现，给这个"提线傀儡师"做过"傀儡玩家"的玩家的面板在做了傀儡之后，要么就再也没有涨过了，要么是涨得非常缓慢。

倒是"提线傀儡师"，智力点一路从只有 71 点，涨到了 93 点，其余各项面板属性也在飞涨。

这些数据只有王舜这个国王公会内部做数据收集分析的才清楚，他很早之前就猜测过"提线傀儡师"的个人技能不光是"操纵玩家"，还有"潜力吸取"，但现在很多玩家知道的"提线傀儡师"的技能都只有"操纵玩家"这一点。

许多被王舜评测为高潜力的玩家最终都落入了"提线傀儡师"的手里，成了傀儡，渐渐地变得平庸，然后被"提线傀儡师"遗弃或者干脆就在游戏中死去，从一块打磨一下就能散发出光泽的玉石彻底变成了一块被人吸干捏碎的泥土。

王舜在觉得可惜的同时，也不得不接受这个无奈的现实。

游戏中就是这么弱肉强食，底层玩家被榨取利用完仅剩价值之后，就会被公会或者强者随手扔弃，在这里，最不值钱的东西不是 1 积分一个的滞销打折商品，而是人命。

所以加入公会对于白柳这种非常招人眼球的玩家，不一定是最好的选择，他太容易被公会里面的条条框框钳制然后被上级玩家利用了，当年的牧四诚也是看透了这一点，所以咬死了没有加入国王公会。

说来也巧，当年看上牧四诚要牧四诚加入国王公会的也是这个"提线傀儡师"，牧四诚直接就说自己不会做任何人手下的傀儡，

被任何人支配，拒绝了傀儡师的邀请。

后来牧四诚还在这个傀儡师的手里吃了不少苦头，后期自己变得很有实力，排名渐渐爬到了综合积分榜三百名左右，才被"提线傀儡师"放过。

不过白柳这个目前排名在三千多名的，很有潜力的新人玩家就没有那么容易被"提线傀儡师"放过了。

虽然王舜出于私心，并没有向国王公会内部提交白柳的个人信息，但白柳惹眼的表现和面板数据，还是吸引了"提线傀儡师"的注意力。

"提线傀儡师"已经卡在"智力值 93 点"这里很久很久了，他需要一个高智力的玩家作为他发育智力的"养料"。

有比白柳这种只玩了一场单人游戏的新人玩家更好的养料吗？没有了。

王舜有点想提醒白柳注意一下这个"提线傀儡师"，而"提线傀儡师"的人也在找白柳，但白柳顶着一个七彩鸡窝头涂着黑色口红的样子，就算是现在站在陆驿站这个和白柳玩了十多年的人面前，陆驿站都未必认得出他面前这个人就是白柳。

出乎意料的是，有人透过白柳奇形怪状的外表认出了他。

牧四诚抱胸一言难尽地看着站在游戏登入口的白柳："……白柳，现实世界对你做了什么，在短短几天之间把你变成了这副人畜不分的模样？"

"你能认出我？"白柳倒是略有些惊奇。

他顶着这副面貌在大厅里招摇过市好几圈了，也没有人认得他，牧四诚一个照面就确定无疑地把他认了出来。

牧四诚略微有些得意地笑，笑得露出了一边的小虎牙："想不到吧白柳，你怎么伪装我都能认出你，我说了我要让你把上次从我这里偷走的东西全部还回来，你逃不掉的！我能找到你！"

"你不靠外貌认人的话……"白柳扫了一眼牧四诚头上帽子上那个很诡异的嘻哈猴，"你靠嗅觉把我认出来的吧，你的技能和这个猴子有关吧？强化五感？”

牧四诚的笑意越来越浓：“猜错了～我的个人技能不是强化五感，不过我的确是靠嗅觉把你认出来的，你身上有一股很浓的铜臭味，或者说钱味。”

“那还应该挺好闻的。”白柳不以为意，他很平静地看着牧四诚，“你找我有什么事？”

“一个玩家找另一个玩家……”牧四诚抬头看着白柳背后巨大的游戏登入口，脸上的笑意晦暗不明，眼中红光闪烁，“当然是为了玩游戏啊，我可不允许你龟缩在单人游戏里，那多无趣啊，死亡率也太低了。”

白柳赞同地点点头：“在我发现多人游戏的积分奖励是单人游戏奖励的十倍之后，我就放弃了这个贫穷的分区。”

“……”牧四诚想要吓唬白柳的话全部卡壳，他有点无法理解地看着真的在很认真地筛选自己要进入的多人游戏的白柳，郁闷地问，“不是，白柳，去多人游戏很容易死亡的，你不怕吗？”

白柳背后登入口的旁边是一个巨大的投影屏幕，上面随机分布着各种各样的游戏的封面和名字。

白柳用手臂支着下巴挑选自己要进入的游戏，飞速浏览着这些游戏，并没有给牧四诚一个多余的眼神，他淡淡开口道：“客观事实上，我存在对死亡的恐惧，但这种恐惧和贫穷给我带来的恐惧对比起来，又不值一提了。”

牧四诚完全搞不懂白柳的脑回路，但是白柳带给他的憋闷却无比真实：“不是，你进入这个游戏都不慌的吗？你也太冷静了点吧？”

白柳一目十行地看着屏幕上的游戏，一心两用地和牧四诚交谈着：“我冷静不害怕的原因可能是我来这个游戏抱有的是一种来上班的心态吧。”

“来上班？”牧四诚彻底无语了，“你来恐怖游戏里上班？”

“对，一周工作一次，可以有五天休息，一次干得好至少可

以挣二十万，没有任何上司来克扣我的奖金和工资，并且整个过程中不需要和一些无法理解我的人类打交道，跟他们虚与委蛇或者勉强交流，我只需要做我擅长的事情——玩恐怖游戏就好。"

白柳终于舍得转身看了牧四诚一眼，他耸耸肩："除了死亡率稍微高一点。但我在现实世界里工作的时候也经常熬夜，什么时候猝死也不一定，所以死亡率高这点也可以忽略不计。综上，这对于我来说就是一份高收入的理想工作，我在现实世界里是绝对无法找到这种工作的，所以很难对游戏产生什么畏惧心理吧。"

牧四诚："……"

牧四诚感觉自己他妈的，被白柳这货说服了。

"我能问一下吗？"白柳询问牧四诚，他指着这个巨大的墙壁上各种各样的游戏，"这个游戏中的恐怖游戏是只有这屏幕上的这 100 种吗？从游戏中小电视和玩家的数量来看，100 种有点太少了，我想问一下还有其他的游戏吗？"

论坛里一般讨论某个玩家和某个具体的游戏的比较多，对这种游戏的基础机制反而没有什么相关的讨论，白柳逛了一会儿都没有发现什么游戏相关的科普帖子，现在牧四诚送上门来，正好被白柳当作一个询问的对象。

"这个游戏中的恐怖游戏种类远远不止这么多，我们也不知道到底有多少种。"牧四诚摊手，"只是这个墙壁每次只会投射出 100 种游戏，然后当这 100 个游戏都有玩家登入并满员之后，这个屏幕就会刷新，出现一屏幕新的游戏，不过有时候也会有和上一次重复的游戏。"

白柳摸着下巴："也就是说，相当于这个游戏有一个总的游戏'题库'，这个题库具体有多少种游戏我们这些玩家并不清楚。"

"每次系统都会随机或者是不随机地从这个题库里抽取 100 种游戏考题放在这个屏幕上，让我们这些玩家作为考生选择其中一个游戏题目去作答，有时候运气好就会遇到重题，有时候可能全都是新题，是这意思吗？"

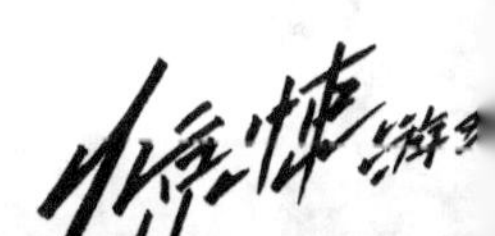

"没错。"牧四诚说。

"嗯，如果这样的话，难怪在这个游戏里会有公会的存在。"

白柳若有所思："早期游戏里的大公会应该会总结一些出现过的游戏'重题'的'答案'，也就是怎么快速安全地通关，作为内部的资料分享，通过这个来网罗有实力的新人。

"而有实力或者潜力的玩家可以开荒去玩一些新游戏来累积'答案'，就会得到公会更多的资源，但有'直播'存在，游戏的'答案'在一定层面上是公开的，这种制度无法长久存在，现在的公会应该不再依靠游戏'答案'发展，应该到依靠公会里的壮大起来的高级玩家的阶段了。

"如果我要发展公会的话，应该会让高级玩家带低级玩家通关，但低级玩家需要缴纳一定的积分给高级玩家，相当于酬劳，一定的积分给公会，相当于交税。"

"而同时低级玩家得到的道具由公会全权分配，大部分会流入高级玩家的口袋里，这样来稳住高级玩家，保证他们继续待在公会里。"白柳喟叹一声，"但是这样势必就会导致高级玩家对低级玩家的剥削，遏制了低级玩家的发展，很多低级玩家因为没有道具和个人技能，在公会里只能当高玩的附属才能存活。"

"但有源源不断的新人加入公会，这样被剥削的低级玩家可以剥削新人，一层一层地形成剥削链条，公会才能稳定存在，啧，新人相当于底层韭菜啊，难怪这游戏里那么多底层玩家对我这个新人恶意这么大。"

白柳看过论坛上撕自己撕得鸡飞狗跳的，但他不怎么在意，现在倒是能懂一点了。

牧四诚木了："……"

白柳说的全对，几乎和牧四诚了解到的公会现状一点不差。

白柳奇怪地看着牧四诚："你为什么用这么奇怪的眼神看我？"

"我在想……"牧四诚满脸沧桑，"你智力值真的只有 89 吗？"

就他妈离谱！这货到底是怎么推断出来的！

他只回答了关于游戏种类的问题而已，这货已经把整个游戏里公会的制度体系翻过来翻过去地理顺了！

"很多新人为了求生都加入了公会，因为公会里的高玩的确会保护他们通关，虽然需要缴纳通关获得积分的三分之一，但确实更安全，不容易死亡，但你这种高潜力的新人应该直接会被培养，我刚刚还想问你为什么不加入公会。"牧四诚郁闷地撕开一个棒棒糖含住，"现在我觉得我不用问了。"

"因为加入公会很愚蠢啊。"白柳很直白地说，"在这种会要人命的游戏里，不会有任何公益组织的，帮你必然有利可图。

"虽然短期看来，公会帮你会降低死亡率，但是一直懦弱地缴纳大量积分给公会，在这种需要个人表现力吸引观众的游戏里就是自取灭亡，等到再也无法从你身上攫取到任何利益，公会一定就会放弃你，你大部分的积分和道具也上缴了，没有任何资本独立生存，你必然就会死亡。"

牧四诚惊奇地看着白柳，他带着一点意趣打量着白柳："你现实世界到底是做什么的，为什么对这种……公会组织的运行方式这么清楚？"

的确，很多没有用处的低级玩家，后期公会高玩就很少带了。

"这个世界上绝大部分公司都是这么运行的，靠画大饼和所谓的内部资源吸引员工，然后等员工熬夜熬到生产力下降，他们就会解雇你招聘更年轻的员工来压榨。"白柳面无表情，"我在现实世界里就是一个被剥削而后被解雇的底层社畜而已，所以进入游戏再让我加入公会被剥削，是绝对不可能的。"

牧四诚："……"

这家伙说到现实世界的社畜生活散发出了好强的怨念啊……

"那你想好去什么游戏了吗？"牧四诚看了眼屏幕，"上面有你喜欢的游戏吗？或者你要再看看？"

"单人游戏的登入上限是 100 个，这个屏幕上所有单人游戏都已经登入满格了。"牧四诚指着一个游戏图标上右下角的一个

"FULL"符号，含着棒棒糖含糊不清地给白柳介绍，"喏，如果游戏图标上有这个标记'FULL'，就表示这个游戏已经登入满员，无法再登入新玩家了。"

"而多人游戏，每个多人游戏的登入上限不同，我玩过只有4个人的，也有50个人的，要看具体游戏了。顺便一提，这边这个《鬼楼》《末日之城》和《鬼通电》多人游戏都是之前出现过的游戏。"牧四诚随便指了几个游戏，"你要玩这些吗？我能帮你找到这些游戏的一些通关资料，不过不是免费给你的。"

"不要。"白柳不假思索地拒绝了，"就算有资料，玩旧游戏我对比那些玩过很多次的公会玩家肯定反应慢很多，很容易被先发制人，我的优势需要新游戏才能发挥。"

"这个倒是。"牧四诚一下一下地咬着棒棒糖，"你倒挺有冒险精神，大部分新人都还是会为了求稳去旧游戏。"

"我的目的是挣钱，而不是生存。"白柳态度平淡地回答，"我需要赢，需要做第一名，才能得到足够的积分。"

"你这个人，真的很奇怪。"牧四诚思索一会儿，放弃了理解白柳的思路，而是很想不通地皱了皱鼻子，"你挣那么多积分，要是在游戏里死了，你也没地方花啊。"

白柳很自然地回答："我挣积分不是为了花，是为了囤积，并且……"他突然勾出一个很奇异的笑，白柳转头看着因为他忽然的笑而呆了一下的牧四诚，"你觉得我会在游戏里死掉吗？"

"我还是有点自信的，玩恐怖游戏是我最擅长的事情，我或许不会那么容易死掉。"白柳微笑着，"我比较擅长在游戏当中设计关卡让别的玩家去死，但是自己倒是从来没有在别人设计的游戏当中死过。"

牧四诚："……"

这家伙现实生活中到底是干什么的！真的不是犯罪分子啥的吗！

"这个游戏怎么一个登入的玩家都没有？"白柳轻点屏幕上

一个图像是在火中燃烧的列车的游戏图标，图标放大落入白柳胸前的游戏管理器内，白柳点开图标查看游戏具体信息，"《爆裂末班车》？"

这屏幕上的 100 个游戏都要满了，但这个游戏还是空的，就有些显眼和古怪。

游戏副本名称：爆裂末班车

难度等级：二级（玩家死亡率大于百分之五十、小于百分之八十的游戏为二级游戏）

模式：多人模式（0/7）

综合说明：这是一款刺激的收集向多人游戏，烈火中燃烧的末班车，四散的玻璃碎片和悬挂在吊环上的被烧焦的尸体，让很多玩家流连忘返，永远留在了这里～

牧四诚一看这个图标眉头就皱起了："你要玩这个？"

"这个游戏怎么了？"白柳问。

牧四诚顿了顿："这其实也是一款在游戏屏幕上出现过好几次的旧游戏，但目前没有任何通关资料。"

白柳瞬间懂了，出现过好几次，这面游戏墙的刷新制度又是一定要所有游戏满员才能刷新，那就应该是进去过好几批玩家了。

但没有一次通关记录……白柳侧头看向牧四诚："之前进去的玩家都死了？"

"很奇怪，如果没有任何玩家通关的话……"白柳的视线从《爆裂末班车》的图标上一扫而过，他的手指在"死亡率"那一行虚点了两下，"这个游戏死亡率大于 50% 小于 80% 是怎么测定的？从玩家全灭的数据来看死亡率应该是 100% 才对。"

牧四诚不以为然地插兜反驳白柳："这只是一种游戏的分级方式而已，几乎所有游戏都有这个分级评定。

"如果按照你的说法，游戏这个死亡率是实际测定，那么任何死亡率不是100%的游戏都应该有通关玩家和通关数据的存在，但我看了 VIP 库的视频，也问了很多资格很老的大神，的确没有发现任何玩家通关过这个《爆裂末班车》，我觉得的确就是没有通关玩家。"

白柳突然意味深长地看了牧四诚一眼："你没有发现，不代表就没有。"

"《爆裂末班车》的死亡率在 50% 到 80% 之间，如果按照你说的，那至少有 20% 通关过这个《爆裂末班车》的玩家真实存在。"牧四诚很不服气地反驳，"这么一个数量不算少的玩家群体上过小电视并且成功通关，他们总会在论坛发帖子，或者被谁看见过小电视或者视频，总不可能一点痕迹都没有吧？"

"你觉得这个游戏里有多少玩家？"白柳转过头直视牧四诚。

牧四诚被问得一愣："不知道，但应该很多吧。"

"我们这么一个数量不算少的玩家群体在现实生活中，有过存在的痕迹吗？"白柳不紧不慢地问，"我们和这个游戏相关的一切能被现实世界里的人看见吗？我们发的和这个游戏相关的言论，无论以什么形式，可以存在下来形成痕迹，或者可以被谁记住吗？对于那些没有进入游戏的玩家来说，'玩家'有存在的痕迹吗？当然没有。"

牧四诚彻底被白柳问得呆住了。

白柳不疾不徐地问出了最后一个问题："好，现在回到第一个问题，我们这些游戏'玩家'在现实世界里是没有存在痕迹的，那你觉得，我们存在吗？"

"我们当然存在。"白柳很快地回答，"只是我们存在过的痕迹被人抹消了而已，所以有没有可能通关了《爆裂末班车》的这至少 20% 的玩家也是这样的呢？他们存在的痕迹被游戏或者系统抹消了？"

牧四诚醍醐灌顶："他们的通关数据和玩家数据都被删除了！"

"很有可能他们本身也被'删除'了。"白柳看着《爆裂末班车》

的图标，"这些通关过的玩家很有可能已经死了，不然不会不来二刷这个游戏。"

牧四诚被白柳说得起了一身鸡皮疙瘩，但他还是有点不爽："但你说的一切都建立在'游戏死亡率'这个东西都被实际测量的情况下，但如果游戏中'玩家死亡率'这东西是虚拟测量的话……"牧四诚说到这里一怔。

白柳抬眸看了牧四诚一眼："我相信你现在应该也发现了，死亡率是一种无法虚拟测量的数据。"

"学过统计学吗？"白柳问牧四诚，"统计学里有两个一定需要实际测量的数值，一个是出生率，还有一个就是死亡率。"

他一边说，一边随意地在自己的游戏面板上《爆裂末班车》的图标上点了两下，在牧四诚惊悚的目光和尖叫中，白柳缓缓进入了游戏。

牧四诚崩溃了："你怎么突然就进去了！！"

白柳在牧四诚眼前渐渐淡化，他思索着回答了牧四诚的话："我很好奇系统特地删除的，这些通关了《爆裂末班车》的玩家数据到底是什么，经验告诉我，被上级隐藏得越深的东西，就越是有利可图……"

游戏《爆裂末班车》已收集玩家一位，还需六位玩家即可开始。

白柳的身影在牧四诚抓狂的跳脚下彻底消失。

牧四诚咬着指甲盖绕着白柳消失的地方原地焦虑地转了几圈，他蹲下薅了几下自己的头发，咬碎了自己嘴里的棒棒糖，最终憋闷不已又咬牙切齿地点了屏幕上《爆裂末班车》的图标，也紧跟着白柳进入了游戏。

牧四诚在进入游戏前一秒，还在郁闷地自言自语："靠，白柳这货，把我也搞得好奇了起来，我从来没有在不做任何准备的情况下进入二级游戏！啊啊啊啊啊！！算了！死就死吧！"

　　游戏《爆裂末班车》已收集玩家两位，还需五位玩家即可开始。

　　在牧四诚消失的两分钟后，四个身高、身材、外表都几乎一模一样的玩家出现在了屏幕外面。

　　他们脸上都戴着那种很诡异的木偶油彩画面具，走路就像是被人牵着的提线傀儡，每走一步四肢和关节都有种古怪的停顿感，看起来就像是一个能工巧匠制作出来的四个完全一致的木偶玩具，肉眼几乎分辨不出来区别。

　　为首那个人，或者说木偶语气低沉地询问："白柳是进这个游戏了？"

　　这个"木偶"说话的时候，嘴幅度很大地上下一动一动，很像是木偶在提线下嘴唇假装活动说话，而那低沉嘶哑的声音却是从他背后的提线者那里发出的。

　　另一个背后背着一把屠刀的木偶眼中闪过一丝报复的快意，他恭敬地拱手回答他："是的，'提线傀儡师'大人。"

　　"《爆裂末班车》是吗？"这木偶脸上绘画出来的油墨眼睛逼真地眯了眯，他最终邪笑了一声，"一个二级游戏，看来就算我不对白柳下手，白柳也不太可能从这个游戏里活着出来，这么高的天赋，死了多可惜，正好用来做我的傀儡。"

　　"走！"

　　四个人举止整齐地一动，点了一下屏幕上的《爆裂末班车》，齐齐地消失在登入口。

　　游戏《爆裂末班车》已收集玩家六位，还需一位玩家即可开始。

一个穿着套头毛衣，戴着厚厚的近视眼镜，手里拿着一部很厚很厚的大部头，一看就是个学生仔的人出现在了登入口旁边的屏幕上。

他那副啤酒瓶底那么厚的方框眼镜大得遮住了半张脸，眼镜下面露出来的鼻梁上有着零零散散的雀斑，头畏畏缩缩地缩在毛衣内，如果让白柳打眼一看，或许会把这个玩家认成《塞壬小镇》中的杰尔夫。

但他看上去比杰尔夫要软弱正常一些，看起来就是一个正常的学生。

但这是在游戏里，一个正常装扮的学生，才显得出奇地不正常。

"欸，我看看啊，我选哪个游戏……"这玩家推了推眼镜，像是依旧看不清一样凑近屏幕看，一边看一边点开了自己的游戏管理器的管理面板。

他游戏管理器上的个人面板上赫然显示着：

玩家名称：杜三鹦

今日新星积分排行榜名次：第三名——你已超过新星排行榜第四名的牧四诚 17 万积分，他短期之内绝对无法追赶上你，请你再接再厉，拉大差距，追赶前面的玩家。

已获得成就：无所事事的胜利者，唯一存活的幸运儿，莫名其妙被怪物忽略的玩家，对你的攻击百分百 miss 的格斗者。

你之前在游戏商店购买的道具正在进行打折处理，从一万积分降至一积分，是否购买？

恭喜玩家杜三鹦抽中了中奖率十万分之一的顶级玩家大礼包！是否现在领取？

"……"

杜三鹦似乎对这些天降横财早已习惯到了麻木的程度，他一个奖励和赠品都没有领取，一路滑掉了这些界面，滑到了最后一页的个人面板，杜三鹦推了推自己的眼镜，几乎把脸凑到了面板上，眯着眼睛搜寻自己想要的面板信息。

幸运值：100（你今天也是全世界最幸运的人，你是被幸运之神眷顾的宠儿，按照你的直觉选择你想要的游戏吧！你选择的就是能让你最幸运的！）

"今天幸运值也是 100 吗？"杜三鹦有点犹豫地扫了一眼整个屏幕，"这样的话，那最好还是按照直觉选吧，那就——"

他扫视一圈，目光最终定格在《爆裂末班车》的图标上，杜三鹦手悬空在图标上面，他心中突兀地涌上来一股让他毛骨悚然的预感，好像点了这个图标就会发生非常幸运又非常不幸的事情，这是杜三鹦在之前幸运值 100 的时候选择游戏时从来没有过的感觉。

他之前都是有种很肯定的选了就能很幸运的感觉，这次怎么感觉选了这个游戏就会发生让他遭受很多磨难但是同时又让他很幸运的事情……

这都什么乱七八糟的。杜三鹦甩了甩脑袋，忐忑迟疑很久，还是在《爆裂末班车》的游戏图标上点了两下。

游戏《爆裂末班车》玩家收集完毕，游戏开始——

大屏幕上《爆裂末班车》的火中列车的图标右下角跳出一个"FULL"的标记，下一秒，白柳在人来人往的地铁站睁开了眼睛。

与此同时，大厅中亮起了七个小电视的屏幕，其中一个小电视上就是白柳在人流拥挤中的地铁站那张平静无波的脸。

站在大厅中寻找白柳的王舜的游戏管理器突然接连不断地振动了起来：

系统提示：你收藏过小电视的玩家白柳登入游戏了哦～请前往围观～

系统提示：你收藏过小电视的玩家牧四诚……

系统提示：你收藏过……玩家张傀登入游戏……

系统提示：你收藏……杜三鹦登入游戏……

"不会吧……"王舜在查看完自己游戏管理器上的消息提醒之后陷入了前所未有的恍惚，"这尼玛，白柳，新星榜第三第四，还有'提线傀儡师'，居然进了同一个多人游戏，这是要神仙打架啊……"

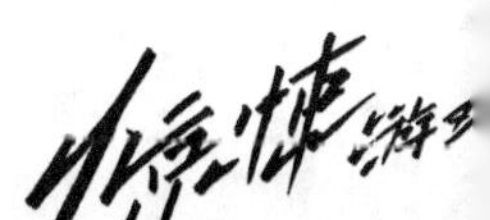

Embrace You till the End of the Game

壶鱼辣椒 著

第一卷 ① · 塞壬小镇

- 完 -

www.ingramcontent.com/pod-product-compliance
Lightning Source LLC
Chambersburg PA
CBHW071432200726
48294CB00002B/600